कोटड़ी वाला धोरा

कोटड़ी वाला धोरा

डॉ. फतेह सिंह भाटी

वाणी प्रकाशन

वाणी प्रकाशन

4695, 21-ए, दरियागंज, नयी दिल्ली 110 002

फ़ोन : +91 11 23273167 फ़ैक्स : +91 11 23275710

शाखाएँ

अशोक राजपथ, पटना 800 004, बिहार

कॉफ़ी हाउस कैम्पस, महात्मा गाँधी मार्ग, इलाहाबाद 211 001, उत्तर प्रदेश

महात्मा गाँधी अन्तरराष्ट्रीय हिन्दी विश्वविद्यालय, वर्धा 442 001, महाराष्ट्र

36/ए, शेक्सपीयर सरणी, रानी बिरला गर्ल्स कॉलेज के पास, कोलकाता 700 017, प. बंगाल

www.vaniprakashan.com
marketing@vaniprakashan.in
sales@vaniprakashan.in

Kotari Wala Dhora
by Dr. Fateh Singh Bhati

ISBN : 978-93-5518-444-3
Novel

प्रथम संस्करण 2023

मूल्य : ₹ 399

आर. टेक ऑफ़सेट प्रिंटर्स, दिल्ली-110 032 में मुद्रित

वाणी प्रकाशन का लोगो मक़बूल फ़िदा हुसेन की कूची से

समर्पण

पूज्य पिताजी स्व. मंगल सिंह भाटी के श्री चरणों में। मेरी बाल्यावस्था में ही पिताजी का स्वर्गवास होने से मैं उन्हें अधिक देख या समझ नहीं पाया लेकिन बड़ा होने पर इतना समझ पाया कि घर की सत्ता उनके हाथ में आने पर हमारे घर में जितने भी नौकर–चाकर थे उन्हें वे दास कर्म से मुक्त कर गये थे।

भूमिका

'कोटड़ीवाला धोरा' डॉ. फतेह सिंह भाटी की नवीनतम पुस्तक है। दिलचस्प क़िस्सों से ठसाठस भरी यह पुस्तक फतेह सिंह जी को उनके सर्वश्रेष्ठ और प्रिय रूप में सामने लाती है।

पेशे से वे डॉक्टर हैं लेकिन फतेह सिंह के पास एक रचनाकार का दिल दिमाग़ है। वे अपने स्मृति–कोष को खँगाल कर ऐसे अमूल्य संस्मरण ढूँढ़ निकालते हैं कि पाठक अपना वर्तमान विस्मृत कर उनकी दुनिया में सैर करने लगता है। संस्मरण वही लिख सकता है जिसके पास असली स्मृतियाँ हों। संस्मरण में कल्पना का बहुत सहारा नहीं लिया जा सकता क्योंकि कल्पना लेखक को आगे ले जाती है जबकि स्मृति पीछे। राजस्थान के गाँव की तीन अजब शादियों से जुड़े क़िस्से अपने रससिक्त विवरणों से, पढ़ने वाले को बाँध लेते हैं। राजस्थान की संस्कृति, सभ्यता, आचरण और ग्रामीण सामाजिक संरचना का मनोरम चित्र इन संस्मरणों में मिलता है। मुझे तो पहली बार गाँव और ढाणी का अन्तर ज्ञात हुआ। सुरा काकू का इत्र की शीशी ख़रीदने का प्रसंग बेहद रंजक है तो कोटड़ी का अर्थ भी बड़े करीने से बताया गया है–कोटड़ी यानी गाँव के पुरुषों और पुरुष–मेहमानों के बैठने का, समाज की तरफ़ से बना हुआ सार्वजनिक स्थान। फतेह सिंह जी की भी विनोदप्रियता जगह–जगह झलकती है जैसे 'गोधूली वेला' यानि गायों का घर लौटने का समय। भारतीय समाज में अपने विशिष्ट स्थान के कारण गोधूली कहा गया वरना बकरी, भेड़, ऊँट जैसे सभी पशुओं की घर वापसी इसी समय होती और उनके पैरों से भी धूलि उड़ती थी।

कितने क़िस्से बयान किये जायें, सुरा काकू का बाड़मेर जाना, जगिया का नाम–पलट, धोरे पर क़िस्सों का आस्वादन, बाड़मेर में दूल्हा–दुल्हन के कपड़ों की ख़रीद, कंजूस उर्फ़ तंगहाथ काकू का क़िस्सा। यहाँ क़िस्सों की भरमार है। फतेह सिंह जी की गाँव की यादें इतनी पारदर्शी हैं कि हैरानी होती है कि वे इतनी सहजता से क़िस्सागोई के विशेषज्ञ कैसे बन गये। राजस्थान के गाँव गुवाड़ की यादों से पगी यह पुस्तक बेहद पठनीय है।

–ममता कालिया

धोरे की रेत में रलकते लेखक के दो शब्द

मूलतः ये तीन अनोखी शादियों के क़िस्से हैं। हिन्दुस्तान में विवाह कोई नयी, असामान्य या कुछ लोगों तक सीमित बात हो ऐसा नहीं है। लगभग सभी का विवाह होता है। बस कुछ लोग बच जाते हैं जिन्हें आप में से कोई भाग्यशाली कहेगा, तो कोई अभागे कहेगा। कोई कुछ भी कहे पर मेरा कहने का मतलब है कि जो घटना सार्वभौमिक, सर्वकालिक, सर्वसुलभ रही हो उस पर लिखने का ख़तरा कोई लेखक क्यों लेगा? जिसे सब जानते हैं उसे कोई क्यों पढ़ेगा? ये तीनों शादियाँ वैसी नहीं हैं जो आप सभी ने देखी हैं। मैं यह दावा तो नहीं करता कि मेरे सिवाय इन्हें किसी ने नहीं देखी हैं क्योंकि जिनकी शादियाँ हुई हैं उन्होंने देखी हैं। जो लोग उन शादियों में शामिल थे उन लोगों ने भी देखी हैं लेकिन यह दावे से कह सकता हूँ कि बहुत कम लोगों ने ऐसी शादियाँ देखी होंगी।

ये क़िस्से सिर्फ़ उन शादियों के क़िस्से नहीं हैं। यूँ कह सकते हैं कि इन क़िस्सों में वे शादियाँ भी हैं। इन क़िस्सों से संलग्न कुछ लोक कथाएँ भी मैंने अपने ढंग से प्रस्तुत की हैं। उनमें लोक संस्कृति की झलक है। लोक की दुश्वारियाँ और पीड़ा है तो उसका सुख और आनन्द भी समाया हुआ है। इस क़िस्सागोई में गाँव की गुवाड़ी की, गाँव की कोटड़ी की, गाँव के खेतों की सोंधी महक है। रेगिस्तान की रलकती रेत में पनपता जीवन है। इन क़िस्सों में हास्य है तो तीखा व्यंग्य भी है। पाठक का मनोरंजन होगा तो उन क़िस्सों के बीच गहन

दर्शन के दर्शन भी होंगे। उनमें लोक रीति का सम्मान है तो कुरीतियों पर चोट भी है। नीति का बखान है तो अनीति पर आक्षेप भी है।

मुझे जानने वाले लोग या मेरे गाँव व उसके आसपास के गाँवों के लोग अक्सर पूछते हैं कि अमुक कहानी का अमुक पात्र कौन है? या वह फलाना है क्या? देश भर के ऐसे सभी खोजी पाठकों से कहना चाहूँगा कि मेरे विचार से भूत को हम पकड़ नहीं सकते। जो पकड़ में नहीं आ सकता उसे कोई अदालत भी फाँसी नहीं दे सकती। ऐसे में भूतकाल के पात्रों को क़िस्सों में पढ़ने, जानने, पहचानने के बाद जज बनकर निर्णय देने की बजाय उनसे सीखने की ज़रूरत है। जो अच्छा कर गये उनके अच्छे कार्यों को भूलकर उस व्यक्ति को महिमामण्डित करने की बजाय उन अच्छे कार्यों को स्मरण कर वैसा करने की प्रेरणा लेनी चाहिए। जो ग़लत कर गया उसके ग़लत कार्यों को दोहराते हुए उस व्यक्ति पर कीचड़ उछालते रहने की बजाय सीख लेकर वैसे कार्यों से दूर रहा जाये। वैसे भी हर व्यक्ति में दैवीय और आसुरी दोनों ही तरह की प्रवृत्तियाँ होती हैं इसलिए पूर्णतया न तो कोई अच्छा है और न ही कोई बुरा। एक या कुछ कार्यों से व्यक्ति का पूरा चरित्र वैसा समझ लेना उस व्यक्ति के साथ अन्याय है।

समय को हम टुकड़ों में बाँट देते हैं लेकिन वह अखण्ड है, अनवरत है। ये बातें जिनमें से अधिकांश ईस्वी सन् 1980 के आसपास घटित हुई होंगी, आज 2020 में लिख रहा हूँ क्योंकि वे उसी शिद्दत से आज से भी जुड़ी हैं, महसूस की जा रही हैं और वह 1980 का समय भी कोई पचास–सौ साल पहले के समय से ऐसे ही जुड़ा हुआ रहा है। बहुत कुछ ऐसा होता है जिसे सदियों या बरसों बाद भी उतनी ही तीव्रता से महसूस किया जाता है। जैसे हज़ारों बरस पहले महाभारत की घटना हो या एक सदी पहले लिखी चेखव की कहानी 'दुःख' हो। इसलिए मुझे लगा ये चार दशक पूर्व के क़िस्से आज भी उतने ही प्रासंगिक हैं।

विधाओं का अतिक्रमण

कहानी, कविता, संस्मरण, यात्रा–वृत्तान्त जैसी अनेक विधाएँ अनेक बार एक–दूसरे का अतिक्रमण करते हुए लगते हैं। जैसे हृदय, गुर्दे या लीवर के चिकित्सक भिन्न होते हैं लेकिन आदमी में ये सब एक साथ होते हैं और एक–दूसरे के सिवाय काम भी नहीं कर सकते, ठीक वैसे ही लोक के क़िस्से इन सब विधाओं को साथ लेकर चलते हैं। कहीं–कहीं होने वाला यह अतिक्रमण मैंने जानबूझ कर होने दिया है क्योंकि मेरे लिए विधा से महत्त्वपूर्ण लोक कथाओं की जीवन्तता थी। इन कथाओं में, क़िस्सों में, कहानियों में वह जीवन तत्त्व आपको हर जगह मिलेगा। मुख्य रूप से तीन कहानियाँ हैं लेकिन उनके भीतर अनेक क़िस्से हैं। इन सभी के हिलमिल जाने से पुस्तक बनी है। मैंने इन तीन क़िस्सों को मोह, निर्मोह और विरक्ति में विभक्त किया है। आप पायेंगे कि जैसे आदमी जीवन में आगे बढ़ता है बचपन, किशोरावस्था और यौवन में वह मोह से भरा होता है, अधेड़ावस्था आते–आते वह मोह काफ़ी कुछ छूट जाता है और जीवन के आख़िरी पायदान तक पहुँचते–पहुँचते तो अधिकांश लोग इस दुनिया से विरक्त हो जाते हैं ठीक वैसे ही इस पुस्तक के प्रारम्भ में आप क़िस्सों और गाँव के मोह में डूबते जायेंगे। जैसे–जैसे आगे बढ़ेंगे उस मोह से मुक्त होने लगेंगे और अन्त तक पहुँचते–पहुँचते आप गाँव से, जो मोह प्रारम्भ में पैदा हुआ था उससे विरक्त होने लगेंगे।

–डॉ. फतेह सिंह भाटी

पहली शादी : लक्ष्मी कृपा और तंग हाथ काकू का क़िस्सा (मोह का क़िस्सा)

एक

अपनी बात यानि अपने गाँव के क़िस्से शुरू करूँ, उससे पहले बता दूँ कि जैसे हर शहर दूसरे शहर से अलग होता है वैसे ही हरेक गाँव भी एक–सा होते हुए अलग होता है। मेट्रोपोलिटन सिटी को छोड़ दें तो सब शहर, शहर कहे जाते हैं जबकि कुछ शहर, शहर होते हुए भी गाँवों या क़स्बों जैसे होते हैं तो कुछ शहरों जैसे। कुछ उन दोनों के बीच के। उन सभी की बसावट, उनकी संस्कृति, उनकी व्यवस्था अलग–अलग होती है। ठीक ऐसे ही गाँव भी कुछ विस्तार लेते हुए क़स्बों या शहरों जैसे हो जाते हैं तो कुछ बिलकुल ढाणी जैसे होते हैं, कुछ उन दोनों के बीच के यानि ठीक से गाँव।

मेरे गाँव को जनसंख्या की दृष्टि से ढाणी कहें तो ग़लत नहीं होगा, पर वह गाँव था क्योंकि गाँव वालों की ज़िद्द थी कि यह गाँव है। सरकार का अपना सिस्टम होता है तो गाँव का भी अपना सिस्टम होता है। सरकार का वह सिस्टम सुचारू चलता रहे, उसके लिए ज़रूरी था कि गाँव और सरकार, दोनों एक–दूसरे के सिस्टम से सामंजस्य बनाये रखें। मैं बात कर रहा हूँ बीसवीं सदी के आठवें दशक की। सरकार का सिस्टम कहता था कि आपकी जनसंख्या कम है, इसलिए आपका गाँव रेवन्यू विलेज नहीं कहा जायेगा और उसकी सुविधाएँ आपको नहीं मिलेंगी परन्तु गाँव वालों ने कह दिया "तुम मानो या न मानो, उससे हमें क्या? हमने मान लिया कि यह रेवन्यू गाँव है, तो है।"

सरकार ने जब सड़क पर माइल स्टोन लगाने शुरू किये तो उसने कहा, "रेवन्यू विलेज से छोटे गाँवों और ढाणियों का नाम माइल स्टोन पर नहीं आयेगा और न ही उन गाँवों पर बस रुकेगी।" गाँव वाले अड़ गये कि इस सड़क पर माइल स्टोन लगेंगे तो हमारे गाँव 'ताणू रावजी' का नाम भी उन माइल स्टोन पर आयेगा वर्ना आपकी यह सड़क विधवा की तरह बिना चूड़ी, बिन्दी, सिन्दूर के सिर्फ़ डामर (बिटुमिन) के काले वस्त्र धारण किये ही रहेगी। शहरी पाठक कन्फ़्यूज़ नहीं हो, इसलिए बता दूँ कि इस समय तक पूरे मारवाड़ में विधवा स्त्री काले वस्त्र धारण करती थी और कोई सुहाग का प्रतीक या ज़ेवर धारण नहीं करती थी। गाँव के लोगों ने यह भी ऐलान कर दिया कि न सिर्फ़ सड़क माइल स्टोन रहित होगी बल्कि इस पर हमारे गाँव से होते हुए कोई वाहन भी नहीं गुज़र सकता। अब न तो वाहनों को दो चार किलोमीटर के लिए उड़ाया जा सकता था और न ही दो–चार किलोमीटर के लिए फ़्लाई ओवर या अंडरग्राउंड टनल बनायी जा सकती थी। हार कर सरकार के कारिन्दों ने उनकी माँग स्वीकार कर ली। इस तरह तहसील मुख्यालय शिव से लेकर भारत–पाकिस्तान सीमा के आख़िरी गाँव गडरारोड़ को जोड़ने वाली सड़क के माइल स्टोन्स पर गाँव 'ताणू रावजी' का नामकरण भी हो।

ऐसे ही सड़क पर चलने वाली एकमात्र बस का रुकना भी तय हुआ। बुजुर्गों की समझाइश के बाद भी बस वाला इस बात के लिए नहीं माना कि इस छोटे–से गाँव के ठेसन (स्टेशन) पर वह बस को रोकेगा। ऐसा नहीं कि वो कोई विशेष बस थी जो छोटी जगहों पर नहीं रूकती थी। सड़क किनारे लोगों के खेतों में बने बकरियों के बाड़े के पास चरवाहा उतरना चाहता तो वहाँ भी रुक जाती थी, परन्तु हमारे गाँव में न रोकने के लिए कंडक्टर–खलासी (बस की साफ़–सफ़ाई करने वाला) के दोनों पदों को सुशोभित करने वाला बस मालिक अपनी ज़िद पर अड़ गया। अब मालिक तो मालिक होता है, उसने कह दिया वह अन्तिम सत्य। एक तरफ़ बस मालिक तो दूसरी तरफ गाँव के मालिक यानि मामला दो मालिकों के बीच की ज़िद का हो गया।

मसला बुज़ुर्गों से न सँभला तो युवकों ने ऐलान किया कि इस मैटर को अब वे देखेंगे।

सड़क गाँव से थोड़ी दूर थी, लेकिन तय समय पर वे युवक सड़क पर पहुँच गये। दूर से ही आती बस को देखा तो सभी लोग सड़क पर खड़े हो गये। बस रुकी ड्राइवर–कंडक्टर ने उनसे सड़क रोकने का कारण पूछा तो उन्होंने शर्त रखी कि पहले सभी यात्रियों को नीचे उतारो। दूर खड़े होकर देखते हम बच्चों ने किताबों में तो कई बार पढ़ा था कि संगठन में शक्ति होती है, पर आज पहली बार आँखों से देख रहे थे क्योंकि दस–बारह युवक जो संगठित थे, चालीस पचास बस यात्रियों पर भारी पड़ रहे थे। उन युवकों के हाथ में कोई बन्दूक़ या चाकू–छुरे भी नहीं थे, फिर भी सभी यात्री भेड़–बकरियों की तरह सिर नीचा किये उनके आदेशानुसार नीचे उतर गये। तब उन युवकों ने अपने हाथ के पत्थर और और लाठियों से खिड़कियों के काँच तोड़े। फिर ड्राइवर और कंडक्टर को आदेश दिया कि बस की सफ़ाई करें। सफ़ाई हो जाने पर उन्होंने यात्रियों को पुनः अपनी सीट पर बैठने का आग्रह किया। हालाँकि यात्री उनकी भाषा और भावों से नहीं समझ पाए कि वह आग्रह था या आदेश? फिर भी उन्होंने अपनी अपनी सीट ग्रहण की। तत्पश्चात् युवकों ने अकड़ के साथ कड़कती आवाज़ में क्षमा भी माँगी। यात्री एक बार फिर कन्फ़्यूज़ थे कि माफ़ी माँग रहे हैं या धमका रहे हैं। ख़ैर, जिसको जो समझना था, समझे और युवकों के नीचे उतरने पर बस अपने गन्तव्य के लिए आगे बढ़ी।

अगले दिन बस वाले पुलिस में एफ़.आई.आर. लॉज कराने गये तो जैसा अक्सर होता है एफ़.आई.आर. की जगह शिकायत ली गयी और उसके परिणाम के लिए बस वाले को कोर्ट के निर्णय की तरह प्रतीक्षा ही करते रहना पड़ा। उन्हें बस इतना आश्वासन दिया गया था कि सब ठीक हो जायेगा। जब तक हम न कहें, उस ठेसण पर बस रोकना बन्द न करें। बस रुकती रही। फिर बारिश का मौसम आ गया। बरसात में बिना काँच की खिड़कियों से बस में पानी आने से लोगों को परेशानी हुई तो बस मालिक ने फिर पुलिस से गुहार लगाई।

तब पुलिस वालों ने गाँव वालों और बस वालों के बीच समझौता करवाया कि बस मालिक अब नये काँच लगवाएगा जिसे गाँव वाले नहीं तोड़ेंगे। शेष शर्तें सेम टू सेम रहेंगी यानि बस अभी जहाँ–जहाँ रुकती है वहाँ–वहाँ रूकती रहेगी। कोई भी इस समझौते या शर्तों को तोड़ेगा 'तो पुलिस उसके ख़िलाफ़ कार्यवाही करेगी'। यह आख़िरी ब्रह्म वाक्य जो शायद ही कभी सच होता हो, कहा गया और इसके साथ ही पुलिस, बस वालों और गाँव वालों की मीटिंग ख़त्म हुई।

इसी तरह पोस्ट ऑफ़िस का डिब्बा भी पड़ोस के गाँव में उठाकर यहाँ स्थापित किया गया तो डाक विभाग का काम शुरू हुआ। हालाँकि पढाई से गाँव वालों को कोई प्रेम नहीं था। उससे सदैव कोसों दूरी बनाये रखी, फिर भी पहले हमारे यहाँ काम होगा इस ज़िद के कारण स्कूल की स्थापना भी हुई। कुल मिलाकर अड़ोस–पड़ोस और सरकार ने उसे गाँव स्वीकार कर लिया था या उन्हें स्वीकार करा दिया गया था। गाँव में उस वक़्त मुश्किल से पचास–साठ घर थे। अंग्रेज़ी के 'एल' को आड़ा रख दिया जाये, ऐसा बड़ा एक धोरा (रेत का टीला) था जिसके ऊपर पंक्ति से बसे हुए घर। संकरी गलियों, चौराहों, गन्दगी जैसा कुछ नहीं, सब कुछ साफ़–सुथरा। इस आड़े 'एल' वाले धोरे के बीच में बहुत बड़ा धोरा (रेत का टीला) था। उसके ऊपर उतना ही विशाल नीम का पेड़ था। उस धोरे के ऊपर और पेड़ के नीचे उतनी ही बड़ी कोटड़ी।

कोटड़ी यानी गाँव के पुरुषों और पुरुष मेहमानों के बैठने व रहने के लिए समाज की तरफ से बना सार्वजनिक स्थान। बहुएँ अपने से बड़ों यानि जेठ, ससुर से पर्दा रखती हैं, इसलिए सामान्यतया बच्चों को छोड़ कर घर में पुरुषों का प्रवेश निषेध ही रहता है। वृद्ध लोग चौबीस घंटे कोटड़ी में ही रहते थे। युवा और किशोर दिन भर खेती या पशुधन में व्यस्त रहते। साँझ को या रात्रि को उस कोटड़ी वाले धोरे पर आराम करते, बन्तल (गपशप) करते, खेलते रहते।

कुल मिलाकर यह कोटड़ी वाला धोरा ऐसी जगह थी जहाँ सुबह शाम गाँव के बच्चे, किशोर, जवान, बूढ़े सभी इकट्ठे होते।

ऐसे में स्वाभाविक था कि गाँव के घरों से, दूसरे गाँवों से, शहरों से क़िस्से कहानियाँ आते और इस कोटड़ी वाले धोरे पर उनका विश्लेषण होता, चिन्तन होता, सार तत्त्व निकाला जाता। क़िस्से–कहानियों और खेलने का ऐसा नशा होता कि साँझ होते ही सब बच्चे वहाँ पहुँचने की तैयारी में रहते।

गोधूलि वेला यानि गायों का घर लौटने का समय। भारतीय समाज में अपने विशिष्ट स्थान के कारण गोधूलि कहा गया वरना बकरी, भेड़, ऊँट जैसे सभी पशुओं की घर वापसी इसी समय होती और उनके पैरों से भी धूलि उड़ती थी। रेगिस्तान में बरसात के दिनों को छोड़कर पानी का स्रोत कुएँ ही होते हैं। सभी पशुओं को वहाँ से पानी पिलाकर घर या फिर बाड़े में ले जाते और फिर दूध निकाला जाता।

दो

कोटड़ी वाला धोरा। साँझ का समय। सूर्य अस्त होने से पहले पार (ऐसा तालाब जो दो या तीन तरफ से खुला हो) वाले धोरे पर थोड़ी देर के लिए ठिठक कर सुस्ता रहा है। दिन भर के थके हुए चरवाहे सूरज की तरह कोटड़ी वाले धोरे पर सुस्ताने को बैठे हैं। उनके पशु गुवाड़ी या कुओं पर पहुँच कर सुस्ता रहे हैं। अधिकांश पशुधन लौट चुका हैं। कुछ पशु अब भी आ रहे हैं। थोड़ी देर में जब सूरज अपने घर लौट जायेगा तो ये चरवाहे भी ब्यालू के लिए अपने घर चले जायेंगे। फ़र्क़ इतना ही है कि ये ब्यालू कर फिर से बन्तल के लिए इस धोरे पर लौट आयेंगे जबकि सूरज कल सुबह ही लौटेगा।

वैसे सभी पशुओं को चराना दुरूह कार्य है, लेकिन बकरियाँ और साँढें (ऊँटनियाँ) चराना ज़्यादा मुश्किल है क्योंकि वे पल भर भी बैठती नहीं। दिन भर इधर–उधर दौड़ती रहती हैं तो किसी के खेत में घुस जाने कि फ़िक्र हमेशा रहती है। बकरियाँ चराने वाले कूंपजी बा आये और बोले, ''ओ हो हो...बो बो बो...आज तो शरीर टूटे है।''

विशिष्ट लय के साथ ऐसा कहते हुए वे धोरे पर बैठ गये। थोड़ी ही देर में अपने ऊँटों को कुओं की तरफ़ छोड़कर गंगजी बा आ गये। वे अपने घुटनों के दर्द की शिकायत करते हुए धोरे पर लेट गये। लेटे हुए भी वहाँ बैठे शेष सभी लोगों को देख सकें इसलिए उन्होंने बाएँ हाथ से कान के नीचे सहारा दिया ताकि सिर, मुण्डी और गर्दन सीधे रहें और वे सभी से सीधा संवाद स्थापित कर सकें। ऐसा नहीं है कि उन्हें दर्द आज ही हुआ हो। यह घुटनों का दर्द वर्षों से उनका साथी है, पर 'न रुकना, न झुकना' की तर्ज़ पर वर्षों से वे चलते रहते हैं। पशु चराने, खेती, कुओं से पानी लाने जैसे सारे काम करते हैं। दर्द इतना पुराना है कि घर पर तो अब इस दर्द का दर्द कोई सुनने को भी तैयार नहीं, इसलिए अपनी पीड़ा यहाँ निकाल देते हैं।

यह दर्द कोई एक–दो लोगों की समस्या नहीं है। लगभग हर किसी की समस्या है और हरेक ऐसा ही करता है। कुछेक लोग सहानुभूति जता देते हैं तो थोड़ा चैन आ जाता है और फिर से अपने काम में व्यस्त हो जाते हैं। हालाँकि यहाँ जो भी है, पीड़ित है। डॉक्टर कोई नहीं। फिर भी हर आदमी दूसरे आदमी के लिए डॉक्टर बन जाता है। वह आक के पत्ते बाँधने, खेजड़ी की छाल घिस कर लगाने, मेथी खाने या दूध में खुम्भी (कुकुरमुत्ता, गगन–धूलि) का आटा मिलाकर खाने जैसी सलाह ज़रूर देता है। समाने वाला भी यह जानता है कि वह खुद ही नहीं, उसके पिताजी, दादाजी और पड़दादाजी भी ये सारे उपाय करके थक गये, पर कोई फ़ायदा नहीं हुआ। फिर भी बड़े मनोयोग से उसे सुनता है, स्वीकृति में सिर हिलाता है और फिर थोड़ी देर बाद वह भी किसी और के साथ मिलकर अन्य को ऐसी सलाह दे रहा होता है। कोई ख़ुराफ़ाती दिमाग़ वाला असहमति जताता है तो सभी एकमत होकर उससे असहमति जताते हैं और बताते हैं कि समस्या दवा में नहीं है, हमारे में है। असल में हम लोग ठीक से 'किरी' नहीं रखते हैं, इसलिए भुगतते हैं। कुछ लोग इस 'किरी' शब्द से अनभिज्ञ होंगे। उन्हें बता दूँ कि राजस्थानी भाषा की व्याकरण इसका अर्थ कुछ भी बताये पर असल में कम्प्यूटर में हम जब किसी एप्प या सॉफ़्टवेयर को डाउनलोड करते है

तो जो 'आई एग्री' लिखा आता है, वही यह 'किरी' है। शर्तें इतनी होती हैं कि हम पढ़कर भी समझ नहीं सकते और समझ लें तब भी इन्कार नहीं कर सकते। एप्प चाहिए तो टिक करना ही होगा। ठीक ऐसे ही इन देशी उपायों के साथ 'किरी' एक एग्रीमेंट होता है, जिसके लिए हमें स्वीकृति देनी ही होती है, जैसे खटाई नहीं, मीठा नहीं, मिर्ची नमक ज़्यादा नहीं, रोटी में आटे की मात्रा कम, खाने से पहले पानी नहीं, खाने के साथ पानी नहीं, खाने के बाद पानी नहीं, सर्दियों में ठण्डी हवा में नहीं निकलोगे, गर्मियों में लू में बाहर मत निकलना, नहाने और पीने का पानी ठण्डा भी नहीं और गर्म भी नहीं हो यानि ऐसी शर्तें,जिन्हें पूरा किया जाना सम्भव नहीं हो। इसलिए इन अचूक उपायों के नाकामयाब होने पर ग़लती बीमार की ही होती है।

दैहिक दर्द किसी–किसी को ही होता, पर मानसिक दर्द लगभग हर आदमी को होता है। उस दर्द का उपाय करने भी लोग इस धोरे पर आते हैं। हालाँकि जिस तरह से इन अनेक अचूक उपायों से शरीर के दर्द ठीक नहीं होते हैं वैसे ही मन का दर्द भी ठीक तो कम ही होता है, पर लोग प्रयास करते रहते हैं कि उन्हें राहत मिले।

ऐसा ही मन का दर्द इस समय कोटड़ी वाले धोरे पर बैठे एक काकू को हो रहा था। वे दो बार बाड़मेर शहर की यात्रा कर आये थे। सिर्फ यात्रा ही नहीं बल्कि वहाँ रात्रि विश्राम भी किया था–एक बार 'जूनकी सराय' में तो दूसरी बार 'सेवासदन' में भी। हालाँकि 'सेवासदन' भी सराय ही थी, लेकिन बाड़मेर शहर और ज़िले के गाँवों में उसे धर्मशाला नहीं बल्कि अत्याधुनिक सितारा होटल के समकक्ष समझा जाता था। यह समय ऐसा था जब लोगों के पास पैसों का अभाव था। वैसे पैसों का अभाव तो हर काल में रहा हैं। कभी किसी को नहीं लगता कि उसके पास पर्याप्त पैसे हैं, अब और लालच नहीं, आराम करना चाहिए, परन्तु उस समय कुछ ज़्यादा ही अभाव होता था। ज़्यादातर लोग बस का भाड़ा भी बड़ी मुश्किल से दे पाते थे। कोई बाड़मेर जाता और रात को रुकना पड़ जाता तो भाई, गिनायत, रिश्तेदार ढूँढ़ता था ताकि मुफ़्त में रुकने का इन्तज़ाम हो जाये।

हालाँकि जाने वाला यह दर्शाता था कि वह प्रेम के वशीभूत होकर मिलने आया है और मेज़बान यह जानते हुए भी कि सराय और रोटी के पैसे बचाने के लिए हमारे यहाँ आया है, फिर भी उदारता से सेवा भी करता और कृतज्ञता भी जताता था। यह रीत थी, जिसे जानते हुए सभी को निभानी होती थी क्योंकि काम सभी को सभी से पड़ता था।

ऐसे हालात में उन दिनों बाड़मेर जाना और वहाँ रुकना आज के समय में लोगों द्वारा अमेरिका जाकर आने से कहीं अधिक महत्त्वपूर्ण था। उनमें से भी 'सेवासदन' में रुकने वाले एक–दो लोग ही होंगे। काकू को यह तनसिंह–हिलेरी की एवेरेस्ट फ़तह से छोटा काम नहीं लगता था। यहाँ मारवाड़ में हर पाँचवे सातवें आदमी का नाम तनसिंह होता है। इसलिए हमारे माड़साब भी तेनजिंग को तनसिंह ही समझते थे और पढ़ाते थे। उन्हें लगता था, किताब में प्रिंटिंग मिस्टेक है। जगिया भी कॉलेज में आया तब तक तनसिंह समझता रहा। पाठक समझ रहे होंगे कि तनसिंह समझ आया तो यह 'जगिया' नामक बला बीच में टपक पड़ी। अब ये कौन? 'जगिया' और 'सुरा काकू' दो महत्त्वपूर्ण पात्र हैं जो इन क़िस्सों में कभी भी टपक सकते है। इन दोनों के बारे में बताऊँगा, लेकिन थोड़ी देर बाद। अभी ये काकू जो बाड़मेर गये थे, इनकी दुःख गाथा सुनिये। इन काकू की पीड़ा यह थी कि 'सेवासदन' में रुकने जैसा महान काम करने और बार–बार सुनाने के बाद भी गाँव में काकू को कोई रिकग्निशन नहीं मिला, इसलिए वे गले तक कुण्ठा से भर गये थे।

काकू ने अपनी इस कुण्ठा का दर्द कम करने के लिए शरीर टूटने की और घुटनों के दर्द की शिकायत करने वाले दोनों 'बा' को सलाह दी कि धोरों पर ऊँट–बकरियों के पीछे भागते रहोगे तो दर्द ही होगा और क्या होगा? कभी बाड़मेर जाकर 'सेवासदन' में पंखे की ठण्डी हवा खाओ और रूई से भी मुलायम गद्दे पर आराम करो तो यह सब ठीक हो जाये।

इतना कहकर काकू ने 'सेवासदन' की तारीफ़ शुरू की तो तब तक रूके नहीं हुए जब तक कि सुरा काकू ने उन्हें टोका नहीं।

सुरा काकू हाव–भाव और चेहरा देख समझ गये कि सेवासदन की तारीफ़ और वहाँ रुकने की सलाह के पीछे उन काकू का मक़सद इन दोनों बा को दर्द मुक्ति का इलाज बताना नहीं बल्कि उनको बेइज़्ज़त कर यह साबित करना था कि कहाँ वे ऊँट–बकरी चराने वाले और कहाँ मैं लक्ज़री होटल में ठहरने वाला, फिर भी गाँव वाले मेरी इज़्ज़त नहीं करते, मेरी बातें नहीं सुनते, मुझे ज्ञानी नहीं मानते।

तीन

पाठकों को बता दूँ कि यह बात उन दिनों की है जब हमारे गाँव 'ताणू' में बिजली भी नहीं आयी थी। बिजली तो क्या, लालटेन या छोटी शीशियों से घासलेट (केरोसीन) और सूत की रस्सी डाल बनायी गयी होममेड चिमनियाँ (ढिबरी) भी बहुत कम घरों में होती थीं। लोगों की आर्थिक स्थिति भी ऐसी नहीं थी कि रोज़ जलाने हेतु घासलेट (कैरोसीन) ख़रीद सकें। इसलिए लालटेन या चिमनी का प्रयोग केवल जँवाई या उतने ही ख़ास किसी मेहमान के आने पर ही किया जाता था। शहर जाकर सराय में रुकने वाले लोग बताते थे कि एक खटका (स्विच) नीचे करने से लट्टू (बल्ब) जल जाता है और तब रात में भी दिन जैसा शेष उजास (आँखें चौंधिया जायें, ऐसा प्रकाश) हो जाता है, लेकिन अनेक लोग इन बातों को कपोल कल्पित समझते। उन्हें यक़ीन नहीं होता कि तूली जलाए बिना यूँ खटकों से भी रौशनी हो सकती है।

सुरा काकू ने अभी तक सेवासदन या दूसरी सराय देखी नहीं थी, लेकिन उन्होंने बाड़मेर जाने वाले समझदार लोगों से पूरी जानकारी ले ली थी, यहाँ तक कि जोधपुर जाने वालों से उस शहर, वहाँ के बाज़ार, होटलों और उम्मेद भवन पैलेस के बारे में भी उन्हें पूरी जानकारी थी। सुरा काकू को पढ़ने में भी काफ़ी रुचि थी, इसलिए वे किताबों से न सिर्फ धर्म की बातें बल्कि इतिहास, समाज, सभ्यताओं, शहरों, राज्यों, देशों तथा ज्ञान–विज्ञान के बारे में जानकारी हासिल करते रहते थे।

सुरा काकू को जो विश्वस्त जानकारी मिली थी, जिसके अनुसार हमारे ज़िला मुख्यालय बाड़मेर में तीन सरायें थीं। एक 'जूनकी सराय', दूसरी 'रणछोड़ सराय' जो उससे थोड़ी बेहतर कही जाती थी। हालाँकि दोनों में ज़्यादा फ़र्क़ नहीं था, पर रणछोड़ धर्मशाला बाद में बनी थी, इसलिए इसमें इस्तेमाल किये जाने वाले बिस्तर वग़ैरह की उम्र बीस–तीस वर्ष ही होने से वे थोड़े नये लगते थे। जूनकी सराय में बिस्तर अंग्रेज़ों के ज़माने से ही प्रयुक्त होते आ रहे थे। उनके ज़माने से ही नहीं बल्कि कई लोग तो कहते थे अंग्रेज़ों के ज़माने में जेलों से जिन बिस्तरों को बीस–तीस साल प्रयुक्त होने के बाद खारिज कर दिया जाता था, उन्हें नीलाम किया जाता था। उस नीलामी में कौड़ियों के भाव वे लिए गये थे और अब तक इस्तेमाल होते आ रहे थे यानि उन बिस्तरों की उम्र आधी सदी से ज़्यादा तो हो ही गयी होगी। तीसरी सराय सबसे नयी बनी थी, 'सेवासदन'। एक और 'अग्रवाल लॉज' भी थी, लेकिन उसमें न जाने क्यों हमारे इधर के लोग नहीं ठहरते थे। इसलिए सुरा काकू ने कहा, "उसके बारे में मुझे प्रॉपर जानकारी नहीं है तो मैं उस बारे में बात नहीं करूँगा।"

इन जानकारियों के आधार पर सुरा काकू ने उन काकू की तरफ कनखियों से देखते हुए कटाक्ष किया कि बाड़मेर जाने वाले कई लोग अकड़ कर बोलते है कि बाड़मेर में हम कोई टूटी–फूटी गू–मूत की बास (दुर्गन्ध) वाली किसी सराय में नहीं रुके थे हम तो सेवासदन में रुके थे। सुरा काकू के ये 'कई लोग' कौन थे। इसे वे, काकू ही नहीं, सारी जनता–जनार्दन भी समझ गयी थी, परन्तु 'कई लोग' कहने का अर्थ इतना ही था कि सुरा काकू उन काकू पर सीधा प्रहार नहीं करना चाहते थे।

सुरा काकू आगे बोले, "सेवासदन भी असल में सराय ही है, परन्तु अभी तक बाड़मेर में शेष जितनी भी धर्मशाला है, वहाँ कमरों की व्यवस्था नहीं हैं, कुछ कमरे है लेकिन उन में या तो माँचे व बिस्तर रखे रहते हैं या फिर मालिक, व्यवस्थापक, बाबू वग़ैरह के बैठने के लिए होते हैं। उन कमरों के बीच में बहुत बड़ा खुला चौक है,

जिसमें एक–दो नीम या बबूल के बड़े–बड़े पेड़ है। मुख्य दरवाज़े पर बड़ा जालीदार गेट है, जो अक्सर खुला ही रहता था। कुछ साल पूर्व वहाँ थोड़ी बहुत चोरियाँ होने लगी थीं। तब लोग कहने लगे कि घोर कलजुग आ गया है। हालाँकि यह वाक्य पूरे हिन्दुस्तान का तकिया क़लाम बन गया है क्योंकि जब कभी भी कुछ बुरा होता है तो ऐसा कहा जाने लगता है। उन दिनों रात में लोगों की जेब से अमल (अफ़ीम), बीड़ी या कभी–कभी किसी की जेब में रूपये–पैसे होते तो वे भी चोरी होने लगे तब सावधानी रखते हुए देर रात्रि उस बड़े गेट को अक्सर बन्द करने लग गये थे। तब से वहाँ आने वाले आगन्तुकों का नाम रजिस्टर में दर्ज करने के बाद एक माँचा दे दिया जाता है, जिसे दिन में वे नीम की छाया में लगा लेते हैं और अपने थैले को तकिये की जगह काम में ले लेते हैं। रात में ढिगले (ढेर) में से कम बदबू वाला पथरणा (गद्दा) और रजाई ढूँढ़कर वही माँचा जहाँ हवा ज़्यादा आती है, वहाँ लगा लेते हैं। वैसे यह क़वायद अन्ततः सिर्फ पथरणों रज़ाइयों को उलट–पुलट करने का उपक्रम साबित होती है क्योंकि सभी गन्दे व बदबूदार हैं परन्तु मन कुछ सन्तुष्ट हो जाता है कि अपने वाला चुन कर लिया गया है इसलिए साफ़–सुथरा है। पूरी सराय में दो शौचालय हैं, जिनके कारण पूरे परिसर में एक विशेष दुर्गन्ध फैली रहती है। हालाँकि बाड़मेर शहर छोटा–सा है और चारों तरफ खुला है, इसलिए अधिकांश लोग सवेरे–सवेरे लोटा या बोतल लेकर खेतों में निकल जाते हैं, लेकिन कुछ बनिया बुद्धि वाले लोग जिन्हें लगता है कि पैसे दिये है तो इनके शौचालय का उपयोग क्यों नहीं किया जाये, वे नाक पर पोतिया (साफ़ा) या अंगोछा (तौलिया) लपेट कर उस शौचालय का उपयोग कर ही लेते हैं। मक्खी–मच्छर और मनुष्य के बीच वहाँ हमेशा साम्राज्य की जंग छिड़ी रहती है। मक्खी–मच्छर बहुसंख्यक हैं, लेकिन अल्पसंख्यक मनुष्य उसे अपना डेरा समझता है। इस कारण वे न तो किसी मनुष्य को दिन में शान्ति से बैठने देते हैं और न ही रात में शान्ति से सोने देते हैं, लेकिन मानव ने हारना तो सीखा ही नहीं है। वह दिन में तालियाँ बजाता है

और रात में करवटें बदलता है, फिर भी रुकता वहीं है, झुकता नहीं है। ग़रीब के पास वहाँ रुकने के सिवाय कोई उपाय भी तो नहीं है, परन्तु मूर्ख मक्खी–मच्छर ये बात समझते नहीं हैं। इन दो रणक्षेत्रों के ठीक विपरीत सराय का नया अवतार सेवासदन है।

वहाँ सभी को रुकने के लिए कमरे दिये जाते, जहाँ कमरे में माँचे नहीं डबल बेड लगे होते हैं। बदबू भले ही आती हो, पर हर कमरे का अपना शौचालय होता है, जिसे जब तक कोई रुकता तब तक उसके सिवाय कोई अन्य उपयोग में नही ले सकता है। उसमें एक–दो दिन रुकने के बाद एक जानी–पहचानी बदबू आने लगती है, इसलिए वह बुरी नहीं लगती। उस बदबू में भी उसे अपनेपन का अहसास होता है। हवा के लिए हर कमरे में पंखे लगे होते। तेज पंखे के कारण मक्खी–मच्छरों को दीवारों या कोनों में शरण लेनी पड़ती है। निर्बाध उड़ते रहने की उनकी आज़ादी ख़त्म हो जाती और इसलिए मनुष्य से लाख दुश्मनी होते हुए भी पंखे के चलते हुए अस्थायी युद्ध विराम जैसी स्थिति होती।

सुरा काकू ने फिर से आँखों के किनारों से उन काकू की तरफ देखा और बोले, "निश्चित रूप से सेवासदन उन दोनों सराय से थोड़ा बेहतर है परन्तु 'कुछ लोग' इतनी असीम श्रद्धा से उसका नाम लेते है कि उनकी गर्दन अकड़ जाती है और आँखें साठ डिग्री घूमती हुई आसमान को देखने लगती हैं। उससे तो ऐसा लगता है जैसे वे बाड़मेर की सेवासदन जैसी सराय में नहीं बल्कि जोधपुर के उम्मेद भवन पैलेस में रुक कर आये हों।"

दूसरे काकू ने अपने पास बैठे युवक के कान में कहा, "उम्मेद भवन पैलेस भी सेवासदन से बेहतर क्या ही होगा? सेवासदन के आगे तो काली भींत (काली दीवार) है यानि श्रेष्ठता की वह सीमा, जिसके आगे कुछ नहीं हो।" सेवासदन से ज़्यादा सुविधाजनक और बेहतर कोई जगह हो सकती है, यह वे काकू स्वीकार नहीं कर पा रहे थे। फिर भी इस समय विरोध करना उन्हें उचित नहीं लगा क्योंकि वे जानते थे गाँव में सभी लोग सुरा काकू की जानकारी पर आँख मूँद

कर विश्वास करते हैं। इस पीड़ा से उन काकू के पेट में गैस भरती रही, लेकिन उसका निस्तारण करने के लिए उन्होंने कोई भी द्वार नहीं खोला। सुरा काकू की बातें चलती रहीं। आख़िरकार आफ़रा जब ज़्यादा बढ़ गया तब उन्होंने मुख द्वार खोला और बोले "हाँ भई, इस गाँव में जो सुरा कहे वही सच।" इतना कह कर वे वहाँ से चल दिये। इसके साथ ही सभी लोग धोरे से उठ खड़े हुए क्योंकि ब्यालू का समय हो चुका था। सभी को घर जाकर ब्यालू करके लौट आना था।

चार

यूँ तो इस कोटड़ी वाले धोरे पर सभी ग्राम वासी होते थे तो स्वाभाविक है, संवाद भी सभी करते रहे होंगे, परन्तु किसने क्या कहा यह स्मरण कर पाना मेरे लिए कठिन हैं, और बहुत अधिक नाम पाठकों में भी भ्रम पैदा करते हैं इसलिए अधिकांश संवाद सुरा काकू और जगिया के बीच ही रहेंगे। सुरा काकू का ज़िक्र पहले भी आया है, लेकिन आप सभी का उनसे परिचय नहीं हुआ। इसलिए पहले आप सभी का परिचय 'सुरा काकू' से करवाता हूँ।

काका से बने 'काकू' शब्द से तो सभी परिचित होंगे। सुरा का अर्थ पाठक मदिरा से नहीं लें। मदिरा में चौबीस घण्टे टुन्न रहने वाले काकू भी काफ़ी थे, पर ये सुरा काकू कभी वार–त्यौहार ही सेवन करते थे। इसलिए इन्हें मदिरापान की वजह से यह नाम नहीं मिला बल्कि मारवाड़ी (राजस्थानी) में सुरा का अर्थ होता है 'सुगन्धित'। हालाँकि धूप और आँधियाँ बारह महीने रहती थीं और किसान आदमी को स्नान करने का मौक़ा कम ही मिलता था। स्नान करना भी अपने आप में बहुत मेहनत का काम था। हो सकता है, कुछ लोगों को इस बात पर असहमति हो या हँसी आये कि स्नान में कैसी मेहनत? पर यह सच है क्योंकि यहाँ ऐसा नहीं था कि बाथरूम में नल खोला, फव्वारा ऑन किया या बाथटब में बैठे और भैंस की तरह नहा लिए। यहाँ सौ सौ पुरस (पाँच सौ फीट) गहरे कुएँ में से पानी निकालना और फिर नहाना होता था। इसलिए सभी लोगों की तरह सुरा काकू से भी

अक्सर पसीने की बदबू ही आती थी, पर अन्धे का नाम भी नयनसुख हो सकता है तो बदबू के बावजूद उनका नाम सुरा (खुशबू) रखने में कौन आपत्ति कर सकता था? वैसे सुरा काकू का असल नाम यह नहीं था। यह नाम तो उन्हें असीम प्रेम करने वाली गाँव की जनता ने दिया था, जिसे उन्होंने भी उदार मन से स्वीकार कर लिया था।

हुआ ये कि काकू एक बार बाड़मेर शहर गये। हमारे निकटतम शहर, ज़िला मुख्यालय बाड़मेर ही था। शहर तो क्या, वह भी गाँव ही था, पर जिला मुख्यालय की अपने आप में एक इज़्ज़त होती है इसलिए सरकार ने वह इज़्ज़त देने के लिए उसे शहर मान लिया था और सरकार की इज़्ज़त रखने के लिए जनता ने भी उसे शहर कहना शुरू कर दिया था। सुरा काकू जब बस से उतरे और बाड़मेर को शहर घोषित करती एकमात्र चौड़ी और डिवाइडर वाली स्टेशन रोड से मुख्य बाज़ार की तरफ बढ़ने लगे तो सड़क के दोनों ओर कतार से बाँस की ओडियों (टोकरियों) में अपनी–अपनी दुकान लगाए महिलाएँ बैठी थीं। महिलाएँ, बूढी, जवान, किशोर–सभी उम्र की थीं, लेकिन सुरा काकू उस समय जवान थे। आँखें चौंधिया जायें, ऐसा सफ़ेद नया तेवटा (धोती जैसा वस्त्र), उतना ही सफ़ेद कमीज़ और केसरिया साफ़ा पहने आगे बढ़े तो उन महिलाओं ने मुस्कराते हुए उनका स्वागत किया। कोई हँसी, कोई मुस्कराई, कोई झुकी, पर सुरा काकू किसी को लिफ़्ट दिये बिना आगे बढ़ने लगे क्योंकि उनसे पहले बाड़मेर जाने वाले कुछ लोगों ने बस में बैठने से पहले ही उन्हें आगाह कर दिया था कि वहाँ सड़क किनारे कामणगारियाँ (जादू करने वाली) बैठती हैं। सावधान रहना, वे अपने वश में कर लेती हैं और फिर मन चाहा सामान, भले वह रद्दी ही क्यों नहीं हो, बेच देती हैं।

सुरा काकू को सामान बेचने या ख़रीदने की उतनी फ़िक्र नहीं थी, जितना एक और वहम था। वो इसलिए कि सुरा काकू न सिर्फ़ शास्तर–वास्तर पढ़ते थे बल्कि वे भगत (भक्त) आदमी थे। भजन–वजन भी करते थे और कथा वग़ैरह में भी वार–त्यौहार जाते रहते थे। एक बार किसी भजन मण्डली में उन्होंने वो क़िस्सा सुना था जिसमें गुरु

गोरखनाथ जी कहते हैं "जाग मच्छन्दर गोरख आया।" उस क़िस्से के अनुसार मत्स्येन्द्र नाथ जी अपने शिष्य गोरक्ष नाथ जी को ज्ञान देकर कहते हैं कि अब जाकर इसे पूरे भारत में फैलाओ, अलख जगाओ परन्तु एक बात ध्यान रखना कि किसी लोभ के वशीभूत होकर मेरे दिये हुए इस ज्ञान, सिद्धियों और शक्तियों का दुरुपयोग मत करना वरना ज्ञान और शक्तियाँ तुम्हारे पास नहीं रहेंगी। गोरख नाथ जी ने तो ऐसा कुछ नहीं किया, परन्तु दुर्भाग्य से यह ग़लती स्वयं गुरु से हो गयी। वे कामरू देश (कामरूप–कामख्या, असम) की जादूगरनियों के सम्पर्क में आते हैं। कहते हैं उन कामणगारियों (जादूगरनियों) को जो पुरुष पसन्द आ गया, उसे वे वश में कर लेती थीं। फिर चाहतीं तो वे उसे गुलाम बनाकर रखतीं और मन होता तो पशु–पक्षी भी बना–लेती थीं। मत्स्येन्द्र नाथ जी को वे जादूगरनियाँ पक्षी बनाकर क़ैद कर लेती हैं। इधर गोरखनाथ जी वापस गुरु के पास जाते हैं तो वे नहीं मिलते हैं। उन्हें जैसे ही जादूगरनियों का क़िस्सा पता लगता है, वे वहाँ जाते हैं, लेकिन उनके यहाँ इतना सख़्त पहरा होता है कि किसी पुरुष का वहाँ तक पहुँचना असम्भव होता है। तब वे गुरु की दी हुई शक्तियों से पक्षी बनकर भीतर जाते है और अपनी सूक्ष्म दृष्टि से वहाँ पक्षी बना दिये गये गुरु को पहचान लेते हैं, लेकिन गुरु की शक्तियाँ नष्ट हो चुकी होती हैं तो वे गोरख को नहीं पहचान पाते। तब गोरख नाथ जी कहते हैं कि जाग मच्छन्दर गोरख आया, अचानक गुरु उन्हें पहचानते हैं। गोरखनाथ जी उन्हें लेकर बाहर आते हैं और फिर से इन्सान में बदलते हैं। इस तरह वे अपने गुरु को उन जादूगरनियों से मुक्त कराते हैं। इस कथा के अन्त में काकू ने ही तम्बूरे के तार छेड़ते हुए कहा था "साधो साधो" और सामने बैठे भजनी कूम्पजी बा ने कहा था "जय गोरख जय गोरख।"

यह कथा सुनने के बाद सुरा काकू ने इस विषय पर काफ़ी खोजबीन की थी। उन्हें ज्ञात हुआ कि कामरू देश कामरूप का अपभ्रंश है। कहते हैं कामरूप देश का ज़िक्र 'रामायण', 'महाभारत' और पुराणों में भी है। ईसवी सन् 350 से 1140 तक यानी लगभग 800 वर्षों तक

कामरूप देश बड़ा समृद्ध राज्य रहा। 12 वीं शताब्दी के बाद वह कई राज्यों में विभक्त हो गया और उसका महत्त्व कम हो गया।

वर्तमान में तो वह असम का एक ज़िला मात्र रह गया है, लेकिन नीलशैल पर्वतमालाओं पर स्थित माँ भगवती कामख्या का सिद्ध शक्तिपीठ सती के इक्यावन शक्तिपीठों में सर्वोच्च स्थान रखता है। यहीं भगवती की महामुद्रा (योनि–कुण्ड) है। मान्यता है कि जो इन्सान जीवन में तीन बार इसके दर्शन कर लेते हैं, उन्हें सांसारिक भव बन्धनों से मुक्ति मिल जाती है। प्रतिवर्ष आम्बुवाची पर्व पर जब माँ तीन दिन के लिए रजस्वला होती है तब काले जादू को सिद्ध करने के लिए आज भी दुनिया भर के तान्त्रिक यहाँ आते हैं।

कामरू देश की जानकारी लेते हुए काकू को एक और कहानी ज्ञात हुई। वह इस प्रकार थी कि कामरूप देश में ही एक छोटा–सा शहर है–धुबड़ी। कहा जाता है, यह नेताई धुबुरीन के नाम पर बसा है, जो कभी काले जादू की प्रमुख जादूगरनी थी। उसके आतंक का आलम यह था कि जब राजा मान सिंह के पोते और औरंगज़ेब के सेनापति राजा राम सिंह की क़ैद से छत्रपति शिवाजी महाराज और उनके पुत्र आज़ाद हो गये तो औरंगज़ेब ने सज़ा स्वरूप उन्हें और उनकी पलटन को असम पर आधिपत्य करने के लिए फ़रमान सुनाया। सुनते ही सब कांप गये। वहाँ जायें तो नेताई धुबुरीन से बचना मुश्किल और नहीं जायें तो बादशाह की नाफ़रमानी का कोप।

तब राजा राम सिंह ने सिखों के नौवें गुरु तेग़ बहादुर सिंह के पास जाकर अरदास की। उन्हें साथ चलने का अनुरोध किया। गुरु ने यह प्रस्ताव इसलिए स्वीकार कर लिया क्योंकि वे उस भूमि का दर्शन करना चाहते थे जहाँ गुरु नानक देव ने असम की कला, साहित्य जन–जीवन को गहराई से जाना था, समझा था, वहाँ रुके थे और तपस्या की थी। गुरु वहाँ गये भी और उनका सहयोग भी किया। कहते हैं, धुबुरीन जीवन में पहली बार किसी से पराजित हुई। उसकी काले जादू की शक्तियाँ गुरु तेग़बहादुर की आध्यात्मिक शक्तियों के सामने पराजित हुईं। इससे पूर्व किसी भी मुग़ल, अफ़गान या अन्य

शासकों की हिम्मत नहीं हुई कि उन जादूगरनियों के कामरू देश में जाकर राज करने की सोचें।

इतना कुछ जानने के बाद उस काले जादू का साया काकू के साये से चिपक कर हर समय उनके साथ रहने लगा। इसलिए काकू को यह वहम था कि ये बाड़मेर की कामणगारियाँ भी अगर वैसा कोई जादू जानती हैं और उन्हें क़ैद कर लिया या पंछी बना दिया तो उनका क्या होगा? उनके लिए न तो कोई ग़ोरखनाथ जी और न ही कोई गुरु तेग़ बहादुर सिंह जी आने वाले हैं। इसलिए झुकती हुई किशोरियों के दर्शनलाभ का लालच मन में दबाए वे दाएँ–बाएँ देखे बिना आगे बढ़ते गये।

जहाँ पंक्ति ख़त्म हो रही थी वहाँ तक के लिए मन में 'जय हनुमान ज्ञान गुण सागर, जय कपीस तिहूँ लोक उजागर, भूत–पिशाच निकट नहीं आवे महावीर जब नाम सुनावे...' गुनगुनाते हुए आगे बढ़ रहे थे। आँखें लगभग बन्द थीं। बस इतनी सी खुली थीं कि धुँधली सड़क दिखती रहे ताकि ठोकर खाकर किसी की ओडी (टोकरी) में न गिरें। जब उन्हें अनुमान हुआ कि अब पंक्ति ख़त्म हो गयी है तब उन्होंने दोनों आँखें खोलीं।

पंक्ति के आख़िर में बैठी ख़ूबसूरत किशोरी अपनी मोतियों जैसी उजली दंत पंक्ति निकाल सुरा काकू को दावत दे रही थी। हनुमान जी का नाम लेते हुए, अँगूठे और तर्जनी से दोनों कानों का निचला भाग छूते हुए काकू आगे बढ़ने लगे तो अपनी बड़ी–बड़ी आँखों पर धीरे–से पलकों को गिराते हुए वो बोली "बन्ना सा, इतना–सा काम भी न करेंगे इस नाचीज़ का?" फिर आगे की तरफ यूँ झुकी जैसे किसी पहाड़ी से झरना गिर रहा हो। क़ातिल मुस्कराहट के साथ बोली, "और कुछ नहीं तो एक इत्र की शीशी तो ले ही लें।" खुद के गले पर हाथ रखते हुए बोली "क़सम खाकर कहती हूँ, शादीशुदा है तो इस ख़ुशबू के लोभ में भाभीसा कभी पीहर नहीं जायेगी और कुंवारे है तो जो भी सूँघेगी, आपकी हो जायेगी। "उसके हाव–भाव देखकर और बातें सुनकर काकू को लगा जैसे उन्होंने कई दिनों से

पानी नहीं पिया है और गला सूख रहा है। काकू ने दो बार थूक गटका। ऐसा उन्होंने सूखे गले को तर करने के लिए किया या फिर इस चराचर जगत् में चारों तरफ व्याप्त भय जो इस समय उन्हें निगलने को आतुर था, उस भय को निगल जाने के उद्देश्य से किया, यह ठीक से वे स्वयं भी नहीं जान पाए थे, लेकिन इतना ज़रूर था कि ऐसा करने के बाद उन्हें कुछ तसल्ली ज़रूर हुई। इससे पहले कण्ठ सूखा हुआ था और उस कामणगारी की तरफ बढ़ते हुए कदम लड़खड़ा रहे थे। इसलिए ऐसा करके कुछ साहस बटोरना आवश्यक था। इतने साहस के बाद अब पंक्ति के आख़िर में बैठी उस लड़की के पास जाने से सुरा काकू को न तो हनुमान जी रोक पाए, न ही मत्स्येन्द्र नाथ जी की दुःख गाथा और न राजा रामसिंह की दुविधा। काकू 'हनुमान चालीसा' को छोड़ कर चच्चा ग़ालिब जैसे शायरों की पूरी जमात को याद करते हुए 'मैं बर्बाद होने आया हूँ तेरे दर पे...' ऐसी कोई ग़ज़ल मन में गुनगुनाते हुए उस किशोरी की ओडी के सामने पहुँच कर बैठ गये।

उसने आँख से इशारा करते हुए पूछा, ''क्या दिखाऊँ?'' काकू शर्माते हुए बोले ''अभी तो बस इत्र की शीशी।'' वो हँसी और इत्र दिखाने लगी। बीस रुपये से लेकर दो रुपये तक के सारे तरह के इत्र उसने दिखाए। काकू ने अपनी जेब, जिसे वे बस में भी पाँच–सात बार टटोल चुके थे, एक बार फिर टटोली और अन्दाज़ा लगाया कि ज़रूरत का सामान ख़रीदने और वापसी के बस भाड़े के बाद मुश्किल से दो–चार रुपये बचेंगे। इसलिए उन्होंने तय किया कि आख़िर में दिखायी गयी 'नागचम्पा' की सबसे छोटी शीशी ही उनके बजट में बैठेगी। उन्होंने उसी का मोल–भाव किया तो वह एक रुपये में देने को तैयार हो गयी। फिर उन्हें अनुभवी लोगों की बताई युक्ति याद आयी और ''महँगी है'' कह उठकर जाने लगे। पीछे से आवाज़ देते हुए वह लड़की फिर से बोली, ने ''बन्ना, बारह आने में लेनी हो तो ले लो, इससे कम नहीं होंगे।'' काकू वापस आये, जेब से फटाफट पच्चीस पैसे के तीन सिक्के निकाल कर दिये और वह इत्र की शीशी लेकर जाने लगे।

अभी तक घबराहट, भय और मोल–भाव में उलझे काकू अब जब जाने लगे तो कुछ सहज हुए। उनका तन आगे बढ़ रहा था, लेकिन मन पीछे रह गया था। वह अब भी उस सौन्दर्य में अटका हुआ था। अचानक ऐसा लगा जैसे उनके पैरों में बेड़ियाँ डाल दी गयी हों। लड़की पीछे रह गयी थी, लेकिन उसकी कामणगारी आँखें, उसके चमकते दाँत, उसकी खनकती हँसी और उसका झुका हुआ बदन अब भी सुरा काकू के सामने हवा में तैर रहे थे। प्रत्यक्ष देखने की ग़रज से काकू पीछे मुड़े। उन्हें यक़ीन था कि लड़की उसी गर्मजोशी से उनका स्वागत करेगी, लेकिन वह लड़की अब चुपचाप बिना किसी हलचल के एकदम सीधी बैठी थी। किसी योगिनी की भाँति निर्लिप्त भाव से बैठी उस लड़की के होठों पर कोई मुस्कराहट नहीं थी और ऐसा लग रहा था, जैसे काकू को जानती भी नहीं हो। कई बार किसी के कहे को जितना कहा गया है, हम उससे कुछ ज़्यादा समझ लेते हैं, इस बात को समझे बिना काकू, ''हूँ ह बेवफ़ा कहीं की...'' कहते हुए आगे बढ़ गये और वो लड़की किसी नये ग्राहक को इत्र बेचने के इन्तजार में वहीं बैठी रह गयी।

पाँच

बाज़ार में काकू ने मँगवाया गया सामान ख़रीदा। एक कट्टे में बाँधा और दुकान से बाहर निकलते समय शर्माते हुए सेठजी से बोले ''थोड़ी रूई देना।'' रूई सामान्यतया दीया–बाती के काम ली जाती थी। इसलिए सेठजी ने पूछा, ''माचिस भी चाहिए?'' काकू के इनकार में दायें–बायें गर्दन हिलाई तो सेठजी ने आख़िरी बची माचिस को निकालते हुए उस पैकेट में थोड़ी–सी रूई डाल काकू को पकड़ा दी। काकू के जाने पर सेठजी मन–ही–मन काफ़ी देर तक काकू के रूई माँगते समय शर्माने के राज का पर्दाफ़ास करने की कोशिश करते रहे, पर हिसाब–किताब और जासूसी दो अलग–अलग विषय है, इसलिए उन्हें कुछ समझ नहीं आया।

उधर काकू ने सेठजी की आँखों से ओझल होते ही कन्धे को अपने भार से कष्ट देते सामान के कट्टे से बदला लेने के लिए उसे सड़क किनारे पटका और उस पर बैठ गये। उन्होंने शर्माते हुए, झुकी नज़रों की कनखियों से दायें–बायें देखा कि कोई उन्हें देख तो नहीं रहा है? फिर जेब से रुपयों से भी सुरक्षित रखी हुई उस कामणगारी की दी हुई इत्र की शीशी निकाली। दूसरी जेब से सेठजी की दी हुई रूई निकाली। थोड़ी–सी रूई ली और उसे इत्र से गीला कर फूम्बा (फाहा) बनाकर कान में ठूँस दिया। उन्होंने एक बार फिर से चारों तरफ कनखियों से देखा कि कोई देख तो नहीं रहा है? आश्वस्त होने पर दोनों चीज़ें अपनी दोनों जेब में रखीं और मन–ही–मन शहर की तारीफ़ की कि यहाँ के लोग कितने सभ्य हैं! दूसरों के काम में टाँग नहीं अड़ाते हैं। गाँव में होता तो अभी तक न जाने कितने ही लोग पंचायती करने आ जाते और सवालों की झड़ी लगा देते, जैसे इत्र क्यों लगा रहा है? कहाँ से लाया? कितने का लाया? इत्र लगाकर कहाँ जायेगा या फिर मुफ़्त की सलाह देने लग जाते–जैसे इत्र लगाने से कुछ नहीं होता। मर्द का बच्चा बन या इससे भूतनी–चुड़ैल लग जाती हैं आदि–आदि। ख़ैर, ऐसा कोई सवाल या सलाह तो क्या, यहाँ तो इतनी भीड़ में से किसी ने देखा भी नहीं। हालाँकि काकू जिस बात के लिए शहर की तारीफ़ कर रहे थे, उसी शहर की इस अनदेखी ने उन्हें थोड़ा उदास भी किया। इत्र से 'नागचम्पा' की ख़ुशबू बहुत अच्छी आ रही थी और काकू ने मन–ही–मन अन्दाज़ लगाया कि लगभग आधा कोस तक तो आराम से फैलती होगी।

तभी अंग्रेज़ों के ज़माने का कोई ट्रक निकला। उसने इतना धुआँ फेंका कि वह ट्रक भी नहीं देखा जा सकता था। वह धुआँ नागचम्पा की सारी ख़ुशबू पी गया। इस धुँए से हताश होकर काकू ने अपना रास्ता बदल लिया। उन्होंने तय किया कि मुख्य सड़क से होते हुए जाने की बजाय राय कॉलोनी से होते हुए बस ठेसन जायेंगे।

काकू नागचम्पा की ख़ुशबू और कामणगारी की आँखों में खोए हुए राय कॉलोनी की संकरी गलियों से होते हुए निकल रहे थे कि

अचानक उनके दिल के तार वीणा के तारों की तरह झंकृत हो उठे। किसी दो मंज़िले मकान की प्रथम मंज़िल के कमरे की बालकोनी में खड़ी नवयौवना की हँसी से झर–झर झरता शहद बरस रहा था। काकू ठिठक कर अपनी जगह खड़े हो गये और उस शहद का आस्वादन करने लगे। हिरणी जैसे काजल लगे उसके ख़ूबसूरत नयन अपलक काकू को निहारे जा रहे थे। अचानक हुई इस घटना से काकू स्तब्ध थे। उन्हें कुछ समझ नहीं आ रहा था कि क्या किया जाये? बहुत देर बाद उन्हें याद आया कि उन्होंने इतनी देर से साँस भी नहीं ली है। तब उन्होंने एक लम्बी आह भरी और फिर से ऊपर देखा। ठीक उसी वक़्त उस नवयौवना का पति आकर उसके निकट खड़ा हो गया। अब काकू के पास आगे बढ़ने के सिवाय कोई चारा नहीं था। काकू के मन में जितना प्रेम इस नवयौवना के लिए उमड़ा था, उतनी ही श्रद्धा इत्र देने वाली उस कामणगारी के प्रति जागी। उन्होंने उस इत्र वाली लड़की को 'बेवफ़ा' कहा था। वह सर्टिफ़िकेट मन–ही–मन कैंसिल किया और 'शुक्रिया' कहा। आख़िर यह उस नागचम्पा के इत्र की ख़ुशबू का कमाल ही तो था कि वह नवयौवना इस तरह आकर्षित हुई थी। हालाँकि काकू ने आँखें चौंधियाते अपने नवीन श्वेत वस्त्रों, केसरिया साफ़े, बिच्छु के डंक जैसी अपनी मूँछों, शरीर सौष्ठव और ख़ूबसूरती को भी आकर्षण का कारण माना, लेकिन सर्वाधिक नम्बर उस कामणगारी के इत्र को ही दिये।

छह

काकू ने अगले दिन कोटड़ी वाले धोरे पर यह बात सुनाई कि छोरी ने ऐसा सुरा अन्तर (ख़ुशबूदार इत्र) दिया कि मेरे तो भाग्य खुल गये। फिर उन्होंने विस्तार से वह कहानी सुनाई कि किस तरह उस इत्र की ख़ुशबू से बाड़मेर की राय कॉलोनी में वह घटना घटित हुई। थोड़ी–सी उसमें गप्प जोड़ दी थी कि इस नागचम्पा की सुगन्ध के वशीभूत होकर उस नवयौवना ने मेरे को इशारा करके रोका,

नाम–पता पूछा, काफ़ी देर बातें करती रही और फिर कभी चाय पर आने का बोल कर विदाई दी।

सभी लोग इसे पूरा सच मान लेते, लेकिन तभी एक अन्य काकु ने उनकी इस बात का पुरज़ोर विरोध किया। ये वे ही काकू थे जिन्हें लगता था कि उम्मेद भवन पैलेस सेवासदन से बेहतर तो क्या ही होगा, लेकिन तब सुरा काकू ने सबके सामने साबित कर दिया था कि कहाँ राजा भोज और कहाँ गंगू तेली? बात सच थी। कहाँ तो दुनिया के सबसे श्रेष्ठ होटलों में शुमार उम्मेद भवन पैलेस और कहाँ वह बाड़मेर की धर्मशाला सेवासदन? फिर भी आदमी को इससे फ़र्क़ नहीं पड़ता कि वह सच्चा है या झूठा। अगर कोई उसे झूठा साबित कर दे या बेइज़्ज़त कर दे तो वह बदला लेने की फ़िराक़ में रहता है। इन काकु को आज ऐसा अवसर मिल गया था। उन्होंने अपनी कुटिल मुस्कान से सुरा काकू को जता दिया कि पुत्तर, इस दुनिया में समय सभी का आता है। उस दिन मैं मौन साधे मन–ही–मन कह रहा था कि अपना टाइम आयेगा। वह आज आ गया है। अब देख मेरा जलवा। कैसे मैं तेरे इस क़िले को ध्वस्त करके तेरी भी बेइज़्ज़ती करता हूँ!

बात चूँकि उन काकु के दिल में गहराई तक चुभी हुई थी, इसलिए यह संसद या विधानसभा में स्वयं को विपक्षी साबित करने के लिए झूठ–मूठ का विरोध किया जाता है, वैसा दिखाने वाला विरोध नहीं था बल्कि पूरी ईमानदारी से विरोध किया गया। उन्होंने सुरा काकू का असली नाम लेकर कहा कि अनके पीछे–पीछे सड़क के दूसरे किनारे वो भी आ रहे थे। उस महिला ने उसे रोका नहीं था। बातें करना या चाय का निमन्त्रण वग़ैरह भी गप्प है। वह बालकनी में आयी, तब क्षण भर के लिए उसकी नज़र इस गेले (बेवकूफ़) पर चली गयी, जिसे इसने प्यार समझ लिया। उनका कहना था कि मैं सड़क के दूसरे किनारे था, इसलिए मुझे साफ़ दिख रहा था कि कमरे के अन्दर वे पति–पत्नी एक–दूसरे से हँसी–मज़ाक़ कर रहे थे। हँसते–हँसते वह बाहर आ गयी थी और पीछे–पीछे उसके पति बस,

इतनी सी बात हुई थी। जहाँ तक इत्र के ज़्यादा सुरा होने की बात है, रोड़ की उस तरफ़ मुझे भी उसकी खुशबू नहीं आयी तो पहली मंजिल तक क्या ख़ाक पहुँची होगी?

सुरा काकू ने इन काकू द्वारा किये गये इस खण्डन का खण्डन किया। पहला, वे अपनी बात पर अड़े रहे कि मैंने जो कहा, सच कहा है। दूसरा, उन्होंने धोरे पर बैठे सभी सदस्यों से आग्रह किया कि इसने मुझे गेला (बेवकूफ़) कहा है। जो ग़लत है। मैं आप लोगों को कहीं से गेला दिखता हूँ? तीसरा, उन्होंने कहा ये वहाँ था ही नहीं, होता तो मुझे भी तो दिखता।

सभी सदस्य जानते थे कि सुरा काकू की बौद्धिक क्षमता और ज्ञान पर अविश्वास नहीं किया जा सकता है। हालाँकि उनका यह भी मत था कि प्यार–मोहब्बत की बात जरा अलग है। इसमें कई बार समझदार आदमी भी बेवकूफ़ बन जाता है। फिर भी सभी सदस्यों का झुकाव और दबाव सुरा काकू की तरफ़ होने के कारण 'गेला' कहे जाने की बात पर दूसरे काकू ने माफी माँगकर अपने शब्द वापस ले लिए। सुरा काकू को समझदार घोषित किये जाने के बाद अब आगे की कार्रवाई शुरू की गयी। तीसरे तथ्य यानि दूसरे काकू वहीं थे यह साबित किये बिना पहली बात यानि सुरा काकू की बात को झूठा कहने का कोई अर्थ नहीं निकलता था, इसलिए सदन ने पहले उनसे वहाँ होने के सुबूत माँगे। दूसरे काकू ने उस घटना का समय, उस महिला की साड़ी का रंग, उसके पति के कमीज़ का रंग, बालकनी की जाली का रंग आदि ऐसे कई सुबूत बताये, जिनसे सुरा काकू ने सहमति जताई तो सदन ने सर्वसम्मति से स्वीकार कर लिया कि वे दोनों शख़्स उस दिन बाड़मेर की राय कॉलोनी में थे जब यह घटना घटित हुई।

अब कौन कितना सही–ग़लत कह रहा है, इस बात की पड़ताल शुरू हुई तो आख़िर यह तय हुआ कि चाय का निमन्त्रण या उस महिला से सुरा काकू का बातें किया जाना तो साबित नहीं हो सका फिलहाल यह सत्य था कि वह महिला कमरे में भले ही पति के साथ

हँसी–मज़ाक़ कर रही हो या न कर रही हो, परन्तु बालकनी में आने के बाद काफ़ी देर तक हँसती–मुस्कराती रही थी और काफ़ी देर तक उसकी नज़रें सुरा काकू पर टिकी हुई थीं। उसके पति के आने के बाद जब उसने महिला और सुरा काकू, दोनों को खारी नज़रों से देखा तो वो पति को देखने लगी और काकू आगे बढ़ गये। हालाँकि 'उसकी नज़रें सुरा काकू पर टिकी हुई थीं। न्यायमूर्ति बनी जनता की इस बात पर दूसरे काकू ने 'ऑब्जेक्शन मी लॉर्ड' कहा, लेकिन खण्डपीठ ने अपने व्यवहार से जता दिया कि 'ऑब्जेक्शन ओवररूल्ड' यानि आपको बहुत सुन लिया है, अब और नहीं सुनेंगे। यह हमारे निर्णय देने का समय है और आप चुपचाप निर्णय सुनते जायें।

खण्डपीठ ने यह स्वीकार कर लिया कि उस स्त्री की नज़रें सुरा काकू पर टिकी थीं और जहाँ तक इत्र की खुशबू की बात है, उसका फूम्बा (फ़ाहा) आज भी काकू के कान में था और धोरे पर बैठे सभी लोगों को उसकी खुशबू आ रही थी। असल में उस खुशबू के कारण ही यह सारी चर्चा चल निकली थी। इसलिए यह तय हुआ कि भले ही शहर में गाड़ियों के धुँए के कारण दूसरे काकू को ख़ुशबू न आयी हो या सौतिया डाह की वजह से वे ऐसा कह रहे हों 'पर सभी ने एक होकर स्वीकार किया कि इत्र की सुगन्ध अति–उत्तम क्वालिटी की है' इसमें कोई दो राय नहीं। इसके बाद सुरा काकू के कान में अक्सर इस इत्र का फूम्बा लगा रहता था, इसलिए उनका नाम 'सुरा' काकू (सुगन्धित काकू) पड़ गया।

(पुनश्चः काकू का नाम 'सुरा काकू' इस घटना के बाद पड़ा परन्तु इस घटना से पूर्व भी मैंने अनेक बार उन्हें 'सुरा काकू' नाम से सम्बोधित किया है। वह इसलिए कि एक साथ दो काकू होने से पाठकों को किसी तरह का भ्रम न हो।)

सात

सुरा काकू हमेशा क़िस्से–कहानियाँ सुनाते थे या फिर बच्चे उनसे सवाल पूछते थे और वे उनका जवाब देते थे। उन सभी बच्चों

में 'जगिया' सबसे आगे रहता था। सुरा काकू के नाम की तरह ही जगिये के नाम के पीछे भी एक कहानी है।

गाँव में एक ठाकुर थे। वैसे वो ठाकुर नहीं थे और न ही कोई उन्हें 'ठाकुर' कहता था। पाठक कन्फ़्यूज़ हो रहे होंगे कि मैं कहना क्या चाहता हूँ? ठाकुर थे या नहीं थे, इसे समझने के लिए मैं बता दूँ कि भारत आज़ाद होने से पहले हमारा गाँव जैसलमेर रियासत में था। जैसलमेर रियासत भाटी राजाओं द्वारा शासित रही है। भाटी अपने को भगवान श्री कृष्ण के वंशज मानते हैं। श्री कृष्ण ने राजतन्त्र के समय में भी लोकतन्त्र की स्थापना की थी। मगध, चेदि, पौण्ड्र, हस्तिनापुर जैसे विशाल साम्राज्यों से घिरी हुई ब्रजभूमि में गणतन्त्र था, जहाँ शासक का सम्मान था, भय नहीं। अन्धक और वृष्णिकुल के मध्य वह यदुकुल ही था जो 'बहुजन हिताय, बहुजन सुखाय' की बात करता था यानि गणतन्त्र का समर्थक था। अन्य राजकुलों से भिन्न यदुकुल की इसी परम्परा का निर्वहन भारत की आज़ादी से पूर्व तक जैसलमेर करता रहा। इसलिए रियासत के किसी गाँव में राज्य की ओर से कोई ठाकुर घोषित नहीं किया जाता था।

भारत में लोकतन्त्र घोषित होने के बाद जैसलमेर के यदुकुल के राजतन्त्र का लोकतन्त्र ख़त्म गया हो था और भारत के लोकतन्त्र में राजतन्त्र पनपने लगा था। भारत के लोकतन्त्र में राजतन्त्र को आजकल हम सब जगह देखने लगे हैं। इन पैसे के आधिक्य से स्वघोषित ठाकुरों यानि पूँजीपतियों का इतना सामर्थ्य हो गया है कि हमारे लोकतन्त्र के राजा भी इनके सामने नतमस्तक रहते हैं बल्कि यह कहूँ कि राजा कौन होगा, यह भी ये ठाकुर तय करने लगे हैं यानि किंग कोई भी हो, किंग मेकर तो ये पूँजीपति ही होते हैं। इसलिए किंग को किंग मेकर के इशारों पर नाचना होता है जबकि भोली जनता उसे राजा के डाँस स्टेप ही समझती है।

लोकतन्त्र में जिसके पास पैसा या सामर्थ्य अधिक हो, वह स्वघोषित ठाकुर बन जाता है यानि ये राजतन्त्र के नहीं लोकतन्त्र के ठाकुर साब थे। इसलिए लोकतन्त्र का धरम था कि उनका सम्मान

करे। एक बार स्कूल के एक समारोह में ये साब कार्यक्रम की अध्यक्षता कर रहे थे। जगिया पढ़ने में थोड़ा ठीक था। ज़्यादा तो नहीं, पर अँधों में काना राजा, वाली बात थी। जब यह घोषित हुआ कि तीसरी कक्षा में प्रथम आने वाला विद्यार्थी है 'जगजीत सिंह', तो उन ठाकुर साब को अच्छा नहीं लगा। ऐसा इसलिए नहीं हुआ कि जगजीत सिंह के परिवार से उनकी कोई दुश्मनी थी बल्कि यह पीड़ा उन्हें इस द्वेष के कारण हुई कि उनके बेटे को तीसरी से चौथी कक्षा में सहानुभूति पूर्वक प्रमोट किया गया था। उस समय उन्हें यह भी ज्ञात हुआ कि ये दोनों घटनाएँ पहली बार नहीं हुई हैं बल्कि पहली कक्षा से लगातार हो रही हैं।

तब इस कुण्ठा से ग्रसित उन साब ने माड़साब को हुकुम दिया कि ये प्रथम–द्वितीय तो ठीक है, लेकिन गाँव के बुज़ुर्गों के सामने यह जगजीत सिंह जी जैसे नाम भूंडे (ख़राब) लगते हैं। आगे से स्कूल में भी बच्चों को जगिया, मन्दरिया–इन्दरिया नाम से ही बुलाया जाये। चूँकि सुझाव ज्ञानी अध्यक्ष महोदय का था तो स्वीकार कर लिया गया। न सिर्फ स्वीकार किया गया बल्कि स्कूल के हाज़िरी रजिस्टर में भी जगजीत सिंह को 'जगिया' कर दिया गया यानि तय हो गया कि नाम के मुताबिक़ जगजीत सिंह असल में जग जीत लें, तब भी रहेंगे जगिया ही।

गाँवों में तब तक शहरी संस्कृति नहीं आयी थी कि एक स्कूल का नाम हो और दूसरा घर का नाम, जिसे 'निक नेम' कहा जाता है। वहाँ उम्र में बड़े लोग बच्चों के नाम छोटे करके ही बोलते थे। जैसे जगजीत सिंह को 'जगिया', महेन्द्र सिंह को 'मन्दिर', प्रताप सिंह को 'पता', सुजान सिंह को 'सूजा' और दुर्जन सिंह को 'दूजा' कहा जाता था। यह नामकरण की सामान्य व्यवस्था थी जो सभी पर एक समान लागू होती थी यानि जाति, धर्म, सम्प्रदाय, अमीर–ग़रीब में भेद किये बिना, इसलिए जगिया को भी अपने 'जगिया' नाम से कोई शिकायत नहीं थी, लेकिन उसे यह ज़रूर बुरा लगा कि हाज़िरी रजिस्टर में उसका नाम 'जगिया' इसलिए किया गया क्योंकि वह प्रथम आया है।

माड़साब भले आदमी थे, जिन्होंने साब का आदेश तो माना, परन्तु पाँचवी पास करने पर टी.सी. में सब बच्चों के नाम सही कर दिये। इसलिए छठी कक्षा से जगिया फिर से जगजीत सिंह हो गया, लेकिन गाँव में वह 'जगिया' ही रहा।

समय की माया निराली है। समय बदला तो राजतन्त्र से लोकतन्त्र हो गया यानि राजा प्रजा हो गये और प्रजा राजा हो गयी। ठीक वैसे ही समय ने पलटा खाया। जगिया गाँव से बाहर गया, पढ़ा–लिखा तो लोगों ने जगजीत सिंह को साहब मान लिया। फिर जब लौट कर गाँव गया तो उन साब और गाँव द्वारा भी साब स्वीकार कर लिया गया, लेकिन जगजीत सिंह को अपने 'जगिया' नाम से मोहब्बत थी, इसलिए मैंने पूछा तो उन्होंने कहा कि मुझे जगिया के नाम से ही सम्बोधित करोगे तो अच्छा लगेगा।

आठ

युवा पाठक बड़े बेसब्र हो रहे होंगे कि शादी का टाइटल देकर जगिया, सुरा काकू, कोटड़ी वाला धोरा और बाड़मेर की सरायों जैसे व्यर्थ के विषयों पर लिख कर लेखक धोखा कर रहा है, लेकिन असल में आप और शादी के बीच दूरियाँ बनाये रखने का लेखक का कोई इरादा नहीं था। लेखक चाहता है कि शादी के रंग फीके न रहें, इस लिए इन सभी की उपस्थिति आवश्यक रहेगी। वैसे शादी के लिए इन्तज़ार में भी आनन्द है। ख़ैर, अब वक़्त ज़ाया किये बिना वह दूरी ख़त्म किये देता हूँ।

जगिया का दाख़िला इस वक़्त अच्छे सरकारी कॉलेज में हो गया था और वह अपने मित्रों के साथ खुश था। फिर भी गाँव उसकी रगों में बसा था। बस, उस रेत की खुशबू लिए हवा के चलने की देरी होती थी। जैसे ही हवा में वह महक आती, जगिया का मन गाँव पहुँच जाता। आज भी यही हुआ।

इस समय रात के कोई आठ बज रहे होंगे। जगिया अपने दोस्तों के साथ पप्पू की चाय की थड़ी पर नीम के पेड़ नीचे बैठा था।

हालाँकि इस समय नीम के पेड़ का कोई औचित्य नहीं था, परन्तु दोपहर की धूप में जिसने सहारा दिया, रात होते ही उसे भुलाना भी ठीक नहीं। इतना ही नहीं, इस पेड़ के नीचे कितनी ही राष्ट्रीय, अन्तरराष्ट्रीय राजनैतिक चर्चाएँ होती हैं। कॉलेज के बाबुओं द्वारा कॉलेज की राजनीति की सारी प्लानिंग तो यहीं होती है। इतना ही नहीं, हाई क्लास प्रेम कहानियाँ भले हाई क्लास रेस्टोरेंट्स, क्लब्स, मल्टीप्लेक्स या गुलमोहर के नीचे पनपती होगी, पर कुछ मध्यमवर्गीय प्रेम कहानियाँ जगिया ने इस नीम के नीचे पनपते भी देखी हैं। गिनाने लगूँ तो और भी अनेक कारण हैं, जिनके कारण इस नीम को याद किया जाये, परन्तु इस समय नीम पार्श्व में है। महत्त्वपूर्ण मुद्दा कुछ और है। वैसे भी बिना शर्त हर वक़्त जो हमारा ख़याल रखते हैं, वे अक्सर पार्श्व में ही रहते हैं इन्सान का ध्यान अन्य मुद्दों पर ज़्यादा रहता है।

ठीक वैसे ही इस समय जगिया का ध्यान नीम की बजाय सामने की गली से निकल रही बारात पर था। आगे–आगे सूखे पत्तों की तरह आगे–पीछे से चिपके हुए–से बैंड पार्टी वाले लोग, जिनके लिए खुद की साँस लेनी भी मुश्किल हो रही थी। वे पूरा ज़ोर लगाकर पों–पों की आवाज़ निकाल रहे थे। उनके दोनों तरफ भुखमरी से बेहाल, फटे कपड़े पहने बच्चे दबी गर्दन पर चमचमाती लाइटें लिए हुए रेंग रहे थे। पीछे डेढ़ क्विंटल का दूल्हा सत्तर किलो के गधे जैसे खच्चर को घोड़ा मानकर उस पर बैठा था। साढ़े छह फीट के उस दूल्हे के लम्बे–लम्बे पैर उस मान लिए गये घोड़े के दोनों तरफ़ से उतरते हुए सड़क से टकरा रहे थे। शायद अब तक दूल्हा भी पैरों को घुटनों से मोड़ते–मोड़ते थक गया था। ऐसा लग रहा था जैसे किसी लाश को गधे पर लाद कर ले जाया जा रहा हो और उसके दोनों पैर घिसटते जा रहे हों। जगिया को अपने गाँव के मालानी नस्ल के घोड़े याद आ गये। छह फीट के घोड़े, जिन पर कूद कर बैठने का अनुभव न हो तो चारपाई पर खड़े होकर चढ़ना पड़े। बेसुरे बैंड की कान फोडू आवाज़ सुनकर उसे कमायाचे और खड़ताल के साथ सुरों से खेलते मंगणियार याद आये। जब बींद राजा (दूल्हे राजा) के आगे चलते

हुए वे आलाप निकालते या ऊँचे स्वर में दोहा कहते तो लगता, उस माधुर्य का आस्वादन करने सितारे अभी आसमान से ज़मीन पर उतर आयेंगे। कानों को ही नहीं–मन को भी एक सुकून–सा मिलता। उसे समझ नहीं आता कि विवाह में ''यह देश है वीर जवानों का, अलबेलों का, मस्तानों का, इस देश का यारों क्या कहना...'' जैसे गीत की क्या सार्थकता है? उसने मंगणियारों के गाए विवाह गीत सुने हैं। गीत 'तोरणिया' में गाया जाता है कि दूल्हा तोरण पर पहुँचा है। ऐसा लगता है, जैसे सूरज ज़मीन पर उतर आया हो। सामने सासुजी आरती का थाल लिए प्रतीक्षा में खड़ी हैं। उनके पीछे होठों पर मीठी मुस्कराहट लिए साली जी स्वागत में पलकें बिछाए खड़ी है। हर एक शब्द, हर एक पंक्ति सुनकर दिल में एक मीठी–सी चुभन होने लगती है, रोम रोम मादकता से महक उठता है, मन में अजीब–सी सिहरन होने लगती है। यहाँ वीर रस में डूबे लोग उस खच्चर के सामने नाचते हुए प्रेम रस की अनुभूति कैसे कर रहे होंगे, यह जगिया के समझ के बाहर की बात थी।

ख़ैर, दुनिया है वह विचित्रताओं से भरी हुई है। हमारी आँखों की सीमा है। वे विचित्रताएँ असीम हैं। उन्हें समझने के प्रयास में उलझने की बजाय उनका आनन्द लिया जाये, इसी में समझदारी है। जगिया के मित्र लोग जगिया की मनःस्थिति समझ गये। उनमें से कई कोट–पेन्ट, टाई पहनकर शहरी बाबू बने हुए ज़रूर थे, पर बचपन में लिपटी हुई रेत की महक उनकी देह से भी अभी तक गयी नहीं थी। इस समय उनकी आँखों में भी गाँवों के धोरे उतर आये। फ़ॉर स्क्वायर सिगरेट का कड़वा कश खींचते हुए भी मिट्टी की महक की तड़प उनके दिल में चुभने लगी। उनकी स्मृतियों में भी एक–एक कर रेत के धोरे, खेजड़ी, केर, रोहिड़ा, ऊँट, पोड़ा, जान (बारात), बींद–बींदणी (दूल्हा–दूल्हन)–सब कुछ कसमसाने लगे। वे जानते थे, ऐसे में जगिया के क़िस्से ही उनकी सुर्ख़ आँखों को नम करके आराम दे सकते हैं। सभी ने मिलकर रिक्वेस्ट की, ''जगिया, कुछ सुनाओ, यार।'' चाय के साथ सिगरेट पीने वालों के लिए तो माहौल बन गया था,

लेकिन जगिया को अपने दिल और दिमाग़ की बत्ती जलाने के लिए कुछ ज़रूरत महसूस हुई। उसने एक मलाईदार चाय की फ़रमाइश की, जो अगले ही पल उसकी ख़िदमत में हाज़िर कर दी गयी।

गले में उतरते चाय के हरेक घूँट के साथ थोड़ा–थोड़ा कर जगिया भी अपने भीतर उतरने लगा। आदमी जब अपने भीतर उतरने लगता है तो उसके भीतर की बातें बाहर आने लगती हैं। जगिया सामने की गली से जा रही बारात की भीड़ से निकल कर गाँव के धोरों पर रपटता हुआ काकू की बारात में जा पहुँचा।

यूँ तो कई शादियाँ जगिया के सामने हुई थीं। कई काकू भी थे जिनकी शादियाँ जगिया ने देखी थीं, पर आम शादी का ज़िक्र करने का कोई अर्थ नहीं, क्योंकि भारत में बहुत कम लोग इस प्रक्रिया से गुज़रने से बचते हैं। अधिकांश लोग घर–परिवार समाज द्वारा घेर कर इस बन्धन में बाँध दिये जाते हैं। पहले यह कार्य परिजनों द्वारा किया जाता था, अब तो लड़का–लड़की खुद भी एक–दूसरे को इस जाल में फँसा लेते हैं और फिर उम्र भर एक–दूसरे को गालियाँ देते हैं कि उस वक़्त मेरी बुद्धि न जाने कहाँ घास चरने चली गयी थी। ख़ैर, कहने का अर्थ यही कि भारत में शादी उतनी ही ज़रूरी है जितना ज़रूरी भोजन करना है। घर में बच्चों का होम वर्क हो न हो, सब पूछेंगे खाना खा लिया क्या? बड़ों के भी कितने ही काम बाक़ी हों, पर पूछेंगे सभी यही कि खाना हो गया या नहीं? बाक़ी सारे काम देरी से हों, हों या न हो पर खाना समय पर न बने तो घर में हंगामा हो जाता है। जिन दफ़्तरों में बाबू और कर्मचारी टिफ़िन ले जाते हैं, वहाँ काम करते हैं या नहीं, कोई नहीं पूछेगा, पर एक–दूसरे से यह सब पूछेंगे कि खाना हो गया? भारत में ठीक ऐसी ही घटना शादी है। बेटा–बेटी कुछ करें न करें, पढ़ें न पढ़ें, रोज़गार मिले या बेरोज़गार हों एक उम्र पार करते ही हर आदमी उनके माँ–बाप से एक ही सवाल करता है कि शादी हो गयी? अब तक क्यों नहीं हुई? अब किसका इन्तज़ार कर रहे हो? ना–नुकर क्यों कर रहा है? कोई चक्कर–वक्कर तो नहीं? साब, जल्दी करो, नहीं तो बच्चा हाथ से निकल जायेगा।

टेम पर ब्याह कर दो, नहीं तो कोई कुजात घर में ले आयेगा। लड़की की जात है। टेम पर हाथ पीले कर दो। कोई ऐसी–वैसी बात हो गयी तो सात पीढ़ी की नाक कट जायेगी, जैसे सात पीढ़ी सब कुछ तो समेट कर साथ ले गयी, पर नाक और चाकू अगली सात पीढ़ियों में पैदा होने वाली लड़कियों के हाथ दे गयी हो। ऐसे कितने ही सवालों–जवाबों से बचने के चक्कर में माँ–बाप भी फटाफट फेरे खिलाकर निश्चिन्त हो जाते हैं। उन्हें भी लगता है कि अब कोई सवाल जवाब नहीं होगा। अब जीवन का उद्देश्य पूर्ण हो गया है। कहने का मतलब यह कि भारत में विवाह इतने आम हैं कि उसके बारे में सब जानते हैं, परन्तु जगिया किसी ख़ास विवाह का ज़िक्र करने का सोच रहा था। जैसा शेष लोगों ने शायद न देखा हो।

जगिया ने प्लास्टिक के जरिकन को काटकर बनायी गयी उस थड़ी वाले की मूढ़ी पर बैठे हुए किसी दार्शनिक के अन्दाज़ में बिना दाढ़ी के ही अपनी ठुड्डी पर हाथ फिराते हुए, गर्दन को टेढ़ी करते हुए और आँखों को मिचमिचाते हुए आसमान के तारों को देखने का असफल प्रयास किया। असफल इसलिए कि पास में ही सड़क किनारे लगी मर्करी लाइट की आँखें चौंधिया देने वाली रौशनी और उड़ती हुई रेत में तारों का दिखना सम्भव नहीं था। उसने आँखें बन्द की और बोला, देखो मित्रों, शादी शादी होती है। सभी जानते हैं, सभी ने भले सैकड़ों शादियाँ देखी हों, फिर भी हर कोई कन्फ़्यूज़ होता है। दूल्हा देखता है कि दूल्हन लाने जा रहा हूँ। ज़्यादातर दूल्हों के पिताजी देखते हैं, दहेज और घर के लिए एक नौकरानी लेने जा रहा हूँ। दूल्हे के दोस्त सोचते हैं, मज़े करने जा रहे है और रात भर दारू की महफ़िल सज़ाते हैं। जहाँ दारू की व्यवस्था न हो वहाँ भी खाना ठण्डा है, सब्ज़ी अच्छी नहीं है यानि किसी–न–किसी कारण से, कोई न कोई नुक्स निकाल कर दूल्हन के घर वालों को परेशान करना वे अपना धर्म समझते हैं। इस उलझन में वे दूल्हे को मज़बूती से पकड़े रखते हैं, अपने इशारों पर नचाने की कोशिश करते हैं कि वह हमारे से अधिक बीवी को महत्त्व न देने लग जाये। पत्नी जी इम्प्रेस करने

में लगी रहती हैं कि अपने दोस्तों के कारण दूल्हा उसकी उपेक्षा न करे। दूल्हा तो हमेशा कन्फ़्यूज़न में रहता है कि उसे दोस्तों का साथ देना है या बीवी का साथ देना है या फिर पिताजी पर उपकार करना है? जो भी हो, कुल मिलाकर दो दिलों को जोड़ने के इस उपक्रम में अपने–अपने कारणों से जुड़ने से पहले ही हर कोई तोड़ने का उपक्रम करते हुए दिखता है।

"ख़ैर, भले ऐसी लाखों बुराइयाँ हों, परेशानियाँ हों, रुकावटें हों, फिर भी हर माँ–बाप अपने बेटे–बेटी की शादी करना चाहते हैं। बेटा–बेटी भी 'न–न' करते हैं, पर उस 'न–न' का मतलब भी 'हाँ–हाँ' ही होता है।

नौ

बात उस समय की है जब काकू की शादी थी। मेरा गाँव ताणू इतना छोटा है कि उसे एक बड़ा संयुक्त परिवार कहना उपयुक्त होगा। इसलिए सबके काकू मेरे काकू और मेरे काकू सबके काकू। एक काकू, जिन पर लक्ष्मी जी की कृपा थी। दूसरे काकू, जिनका हाथ ज़रा तंग था। मैं दोनों के विवाह की चर्चा करूँगा। नाम किसी का भी नहीं लिख रहा हूँ। वैसे भी शेक्सपीयर साहब कह गये हैं कि नाम में क्या रखा है?

उस वक़्त गाँव में शादी का प्रोटोकॉल फ़िक्स होता था यानि चित्रकार द्वारा पेन्सिल से चित्र की आउटलाइन तो बनायी हुई होती थी, उसमें रंगों की क्वालिटी उस परिवार के बजट और मन से तय होती थी। पूरा चित्र कितना उम्दा बनेगा, यह बजट, मन, काम करने वाले लोगों और पूरे आयोजन के योजनाकार पर निर्भर करता था।

आर्थिक क्षमता और मन के अनुसार तय होता था कि तैयारियाँ कितनी पहले शुरू करेंगे? लक्ष्मी की कृपा से काकू के यहाँ न धन की कमी थी और न ही मन की। बस, एक ही इच्छा थी कि परिवार के लोगों के उत्साह और आनन्द में कमी नहीं आनी चाहिए।

इसलिए काकू के यहाँ उनके सोचने से पहले अन्य लोगों ने ही शुरुआती बिगुल शादी की तिथि से लगभग एक महीने पहले बजा दिया था।

सबसे पहले माराज (पण्डित जी) गणपति जी की स्थापना के नाम पर गणपति जी के साथ स्वयं की स्थापना करने आये। उन्होंने अपने लिए एक कमरा रिज़र्व कर दिया कि विवाह के वक़्त या उससे पहले जब कभी उनका दौरा होगा, इस कमरे का वे इस्तेमाल करेंगे। इस काल में उनके सिवाय इस कमरे का उपयोग और कोई नहीं करेगा। न सिर्फ कमरा बल्कि चूल्हा–बर्तन, खान–पान का सामान –सब कुछ वहाँ रख दिया गया। इस बीच स्वयं के लिए भोजन बना कर भोजन सामग्री की क्वालिटी का ट्रायल भी उन्होंने ले लिया। ब्राह्मण किसी अन्य के हाथ का बना भोजन नहीं करेगा, इस नियम का राज़ हमें तब समझ आया जब माराज को खाना बनाते देखा। कच्चे आटे का मोटा–सा परांठा बनाते हुए तवे पर डाला और लगभग पाव भर घी उसके ऊपर उड़ेल दिया यानि जो पराँठा घर में माँ पच्चीस ग्राम घी से बना देती, उसके लिए ढाई सौ ग्राम घी का उपयोग कर लिया गया। जो सब्ज़ी घर में तेल के बघार से बनती, उसमें घी का इस्तेमाल किया गया। इस तरह सारी व्यवस्थाएँ चाक–चौबन्द कर अपनी दान–दक्षिणा ली और अपने रिज़र्व कॉटेज के ताला लगा कर माराज चले गये।

गणपति स्थापना के बाद सभी किस्बियों (कामगारों) को आना ही होता है। इस क्रम में माराज की स्थापना के बाद सोनी जी अपना व्यवसाय स्थापित करने आये। नयी बींदणी और बहू–बेटियों के लिए क्या टोल (गहने) वग़ैरह बनाने हैं। इसकी जानकारी लेने हेतु वे आये। नयी–पुराणी जितनी भी डिज़ाइन थी, लेकर दिखाने आये ताकि जो भी पसन्द आये, वैसे गहने बनाये। उन्होंने मोटिवेट करके ज़रूरत से दो–चार ज़्यादा टोल (गहने) के लिए महिलाओं को राज़ी कर ही लिया।

अगली धमाक़ेदार एंट्री हुई हमारे दर्ज़ी गोकल बा की।

साँझ का वक़्त था। बड़े लोग तासली और कप लेकर चाय के लालच में उलझे थे। सूरज देवता हमेशा की तरह अपना रंग बदलने

में लगे थे। आसमान के रंग श्वेत से पीत होते हुए अब ताम्बई होने जा रहे थे।

इतने में छत पर चढ़े बच्चों को दक्षिण दिशा में धोरे पर सामान से लदा हुआ ऊँट दिखायी दिया–हिरण की तेज़ी से भागते हुए नहीं बल्कि हाथी की मस्ती से धीरे धीरे डग भरते हुए धोरे से नीचे उतरते हुए। ऊँट थोड़ा और आगे बढ़ा और नज़दीक पहुँचा तो अब तीन आकृतियाँ साफ़ नज़र आने लगी थीं। आगे दो पुरुष, पीछे ऊँट, जिस पर कुछ सामान लदा हुआ था।

बच्चे हाके (हो–हल्ला) करते नीचे आये तो सभी की उत्सुकता बढ़ गयी कि ऊँट पर क्या हो सकता है? निकट आते ही सभी को समझ आ गया कि ये तो हमारे दर्ज़ी गोकल बा की कपड़े सिलने की मशीन थी।

सामान्यतया ऊँट पर सामान इस तरह लादा जाता था कि ऊँट मालिक या अन्य एक–दो लोग उस सामान के साथ ऊँट पर बैठ कर सफर कर सके। उनकी यात्रा भी आरामदायक हो जाती और ऊँट को दौड़ाते हुए चलते हैं तो दूरी भी जल्दी से तय हो जाती है। गोकल बा का कहना था कि यूँ ऊँट को दौड़ाने से लगने वाले धचकों से उनकी मशीन टूटने का ख़तरा रहता है। यह मशीन अंग्रेज़ों के ज़माने की थी जो उनके दादा जी ने ख़रीदी थी।

हालाँकि बा ख़ुद कहते थे कि इस मशीन के कल–पुर्जे कई बार बदलने पड़े हैं। इतनी बार कि ओरिजिनल मशीन का कोई पार्ट शायद ही बचा हो। फिर भी यह दादा जी के हाथ की निशानी थी। अब न दादा जी रहे, न पिताजी और न ही अंग्रेज़ फिर भी इस मशीन से उनकी यादें जुड़ी थीं। जब कभी दादा जी या पिताजी का प्यार याद आता तो गोकल बा की आँखें भर आतीं। अनेक बार इस लोकतन्त्र की अव्यवस्थाओं से परेशान होते तो अंग्रेज़ों को भी याद करते हुए कहते कि इस पोपां बाई के जैसे राज से तो अंग्रेज़ों का राज ही बेहतर था।

गोकल बा की सबसे बड़ी चिन्ता थी कि मशीन बची रहे। भले मशीन में अब दादाजी के समय का कुछ भी नही था, लेकिन उनकी स्मृतियाँ अब भी वैसी की वैसी थीं। इंसान जानता है कि बहुत कुछ है जो उसकी बन्द मुट्ठी से रेत की तरह फिसल चुका है, लेकिन वह यक़ीन नहीं कर पाता या जानते हुए भी वह उस हक़ीक़त का सामना नहीं करना चाहता है, इसलिए वह फिसल चुकी रेत से ख़ाली हुई मुट्ठी भी बन्द रखता है ताकि उसमें रेत होने का भ्रम बना रहे। वह उन यादों के साथ, बन्द आँखों के साथ, इस भ्रम के साथ ही जीना चाहता है क्योंकि वह जानता है कुछ हक़ीक़तें ऐसी होती हैं, जिनकी स्वीकृति उसे तोड़ देगी, उसकी मुस्कराहट छीन लेगी, उसे जीने नहीं देगी।

बड़ी सावधानी से गोकल बा की मशीन घर के आगे उतारी गयी। मशीन और बा, दोनों के कुमकुम का तिलक कर रोली बाँधी गयी, घर के मुख्य द्वार के दोनों और जल से अर्ध्य दिया गया और फिर उनके द्वारा पसन्द किये गये कक्ष में रखी गयी। साँझ हो चुकी थी, इसलिए चाय पी और गोकल बा कोटड़ी वाले धोरे पर बन्तल (गप–शप) के लिए चले गये।

जाने से पहले वे अगले निर्देश देना नहीं भूले।

"मा'सा हुकुम, आपको तो सब पता ही है, पर नयी आयी बहुओं को पता नहीं होगा, इसलिए आप बता देना कि मेरे खाने में रोटी थोड़ी कड़क रखें, तेल खाने का डॉक्टर ने मना कर रखा है, इसलिए सब्ज़ी छौंकने में गाय का घी ही काम में लें, लगभग आधी कुलड़ी (दही–छाछ के लिए मिट्टी का बर्तन) दही और आधा पाव मक्खन ही रखें। ज़्यादा तामझाम नहीं करें। मुझ बूढे से खाया नहीं जायेगा।"

गोकल बा कोटड़ी वाले धोरे पर गप–सप करते रहे। सभी लोग ब्यालू को जाने लगे तो वे भी घर आकर ब्यालू कर वापस रात्रि विश्राम के लिए कोटड़ी चले गये। सभी लोग ब्यालू के बाद फिर से उस धोरे पर लौट आते हैं। कुछ ज़्यादा वृद्ध जो सच में मोह माया से मुक्त हो गये हैं या फिर पारिवारिक परिस्थितियों ने उन्हें ऐसा होने

को मजबूर किया है, वे एक–दूसरे के साथी बनकर दिन–रात वहीं रहते हैं। कोटड़ी उनका स्थायी आवास है। निवृत्त होने को वैसे भी सभी लोग जंगल में जाते हैं और नहाने के लिए कुओं पर। कपड़े, चाय, नाश्ता, दोपहर का भोजन और ब्यालू समय पर उनके बेटे या पोते–पोती घर से लाकर दे देते हैं।

ब्यालू के बाद कोटड़ी जाने से पूर्व गोकल बा ने जांखल (नाश्ते) और दोपहर के भोजन की जानकारी भी दे दी थी। जांखल (नाश्ते) में गर्म बाजरे की रोटी, आधा पाव गाय का ताज़ा मक्खन और एक तासली दही। दोपहर के भोजन में कुछ ख़ास बदलाव नहीं था। उसका मीनू रात्रि भोजन जैसा ही था। बस, एक कोई भी हरी सब्ज़ी बना लेना और दूसरी सब्ज़ी की जगह दही का रायता हो तो भी चलेगा।

जाते–जाते रुके और मुड़कर बोले, "मीठा तीनों ही समय हो, यह ज़रूरी नहीं। दो वक़्त भी चलेगा। हलवा, लापसी (गेंहूँ के दलिये से हलवे की तरह ही बनाया गया एक मीठा व्यंजन जिसे मारवाड़ में शुभ माना जाता है) या खीर कुछ भी चलेगा। वैसे विवाह का घर है। लड्डू हों तो सबसे बढ़िया रहेंगे।"

गोकल बा के लिए सुबह की चाय केतली भर कर कोटड़ी भेज दी गयी। चाय वहाँ बैठे सभी वृद्ध लोगों के लिए नशे से अधिक समय काटने का साधन है। अधिकांश घरों से केतली भर आने से किसी के घर से न भी आये तो उनका काम चल जाता है। इसमें कभी कोई हिसाब–किताब नहीं होता। फिर भी किसी के यहाँ से न आये तो उस मजबूर वृद्ध को कभी–कभी अपने यौवन के दिन और अपने बच्चों को किया गया प्यार याद हो आता था। उसके बदले में दी जा रही पीड़ा को देख़ यादों के पहाड़ से झरना फूट पड़ता था और आँखें भर आती थीं। उम्र एक ऐसा चश्मा है कि वह जैसे–जैसे बढ़ती जाती है इन्सान को सामने की दीवार भले न दिखे, दीवार के दूसरी तरफ का सब कुछ साफ़ दिखने लगता है। वहाँ बैठे वरिष्ठ नागरिक एक–दूसरे के घरों की चारदीवारी के भीतर क़े हालचाल मन की आँखों से देख लेते हैं। दुःख का रिश्ता सबसे सगा रिश्ता होता है।

ऐसे में जिसके घर से चाय या रोटी आती, वह कहता, "मन छोटा मत कर, मैं और तू अलग–अलग हैं क्या? मेरे बच्चे ले आये तो भी वही तो बात है।" हालात उन्हें इतना ज्ञान दे चुके होते हैं कि वे जानते हैं यह अवसर हँसने या तंज़ कसने का नहीं, सहानुभूति और प्यार का है। उन्होंने पल भर में भाग्य को बदलते देखा है। दुर्भाग्य कब किसके साथ बदतमीज़ी कर बैठे, कोई नहीं कह सकता। सोरी–दोरी (सुख–दुःख से) जैसी कट रही है, वे सब उसके लिए ऊपर वाले को धन्यवाद देते। एक–दूसरे के घरों की स्थितियाँ सब जानते हैं। सभी जानते है कि नासूर को ज़्यादा कुरेदने से दुर्गन्ध ही आती है। उससे हासिल कुछ नहीं होना है।

गोकल बा ने कपड़े सिलने का काम अगले दिन से शुरू कर दिया।

इस बीच घड़े, मटकी व अन्य बर्तनों की आपूर्ति हेतु कुम्भार भी आया और अपना धान, बिलोना (घी) और रुपये–पैसे ले गया। घर की साज श्रृंगार हेतु सुथार बन्धुओं ने खिड़की–दरवाज़ों की रिपेयरिंग, रंग, रोगन शुरू की। ठीक ऐसे ही लोहे के बर्तनों हेतु लुहार, पगरखियों (जूतियों) और बीन्धोली (बींद–बींदणी की जूतियाँ) हेतु मोची, बाल काटने हेतु नाई ने दस्तक दी।

अधिकांश बहन–बेटियाँ भुआसा आ चुकी थीं। शेष को तेड़ा (लेने हेतु) गये हुए थे। बिना तेड़ा गये न वे आती थीं न ससुराल वाले भेजते थे। जिन माँ–बाप, भाई के पास इतनी फुर्सत भी नहीं कि लेने के लिए आ सकें तब बेटी नहीं आयेगी। महिला सशक्तीकरण वाले उसे अकेली ट्रैवल न कर सकने वाली कमज़ोर महिला साबित कर सकते हैं, लेकिन उनके लिए बात आत्मसम्मान की होती थी।

इन सभी लोगों के आ जाने से घर में, कोटड़ी में सब जगह लोग ही लोग, रेला ही रेला। शुरुआत में सभी के लिए भोजन घर की रसोई में ही बनता रहा, लेकिन जैसे–जैसे लोग बढ़ते गये वहाँ मुश्किल होती गयी। तब बाहर नीम के नीचे तम्बू लग गया। कोटड़ी में बैठे लोगों के दिन की शुरुआत सुबह की चाय और अमल (अफीम)

से होती फिर नाश्ता, दोपहर का भोजन, शाम की चाय। इस बीच कोई नया मेहमान आया तो उनके बहाने फिर किसी का मन हो, उसके लिए भी चाय–भोजन बीड़ी–सिगरेट, अमल तो चलते ही रहते।

कोटड़ी में बैठे लोग अँधेरा उतरने का इन्तज़ार करते। सिंझ्या (शाम) होते ही वहाँ से दारू लाने का आदेश जारी होता। हमारे में से कुछ बच्चे आते और दारू, को नमकीन, कान्दे (प्याज़) और ख़ाली गिलास ले जाते। पानी की व्यवस्था कोटड़ी में होती ही। वैसे भी अधिकांश लोग देशी दारू वाइन की तरह नीट पीना पसन्द करते। कुछ बुद्धिमान लोग लेने से इनकार कर देते। ज़्यादा मनुहार करने पर बोलते कि 'किरी' है यानि स्वास्थ्य कारणों से प्रतिबन्धित है। इस प्रतिबन्ध का आशय यही होता कि उन्हें देशी की बजाय अंग्रेज़ी पिलाई जाये। पहली बार हमें ज्ञान हुआ कि भेदभाव केवल नीची जाति वालों से नहीं, हर एक व्यक्ति के बीच होता है। एक ही जाति, एक ही रिश्ते में भी भेदभाव होता है। जो बहनोई या फूफा अधिक हैसियत वाले होते, उनके किरी होती तो तुरन्त अंग्रेज़ी दारू उपलब्ध करवाया जाती। कम हैसियत वाले बैठे इन्तज़ार करते रहते। काफ़ी देर तक कोई नहीं पूछता तो खुद ही धीरे–धीरे क़िस्सा सुनाना शुरू कर देते कि साब, मन तो मेरा भी बहुत करता है कि रिश्तेदारों–गिनायतों की शादी में पियूं, पर क्या करूँ? एक बार सिर्फ पाव भर ठर्रा लिया था उसमें भी ऐसा पेट दर्द हुआ कि मरते–मरते बचा। तब डॉक्टर ने कहा ''देशी आपको सूट नहीं करता है। अगर कहीं छटाँक (पुराना माप, एक छटाँक यानि पाव का चौथा भाग) भर अंग्रेज़ी हो तो ही लेना। नहीं तो आग के हवाले कर देना यानि छोड़ देना।'' उनके ऐसा कहते ही लोग आँखों ही आँखों में मुस्करा देते कि जिस शख़्स ने डॉक्टर की शक्ल भी नहीं देखी होगी वो भी बात ऐसे कर रहा है जैसे डाइटीशियन उसकी डाइट तय करता है और पर्सनल फ़िज़ीशियन हर वक़्त साथ रहता है। मेज़बान उसका इशारा समझ जाते, फिर भी परोसने से पहले अपना गणित समझाते।

चूँकि अंग्रेज़ी महँगी भी पड़ती और उन दिनों में उपलब्धता भी बहुत सीमित होती थी। आजकल की तरह सजी हुई दुकानें तब नहीं होती थीं। अक्सर फौजी लोग कैंटीन से अपने हिस्से की ले आते थे, उनसे ही ख़रीदी जाती। इसलिए परोसने वाले, कहने वाले की हैसियत तोलते। उसके अनुसार निर्णय करते कि तुरन्त अंग्रेज़ी मँगा कर परोसी जाये या फिर यह कह कर टरका दिया जाये कि अभी उपलब्ध नहीं है क्योंकि उसे देते ही उससे बेहतर हैसियत वाले शेष लोग नाराज़ हो जाते कि हमें देशी और उसे अंग्रेज़ी?

कभी–कभी ऐसे लोग हँसी के पात्र भी बन जाते थे क्योंकि अंग्रेज़ी उपलब्ध नहीं है, यह कहने पर उनसे रहा नहीं जाता। तब वे कोई नया बहाना बनाते, जैसे, "मेरे लिए देशी है तो मौत के समान, पर इस अभागन के बिना नींद भी तो नहीं आयेगी। इसलिए दो बूँद डाल ही दो।" दो बूँद के बहाने दो पैग और दो पैग के बाद हिसाब–किताब बन्द हो ही जाता है यानि अनलिमिटेड प्लान।

बाहर मंगणियारों का संगीत चल रहा होता। एक–दो या तीन पैग तक तो उन गीतों पर विमर्श होता,उनकी तारीफ़ होती, उन्हें शाबासी मिलती उसके बाद वे बैक ग्राउंड म्यूजिक की तरह गाते रहते जिससे सुनने वालों को कोई मतलब नहीं होता। फिर भी मंगणियारों को इस समय का इन्तज़ार रहता क्योंकि यही वक़्त होता था जब सरस्वती जी की पूछ ख़त्म होने लगती और लक्ष्मी जी की खनक सुनाई देने लगती यानि टुन्न हो चुके सिरदारों के हाथ जेब में जाते और मंगणियारों पर पैसे की मेहरबानी करते।

उधर घर में भोजन वग़ैरह करके गाँव भर की महिलाएँ इकट्ठी होतीं। महिला मंगणियारियाँ अपने गले के माधुर्य से आसमान को ज़मीन पर उतर आने को मजबूर कर देतीं। ऐसे ख़ूबसूरत गीतों और ढोल की थाप पर नृत्य में पारंगत परिवार की महिलाओं के पैर स्वतः थिरकने लगते। उन्हें देख शेष भी उस मैदान में कूद पड़तीं। गाँव की सभी नववधुओं के लिए तो यह जैसे आवश्यक होता। क्योंकि उनकी सास और जेठानी के लिए भी यह गर्व की बात होती कि उनकी बहु

नृत्य में या महिला संगीत में कुशल है। जितना अपनी बहू के लिए गर्व का भाव होता, उससे कहीं अधिक दूसरी सास–जेठानियों को नीचा दिखाने का भाव भी होता। अपने अपने भाव लिए अच्छे–बुरे सभी तरह के लोगों के बीच यह धमा चौकड़ी निर्बाध गति से आधी रात या तीसरे प्रहर तक चलती रहती। घर के भीतर महिलाओं का साम्राज्य होता था, जिसमें पुरुषों को दख़ल का अधिकार नहीं होता था और बाहर यानि कोटड़ी में पुरुषों का साम्राज्य, जहाँ महिलाएँ अपनी टाँग नहीं अड़ाती थीं।

दस

दूसरे वाले काकू का पैसे के मामले में हाथ ज़रा तंग था। इसलिए चित्र में ऑयल कलर की जगह पानी के रंग भरने थे और वे भी इतने सलीक़े और मितव्ययिता के साथ कि न सिर्फ काम निकल जाये बल्कि इसमें भी चित्रकार की वाह–वाही भी हो। सब किस्बी (कामगार) इन काकू के यहाँ भी आये, परन्तु शादी से दो–चार दिन पहले ही। आपको लग सकता है, चार दिन में वे सब क्या कर सकते है? असल में ग़रीब आदमी को व्यवस्थाएँ नहीं करनी होती हैं। उसे तो औपचारिकताएँ निभानी होती हैं। जैसे सोनी जी दो आनी सोने की नाक की फीणी और फूँक से उड़ जाये, ऐसी कान की बाली ले आये। शकुन के लिए नाक की फीणी रखी गयी। ठीक ऐसे ही सुथार को पूरे घर को नहीं सज़ाना होता है। असल में ग़रीब आदमी के पास घर होता ही कहाँ है? इन काकू के भी एक झोंपड़ा था। उसमें क्या तो सजाए, क्या दिखाए और क्या छुपाए? इसलिए सुथार शादी के दिन तोरण बनाकर ले आया। ऐसे ही लोहार या कुम्भार ने किया। वे दुनिया भर के बर्तन भाँडे उठाकर लाते तो रखते कहाँ? काकू के यहाँ रखने की जगह नहीं, तो सिर पर फोड़ते क्या? वे सांकेतिक एक एक बर्तन ले आये और बदले में दो–चार सेर बाजरा पाकर सन्तुष्टि कर ली। माराज के यहाँ तो नियम था कि जितनी शुल्क उतना समय

इसलिए वे तो ठीक वक़्त पर आये और दक्षिणा लेकर निकल लिए। गणेश स्थापना के लिए घरवालों ने ही गणेश जी को ही हाथ जोड़ रिक्वेस्ट की कि बापजी, माराज तो फीस बिना आपको बिठाने आयेंगे नहीं, इसलिए हमारे थोरे (आग्रह) से ही बिराजो (बैठिये)।

रीत का रायता इस तरह से किया जा रहा था कि फेरे हो जायें और दो–चार दिन में सब कुछ निपट जाये, लेकिन बच्चों को इतनी गहरी बातें कब समझ आती हैं? उनके लिए तो सभी शादियों में एक जैसी कल्पनाएँ और एक जैसी अपेक्षाएँ।

शादियों को देखकर हम बच्चों ने अनुमान लगाया कि शादी की कोई कितनी ही बुराइयाँ करे, पर 'बींद राजा' बनने वाला मौक़ा हर रोज़ मिले तो हरेक आदमी रोज़ घोड़े पर चढ़ कर तैयार हो जाये। कुँवारे और जवान तो हैं ही, मुझे तो लगता है कि शादीशुदा और बूढ़ों का भी मन नहीं भरता। सब फिर से घोड़े अरेंज कर लें, पर क्या करे बेचारे? कन्याएँ अरेंज नहीं हो पातीं। कोई माथाफोड़ी कर ढूँढ़–ढाढ़ कर किसी कन्या को तैयार कर भी ले–तो हिन्दू मैरिज एक्ट आड़े आ जाता। इसलिए बेचारों को मन मसोस कर जो मिली, जैसी मिली, उसी एक के सामने आत्मसमर्पण करते रहना पड़ता है, लेकिन मन के भीतर रोज़ नये–नये मॉडल देखकर शादी का कीड़ा कुलबुलाता रहता है।

चाह कर भी वे फिर से शादी तो कर नहीं सकते इसलिए बूढ़ों ने इस संस्थागत रिवाज पर पूरा अधिकार कर रखा है। हम बच्चे इस बात से बड़े दुखी होते थे कि चाहे वरी (दूल्हे–दूल्हन के कपड़े) ख़रीदने का मौका हो, खाने या दारू पीने का हो, बारात में जाने का हो या बारात में बारातियों को मिलने वाली ओढाणी (गिफ़्ट) का मामला हो, सब जगह इन बुड्ढों ने कब्ज़ा कर रखा है। बच्चों का नाम आते ही उन्हें आपत्ति होती है, "टाबराँ रो की काम" (बच्चों का क्या काम)? अब उन्हें कौन समझाए कि ये सब कुछ टाबरों के लिए ही तो किया जाता है। शादी के बाद टाबर पैदा होते है कि बुड्ढे? ख़ैर, टाबर बेचारे आपस में एक–दूसरे को दुखड़ा सुना कर अपने को हल्का कर लेते थे।

उस समय बारात अक्सर ऊँटों पर जाती थी। कुछ हिम्मती क़िस्म के बच्चे जो अपने काका के लाडले होते थे, पूरी बारात और घर वालों से छुपकर उन काका के साथ कोई न देख पाए, इस तरह ऊँट पर बैठ जाते थे। बारात ट्रैक्टर–ट्रॉली या ट्रक से जाती तो उसमें भी सामान वग़ैरह के पीछे इस तरह छुप जाते थे कि दो–चार कोस कोई न देखे। फिर देख भी ले तो पिताजी लाल आँखें दिखाने या दाँत किटकिटाने के सिवाय कुछ नहीं कर पाते। हाँ बारात के वापस आने पर उनकी जमकर कुटाई होती थी, पर स्वतन्त्रता सेनानियों की तरह इतना त्याग करना ही है, ऐसा सोचने वाले बहादुर ही इस जंग में जीतते थे। शेष सब विनती करते हुए पीछे रह जाते थे। जिन बच्चों की माताजी की आँख आकरी (तेज़) होती थी और उनकी सहमति मिल जाती थी तो वह ज़रूर जा पाता था क्योंकि तब उसके पिताजी उन आँखों के आदेश की अवहेलना का सामर्थ्य नहीं जुटा पाते थे और वापस आकर कूटने की हिम्मत भी नहीं कर पाते थे। हालाँकि गाँव में ऐसी वीरांगनाएँ इक्की–दुक्की ही थीं।

ग्यारह

लक्ष्मी कृपा काकू के हम लाडले थे। इसलिए जब उनकी वरी (दूल्हे–दूल्हन के कपड़े) लेने गये तो काकू की सिफ़ारिश पर हम दो बच्चों को साथ में ले जाया गया। हमारे लिए यह अद्भुत अनुभव था। बाड़मेर की सड़कों पर दोनों ओर दुकानों को देखते हुए, सड़क पर दौड़ती गाड़ियों से बच कर निकलना बड़ा साहस और समझदारी का काम समझा जाता था। हालाँकि तब गाड़ियों के नाम पर बाड़मेर में भी साइकल ही ज़्यादा होती थी। कोई दस पन्द्रह–मिनट में धड़धड़ाती हुई, धुएँ का गुब्बार छोड़ती एकाध बस या ट्रक निकलता तो हिरोशिमा–नागासाकी की तस्वीरें याद आ जातीं। इसी तरह से कभी–कभार लड़ाकू विमान की तरह आवाज़ करता हुआ कोई स्कूटर निकल जाता था। फिर भी सड़क पर बड़े लोग बच्चों का हाथ इस मजबूती से पकड़ते थे कि हम थोड़ी–थोड़ी देर से पकड़े जाने वाले

हाथ को बदलने का आग्रह नहीं करते तो मैं यक़ीन से कह सकता हूँ रक्त का बहाव बन्द होने से गैंगरीन ज़रूर होता और फिर हाथ काटने पड़ जाते। फिर भी वह सब पीड़ा बाड़मेर जाने के सुख के सामने बहुत छोटी थी। यह बाड़मेर यात्रा से ही हमें समझ आया कि दुःख या सुख का अपना कोई पैमाना नहीं होता। उन्हें एक–दूसरे से तुलना करके ही समझा जा सकता है। इसलिए दुःख या सुख कभी एकाकी हो ही नहीं सकते। जिन्हें सिर्फ सुख ही मिलता है, वे अक्सर सुख को भी दुःख समझने लगते हैं। जब असल में दुःख माथे आ पड़ता है तब उन्हें समझ आता है कि अब तक जिसे वे दुःख कह रहे थे, वो तो सुख था।

हम लोग सुबह जल्दी ट्रक द्वारा घर से निकले थे। बाड़मेर पहुँचे, तब बाजार खुल चुका था। अंग्रेज़ों के ज़माने के 'शक्तिमान' नामक ट्रक की शक्ति बाड़मेर पहुँचते–पहुँचते ख़त्म हो चुकी थी। वह हाँफने लगा था। ड्राइवर के चेहरे पर चिन्ता की रेखाएँ उभर आयी थीं। मर्दाना कमज़ोरी की बात करने से पहले ही जिस व्यक्ति के बारे में बात की जा रही है, वह व्यक्ति बात शुरू करते ही आक्रामक हो जाता है, ठीक वैसे ही ट्रक की कमज़ोरी पर कोई कुछ बोले, उससे पहले ही ड्राइवर साब गुस्से से लाल–पीला होते हुए अपने प्रिय ट्रक के लिए बोले, "ठण्डे देशों का जीवड़ा है। इत्ती गर्मी में हाँफेगा ही। बाकि ताक़त में कमी नहीं है। भले कितना भी बूढ़ा हो गया है, पर आज भी टाटा या दूसरे ट्रकों में इससे मुक़बला करने की हिम्मत नहीं। बाड़मेर में उसे एक नीम के नीचे रोक दिया गया था और ड्राइवर ने खलासी को सूअर की तरह बाहर निकले ट्रक के मुँह को खोलने का आदेश दिया। वैसे यह आदेश हमें यह बताने के लिए था कि ग़लती सारी गर्मी की है। ट्रक में कोई कमी नहीं है अन्यथा खलासी को कभी आदेश की ज़रूरत नहीं होती थी। उसकी तो आदत हो गयी थी कि ट्रक के रुकते ही वह पीछे के डाले से नीचे कूदता और दौड़ता हुआ जाकर बोनट खोलता। मुझे आज भी नहीं पता कि इससे क्या होता है या वह ऐसा क्यों करता है, परन्तु यह स्टैण्डर्ड

प्रोसीज़र हुआ करता था। इसके बाद उसका अगला क़दम होता कि आसपास में पानी की सुविधा होती तो वह जरिकन भर पानी लाता और उससे ट्रक की खुली हुई मुंडी को भिगो देता था।

ड्राइवर–खलासी ये सारे टोणे–टोटके करते रहे और हम ट्रक से उतर कर सबसे पहले एक रेस्टोरेंट में गये। वहाँ लकड़ी से बने अनेक अलग–अलग केबिन थे। उन केबिनों के दरवाज़े देखकर लगता था कि उनका डिज़ाइन और निर्माण बाड़मेर के किसी भविष्यदृष्टा ने किया होगा। आने वाले उस युग के लिए जब शहर में कई प्रेमी युगल होंगे और वे रेस्टोरेंट पहुँचेंगे तो उन्हें प्राइदेसी की ज़रूरत होगी। यह अलग बात है कि आज जब मैं यह कह रहा हूँ तो भारत में प्रेमियों को ऐसी किसी प्राइवेसी की ज़रूरत नहीं लगती। वे उस युगदृष्टा के संभावित युग से अगले युग में प्रवेश कर गये हैं। वे मेट्रो में सबके सामने अपने चरम प्रेम का प्रदर्शन करने में भी नहीं झिझकते, लेकिन वह समय इस युग से बहुत पहले का था, जिसमें प्रेमी युगल जो उस समय तक बाड़मेर में अस्तित्व में नहीं आये थे, होंगे भी तो चोरी–छुपे अँधेरे में मिल लेते होंगे, उनकी सुविधा के लिए बने ये केबिन हमारे लिए क़ैदख़ाना बन गये थे। बाहर खुले में बैठते तो सड़क पर गुज़रती गाड़ियाँ, लोगों की रेलम पेल, सामने की दुकानें आदि अनगिनत चीज़ें देखने को थीं। प्राइवेसी के चक्कर में वे सब छूट गयीं। बड़ों के बड़े होने के अहंकार के सामने हम बच्चों ने उस सारे सौन्दर्य बोध को तिलांजलि देते हुए उस प्राइवेट चैम्बर में बन्द होकर टेबल–कुर्सियों पर बढ़िया खाना खाया और फिर उनके साथ बरी ख़रीदने यानि शोपिंग करने निकल गये।

सेठजी लक्ष्मी कृपा काकोसा के जान पहचान के भी थे और सेठजी के दादा–परदादा हमारे गाँव से ही थे यानि घर के आदमी ही थे। उन्होंने हमें बहुत प्यार से बिठाया। ख़ूब आवभगत की, प्यार किया, ठण्डाई पिलाई, कचौरी खिलाई, खिटमिटिया (टॉफी) भी दिये। हमें तो इन चीज़ों से ही मतलब था। बड़े लोग कपड़े के ढेर में से कपड़े देखते रहे और उसका भाव–साव करते रहे।

भाव पूछने पर हर बार सेठजी कहते थे, "आप से क्या भाव लेने? बार–बार पूछ कर शर्मिन्दा मत कीजिए। घर के लोगों के लिए भी कोई भाव लगाए जाते हैं क्या? जितने में हमें घर में पड़ा, उतने ही लगायेंगे। आपको ज़्यादा लगे तो आप एक रुपया भी मत देना। आप तो बस कपड़ा पसन्द करो और बताओ कि कितनी मड (पोशाक) के लिए देना है?" हम भी आश्चर्यचकित थे कि सेठ नहीं, देवता आदमी है जो अपने गाँव के लोगों का इतना ध्यान रखते हैं। शाम तक हमारी ख़रीददारी पूरी हो गयी। सेठजी ने घर चलने, भोजन और रात्रि विश्राम हेतु बहुत आग्रह किया, पर हम रुके नहीं।

रात तक घर पहुँच गये। बधावे की रस्में हुईं और वरी घर के भीतर ली गयी। गाँव से सभी महिलाएँ पहले ही आ चुकी थीं। उनमें से सुघड़ मानी जाने वाली विवाह के लोक गीत गा रही थीं तो कुछ नृत्य में मग्न हो रही थीं। गुड़ बाँटा जा रहा था। शेष सब आपस में बन्तल या वरी के कपड़ों की तुलना में व्यस्त थीं। कुछ तारीफ़ कर रही थीं तो विरोधी मत वाली कुछ महिलायें किसी नामी वकील की तरह अपनी ही किसी सखी के सामने साक्ष्य प्रस्तुत कर रही थीं कि फ़लाने की शादी में पूरी नहीं मानें, तब भी तीन–चार पोशाक तो इनसे बेहतर थीं। कोई बिना बुरी बने पेट का आफ़रा उतार रही थी कि हाँ, बहन यूँ तो ख़ूब सुन्दर पोशाकें (सूट) हैं, पर इनके क्या कमी थी? दुनिया में भला–भली है। इनसे बेहतर भी ली जा सकती थीं। मुझे लगता है, थोड़ी कंजूसी कर गये।

बारह

उधर तंग हाथ काकू की शादी में उनके लाडके (प्रिय) भतीजों से हमने कहा कि वरी लाने के वक़्त बाड़मेर में ख़ूब मज़ा आया तो उन बच्चों ने भी ज़िद की और उनकी ज़िद के समाने वो काकू पसीज गये। दोनों भतीजों को वरी लाने वालों के साथ भेज दिया लेकिन वे जब वापस आयें तो हमारे से इतने नाराज़ हुए कि हमारे बीच बस हाथापाई नहीं हुई, शेष कोई कमी नहीं रही। गाँव पहुँचते ही अश्लील

शब्दों में जो श्रेष्ठतम शब्द उन्हें ज्ञात थे, हमें उनसे नवाज़ा गया। उन्होंने घोषित कर दिया कि हम झूठे हैं और उनसे ईर्ष्या रखते हैं, इसलिए खुद ने जो दुःख भोगे, वो भोगने के लिए बढ़ा–चढ़ा कर बताया कि बाड़मेर में बहुत मज़ा आया।

बच्चे तो पल में झगड़ते और अगले ही पल भूल कर प्रेम करने लगते हैं। जब लड़ाई के बाद हमारा राज़ीपा (राज़ीनामा) हो गया तब उन्होंने बताया कि वो साला बनिया कहाँ का सेठ है? वह तो गया–बीता है, दिवालिया है, उसने तो पानी का भी नहीं पूछा। सुबह के बस में बैठे हुए शाम को तो बाड़मेर पहुँचे फिर रात भर सराय में गू–मूत के बीच मच्छर और खटमल खाते रहे। अगली सुबह उठकर सेठ के वहाँ गये और वरी (विवाह के कपड़े) खरीदे। ठण्डाई या खिटमिटिया (टॉफी) तो दूर की बात है, वह भड़वा बोला "सब अन्दर नहीं आयें, भीड़ हो जायेगी। बच्चों को बाहर बिठा दो।" हम भूखे–प्यासे तावड़े (धूप) में बैठे रहे। कपड़ों के बाद किराणे का सामान ख़रीदना बाकि था, लेकिन ठेसन पर बस लग गयी थी तो हमें सीट रोकने के लिए बस की सीट पर बिठा दिया गया। तीन–चार घण्टे भूखे–प्यासे उस बस में तपते रहे। फिर बड़े लोग सामान लेकर पहुँचे और रात को बस ने ठेसण पर छोड़ा। अधमरे होकर घर पहुँचे तब जाकर रोटी मिली।

हमें यक़ीन था कि वे किसी और बनिये के यहाँ गये होंगे। वे सेठजी तो इतने भले थे, ऐसा व्यवहार कैसे कर सकते हैं? वह तो जगिया जब बड़ा हुआ तो उसे समझ आया कि यह तो पूँजीवाद का मूल सिद्धान्त है। बाजार अपना या पराया नहीं देखता है। वह पूंजी देखकर व्यवहार करता है, सत्कार या दुत्कार करता है। जिसके पास पूंजी है वह प्रिय है, अपना हैं, मित्र है। पूंजीहीन उसके लिए अप्रिय है, पराया है, शत्रु है।

अगली सुबह तंग हाथ काकू का नेतरा था। नेतरे को हम पैड सामूहिक भोज कह सकते हैं क्योंकि नेतरे में आने वाले सभी से अपेक्षा की जाती है कि वे भोजनपूर्व या भोजनोपरान्त रुपये–पैसे या पशुधन उपहार में देंगे। इसे शहरों में आशीर्वाद समारोह के नाम से की जाने

वाली वसूली के समकक्ष कह सकते हैं क्योंकि उसमें भी ज़्यादातर मेज़बान की नज़र आशीर्वाद से अधिक मेहमान के लिफ़ाफ़े पर रहती है। फ़र्क़ सिर्फ़ इतना ही होता है कि आशीर्वाद समारोह सामान्यतया विवाह के बाद होता है और नेतरा विवाह से पूर्व। दूसरी बात, शहर में पैसे लिफ़ाफ़े में छुपा कर दिये जाते हैं। जबकि नेतरे में सबके सामने बताकर दिये जाते हैं, इसलिए अपेक्षा से कम होने पर मेज़बान वहीं सबके सामने गाली गलोच करने लगता है। हालाँकि सबके सामने बताने की मजबूरी के कारण मेहमान भी भले मन में गाली देता हुआ दे, पर अनुमानित दर से ही रकम चुकाता है। फिर भी मेजबान को हिसाब किताब में कुछ गड़बड़ लगे और वह गाली–गलौच करे तब भी शब्दों में अश्लीलता थोड़ी कम होती है जबकि शहर में लिफ़ाफ़े से ढके होने का फ़ायदा कई होशियार उठाते हैं। जितना खाते है, उसका एक चौथाई ही दे आते हैं, पर ऐसा करने वालों का लिफ़ाफ़ा जब सारे कार्यक्रम के बाद मेज़बान द्वारा खोला जाता है तो देनेवाले की माँ, बहन, बुआ, दादी, नानी कोई भी शब्दों के श्रृंगार से बचती नहीं है। उस समय सामान्यतया वे सज्जन मेज़बान अपने शब्दकोश में उपलब्ध सभी विशिष्ट शब्दों का रिवीज़न कर लेते हैं।

शाम को तंग हाथ काकू की जान (बारात) जानी थी। अभी नेतरा शुरू हुआ था, इसलिए हम बाबू बन कर काकू के इर्द–गिर्द जम गये। किसी को वी.आई.पी. बताने के लिए ये 'बाबू' शब्द गाँव–शहर के मध्यम वर्ग द्वारा काफ़ी उपयोग में लिया जाता है। तब हमें लगता था कि किसी को बड़ा ही कहना है तो 'अफ़सर' या 'नेता' कहना चाहिए, 'बाबू' क्यों कहा जाता है, लेकिन बाद में जब जगिया को दफ़्तरों के चक्कर लगाने पड़े तब समझ आया कि बड़े तो बाबू ही होते हैं। असल में ऑफ़िस तो ये बाबू लोग ही चलाते हैं इनकी कृपा के बिना अफ़सर भी कुछ नहीं कर सकते। हक़ीक़त में ऑफिस ही नहीं, देश भी बाबू ही चलाते हैं।

एक बाजोठ (छोटा लकड़ी का पाटा) पर बींद राजा यानि काकू बैठे थे। उनके पास एक आदमी बैठा था, जो एक चोपनिये

(बही खाता रजिस्टर) में नेतरे का पूरा हिसाब–किताब लिख रहा था। निकट ही एक और आदमी था जो नेतरा देने वालों से नोट लेकर ज़ोर–से आवाज़ लगा सभी को सुनाने का काम कर रहा था कि अमुक व्यक्ति ने इतने रुपये दिये हैं, जिसमें से इतने रुपये देने वाले शख़्स के घर में हुई किसी शादी में दिये जा चुके थे, वे आ गये हैं। शेष अमुक रकम अतिरिक्त दी जा रही है। यह आता और बधता (दी गयी रकम और अतिरिक्त रकम) लगभग बराबर होती थी। जैसे आपने किसी शादी में दस रुपये दे रखे हैं तो उस परिवार का व्यक्ति आपके परिवार में शादी होने पर बीस रुपये देगा– दस आता और दस बधता। कई बार सन्देह होने पर कि हमारे अधिक रुपये दिये हुए थे, पर सामने वाला कम बता रहा है तो चोपनिया (बहीखाता रजिस्टर) देख कर कन्फ़र्म भी किया जाता और सबके सामने माजना पाड़ते (बेइज़्ज़त करते) और अतिरिक्त पैसा माँग कर ले लिया जाता है। हालाँकि ऐसा निकट के भाइयों के साथ ही किया जाता था। गिनायतों (वैवाहिक सम्बन्धियों) व दूर के भाई रिश्तेदारों के साथ ऐसा नहीं किया जाता बल्कि उनके दिये गये पैसों में कम–से–कम यानि सिर्फ सांकेतिक रकम रखी जाती। कभी–कभार कुछ भले लोग भाइयों के साथ भी ऐसा नहीं करते, पर अधिकांश लोग हिसाब–किताब रखना और इस तरह से वसूली को बुरा नहीं, सामान्य लोकव्यवहार का हिस्सा मानते थे। इसलिए बिना किसी अपराध बोध के ऐसा ही करते।

बींद राजा केन्द्र में, उनके निकट जैसा मैंने कहा, एक लिखने वाला, दूसरा इस तरह पैसे लेकर आवाज़ देने वाला और तीसरा दिये गये रुपयों में से कही गयी रकम रखता। शेष छुट्टे रुपये वापस देने तथा आये हुए रुपयों की गड्डी बनाते रहने का काम करता। पहले घेरे में इन तीन के सिवाय पैसे देने वाले बैठते और फिर पैसे देकर उठ जाते, उनकी जगह नये देने वाले आ जाते। दूसरे घेरे में जँवाई, बहनोई, फूफाजी, गिनायत, बुजुर्ग लोग यानि सामाजिक रूप से महत्त्वपूर्ण लोग बैठते। तीसरा घेरा वेटिंग वालों का था, जिन्हें पैसे देने हैं, लेकिन भीड़ की वजह से नम्बर नहीं आ रहा होता।

चौथा घेरा चैटिंग वालों का होता यानि जो पैसे–वैसे दे चुके, अब सिर्फ गप्पें लगाना उनका काम होता। उसके बाद का घेरा लगभग चांरे (झोंपड़े) से बाहर ही होता वहाँ हमारे जैसे रोलू–खोलू बैठे रहते यानि ऐसे लोग जिनकी न तो कोई आर्थिक उपयोगिता थी और न ही कोई सामाजिक हैसियत। हम शुरुआत में काकू के सबसे निकट बैठे थे। लेकिन धीरे–धीरे बुजुर्ग लोग आते गये और हम थोड़े पीछे या साइड में सरकते गये। फिर नेतरा देने वाले आने लगे तो हमें और पीछे सरकाया जाने लगा। धीरे–धीरे हम कोटड़ी के चांरे (झोंपड़े) से बाहर हो गये। अब हमें सिर्फ आवाज़ें सुनाई दे रही थीं कि कौन कितने पैसे दे रहा है?

नेतरे में दो काम होते– पैसे देना और भोजन करना। इधर पैसे दिये–लिए जा रहे थे, उधर भोजन शुरू हो चुका था। यहाँ से हम बाहर धकेले जा चुके थे, इसलिए भोजन में जाना ही उचित लगा। हम गये और बड़े अरमानों के साथ यह सोचकर बैठे कि आज तो बकरे का माँस और लड्डू खाने को मिलेंगे। जैसे नेतरे में बैठे, वैसे ही सबसे आगे जाकर ठसक के साथ बैठे, लेकिन जब भोजन शुरू हुआ तो हमें समझ आया कि कम्युनिज़्म सिर्फ़ किताबों में ही होता है, लोक व्यवहार में सिर्फ पूँजीवाद होता है। फिर चाहे वह ग़रीब, मजदूर, किसान का घर ही क्यों न हो। ये ग़रीब काकू का घर था, लेकिन जैसे–जैसे महत्त्वपूर्ण लोग आते गये, भोजन परोसने वाले हमें धकेलते गये। इस तरह पंक्ति के शुरू में बैठने वाले हम बच्चे पंक्ति के आख़िर में पहुँच गये। पंक्ति की शुरुआत में समाज के महत्त्वपूर्ण लोग यानी पैसे या ज़मीन जायदाद वालों को स्थान मिला। फिर हैसियत के अनुसार रिश्तेदार और सबसे आख़िर में ग़रीबों के बाद हम बच्चों का नम्बर आया। हमारी दूसरी तरफ फिर हमारे से छोटी मानी जाने वाली जाति वालों का नम्बर था। हम बच्चे जो भारत का भविष्य थे, वह भविष्य वर्तमान के हाथों पीछे धकेल दिया गया था। इतनी–सी बेइज़्ज़ती से भी उनका जी नहीं भरा। एक और विभाजन किया गया। बड़े लोगों के सामने बाजोठ रखे गये जबकि बाजोठ की

सीमित संख्या का हवाला देकर बालक दल को उनसे वंचित कर दिया गया। इसके बाद भोजन भी आया तो माँस और लड्डू शुरुआती लोगों को ही परोसे गये। पंक्ति के आख़िर में हमारे तक जो पहुँचा, वो मिर्ची का लाल पानी था, परन्तु हमने तुरन्त अपनी आँखों को बन्द किया और कानों पर यक़ीन करते हुए मान लिया कि वह बकरे का माँस था। उसके बाद अनाउंसमेंट कर दी गयी कि अभी लड्डू ख़त्म हो गये हैं। कल बारात वापस आयेगी तब ख़ूब खिलाएँगे। अभी तो लापसी खा लो। लापसी मारवाड़ में बनाया जाने वाला मीठा व्यंजन है, जिसे शुभ अवसर पर आवश्यक समझा जाता है। गेंहूँ के दलिये से हलवे की तरह बनाया जाता है, पर काकू के यहाँ घी की किल्लत थी, इसलिए वह लापसी कम थी, पानी में उबला मीठा दलिया ज़्यादा था।

कुल मिलाकर भोजन के बाद हमें दो बातें समझ आयीं। एक यह कि कम्युनिज़्म केवल सिद्धान्त में होता है, व्यवहार में नहीं। दूसरी बात यह कि पूँजीवाद इंसान के भीतर इतना गहरे पैठ गया है कि वह केवल सेठजी की दुकान यानि बाजार में ही भेदभाव के रूप में सामने नहीं आता, वह तो घर में भी देखने को मिलता है अर्थात् पूँजीवाद सर्वव्यापी है, फिर चाहे नेतरा हो, भोजन हो या जान में ले जाने के लिए जानी (बाराती) चुनने की प्रक्रिया हो। इतने सारे ताज़ा अर्जित ज्ञान और कड़वे अनुभवों के बाद मिर्ची से जले मुँह के कारण उस्कारे करते हुए हमने तय किया कि जान (बारात) में जाने का अवसर मिला भी तो हम नहीं जायेंगे क्योंकि वहाँ पर भी हमारा ऐसा ही अपमान होना तय था। बड़ी मुश्किल से इस मुँह की जलन को भूले हैं। वहाँ फिर ऐसी ही मिर्ची मिलेगी तो सुबह–सुबह बोतल लेकर वन भ्रमण को जायेंगे तो वहाँ जो जलन होगी उसका ग़म तो किसी से चर्चा करके भी कम नहीं कर सकते।

तेरह

भोजन के बाद अब हम तंग हाथ काकू को दूल्हा बनाने की तैयारी में लग गये। निर्देशक की भूमिका में हमारे नाई रीजू जी थे।

बहुत ही सौम्य व्यक्तित्व और सरल स्वभाव के धनी। लोगों की उस भीड़ में एक वे ही थे जो छोटे–बड़े सभी को महत्त्व और सम्मान दे रहे थे। उन्होंने कम्युनिज़्म के सिद्धान्त नहीं पढ़े थे, पर व्यवहार से ट्रू कम्युनिस्ट थे। हालाँकि ग़रीब आदमी का दर्शन हो या व्यवहार, उसका कोई ख़ास महत्त्व नहीं होता, कोई ख़ास सम्मान नहीं होता। बींद राजा के रगड़–रगड़ कर हल्दी की पीठी की जाती है। यह क्रम कई दिनों तक चलता है और हर दिन कई घंटों तक। इससे विवाह के दिन तक अधिकांश लोगों का हुलिया बदल जाता है। सच में बींद राजा किसी राजा जैसे दिखने लगते हैं।

आज भी पीठी की गयी। रोज़ पीठी के बाद नहलाने के लिए लाइफ़बॉय साबुन इस्तेमाल किया जाता था। उस समय लाइफ़बॉय साबुन की मज़बूती ऐसी थी कि अकेले आदमी के लिए तो साल भर चल जाता था। आदमी घिस जाये, पर साबुन नहीं घिसता था। आज काकू के लिए उसे छोड़ मुलायम लक्स साबुन खोला गया। अहा! क्या ग़ज़ब ख़ुशबू थी ! दूर पड़ा लाइफ़बॉय आज किसी अनाथ की तरह बेचारगी से ताक रहा था, जिसे भीड़ में से कोई भी नहीं पूछ रहा हो।

नाई जानता है कि इनमें से कुछ बच्चे जान में भी चलेंगे। वे नहाए हुए साफ़ सुथरे होंगे तो गिनायतों में हमारी जान का मान बढ़ेगा। हालाँकि उसका मन होता है कि सभी लोग नहाए हुए हों और साफ़ सुथरे नये कपड़ों में चलें, परन्तु बड़े–बुजुर्गों को तो इस तरह से वह नहाने का आदेश नहीं दे सकता। बींद राजा के नहाने के बाद उन्होंने कहा, ''अब सभी बच्चे साबुन से नहा लो।'' सुरे साबुन के नाम से पल भर में सभी बच्चे लाइन में लग गये। यहाँ पर रीजू जी ने एक चाल चली। नया लक्स तो वापस पैक कर दिया और वही लाइफ़बॉय जिसे बहुत देर से हम हेय दृष्टि से देख रहे थे, आगे कर दिया। कच्छे में भीगे हुए हम सभी के पास अब कोई विकल्प नहीं था। फिर भी उन्हें याद दिलाया कि यह अन्याय है। यह अलिखित परम्परा थी कि बींद राजा द्वारा कोई भी सामान एक बार उपयोग में लेने के बाद किसी राजा–महाराजा की तरह वे उसे फिर से उपयोग

में नहीं लेते हैं। वह जनता जनार्दन यानि हम जैसे बच्चों को उपयोग के लिए दिया जाता है, लेकिन यह बजट शादी थी और रीजू जी जानते थे कि एक लक्स साबुन ही है, जिसे जान के ससुराल जाने पर वहाँ अगर साबुन की व्यवस्था नहीं हुई तो ज़रूरत रहेगी। उनके इस तर्क के बाद हमारे विद्रोही तेवर ठण्डे पड़ गये। लक्स बींद राजा के लिए बचा लिया गया था और लाइफ़बॉय बीस बच्चों के नहाने के बाद भी न घटा न बढ़ा। वैसा का वैसा मुस्करा रहा था। उसे भी रीजू जी ने पैक कर बींद राजा की पेटी में रख दिया।

काकू को चेक के कच्छे और गुलाबी गंजी (बनियान) के ऊपर सफेद तेवटा (धोती जैसा वस्त्र) और ढीला–ढीला गुलाबी कमीज पहनाया तो ऐसा लगा, जैसे खेतों में बजूका खड़ा कर दिया गया हो। रीजू जी ने बींद राजा की इज़्ज़त बनाये रखने के लिए ऊपर तुरन्त माँगा हुआ कोट पहना दिया। माँगा हुआ कोट हालाँकि बिना पूछे ही जो भी मिले, उसे कहता रहता है कि मुझे माँग कर लाया गया है, फिर भी काकू बजूका से आदमी बन गये थे। अब डाबर आँवला का खुशबूदार तेल काकू के सिर पर लगाया गया। तेल क्या लगाया, रीजू जी द्वारा आधे घण्टे की बढ़िया चम्पी की गयी। उसके कारण ही सदा झाऊ चूहे के काँटों की तरह खड़े रहने वाले काकू के बाल आज पहली बार इतने मुलायम हो गये कि हाथ लगाते ही ढाका की मलमल याद आये। बाल सँवारने के बाद सिर पर जैसलमेर स्टाइल का केसरिया पोतिया (साफा) बाँधा गया। उस पर किलगी, तारे, सिरपेच सब जड़ दिये गये। फिर कोट की तरह ही माँग कर लाए गये बीन्दोली (रंगीन धागों का काम किया हुए जूते), कमरबन्द, दुपट्टा, गोखरू (पुरुषों द्वारा कान में पहने जाने वाले स्वण आभूषण), अँगूठियाँ और सोने की चैन पहनाए गये। अन्त में नागचम्पा ब्राण्ड इत्र की शीशी खोली गयी और बड़ी नज़ाकत से रीजू जी द्वारा रूई के दो फ़ाहे भिगो कर काकू के कानों में ठूँसे गये। साबुन के बाद बच्चों को सबसे ज़्यादा इसी पल की प्रतीक्षा रहती थी क्योंकि बींद राजा इस इत्र का भी फिर से उपयोग नहीं कर सकते हैं,

इसलिए उस इत्र के फ़ाहे बनाकर सभी बच्चों को एक–एक पकड़ा दिया जाता है। भीगने से इत्र की खुशबू कम न हो जाये, इसलिए अनेक बच्चे तो इसके बाद कई दिन तक नहाने की भी छुट्टी रखते, लेकिन रीजू जी ने एक बार फिर धोखा किया। एक छोटी शीशी में पाँच मिलीलीटर इत्र था, जिसे पूरी मितव्ययिता के साथ अगले दिन सुबह ससुराल में बींद राजा के एक और फ़ाहे के लिए उन्होंने बचा लिया था। डाबर आँवला तेल को अपनी हथेलियों पर मलते हुए उन्होंने सूँघा और आँखें बन्द कर, चेहरे पर परम सन्तुष्टि के भाव लाते हुए बोले, ''पहले ध्यान नहीं दिया वरना इसी के फाहे बींद राजा के कानों में डालता। ऐसी भीनी–भीनी ठण्डी महक तो मुझे कभी ज़िन्दगी में सूँघने को नहीं मिली। इस मोटिवेशनल स्पीच के बाद आधा पाव रूई को उस तेल में भिगो कर वे हमारे सामने खड़े हो गये और हम किसी नामी–गिरामी (प्रसिद्ध) मन्दिर में लगने वाली लाइन की तरह लाइन में लग कर रूई का एक–एक फाहा प्रसाद रूप में लेकर अपने–अपने कान में ठूँसने लगे। यह कार्य पूर्ण होने पर शेष बचा वह डाबर आँवला तेल भी रीजू जी द्वारा बींद राजा के साथ जाने वाली लोहे की पेटी में सँभाल कर रख दिया।

बींद राजा के तैयार होने के बाद जान (बारात) रवानी करने का समय आया। इस वक़्त कुछ लोग सादी वर्दी में ख़ुफ़िया पुलिस की तरह चारों तरफ़ अपनी नज़र घुमाते रहते हैं कि कोई बच्चा छुप कर किसी के साथ नहीं बैठ रहा है? एक–दो लोग जिन्हें यह काम सौंपा गया था, उनकी जासूसी नज़रें अपराध करने से पहले ही हमें अपराधी समझने लग गयी थीं। न जाने क्यों उन्हें शक हो गया था कि हम ज़रूर छुप कर किसी के साथ बैठेंगे जबकि हम न जाने का निर्णय कर चुके थे। जासूसी नज़रें अपना काम नहीं भूली थीं। वे हमारे पर टिकी थीं। हमने भी इसका फ़ायदा उठाया। उन नज़रों को ऐसा अहसास कराते रहे कि हम किसी तरह से जान में जाने की तैयारी कर रहे हैं। उधर हमारे उन दो मित्रों को कहा कि तुम लोग चुपके–से किसी के साथ बैठ जाओ। जान रवाना हो गयी।

जासूस खुश हो रहे थे कि उन्होंने हमारा मिशन असफल कर दिया और हम खुश हो रहे थे कि हमने उनकी जासूसी असफल कर दी थी।

चौदह

लक्ष्मी कृपा काकू की ससुराल में पाँच दिन तक हमारी जम कर ख़ातिरदारी हुई थी। खाना तो बड़ों की तरह बाजोठ पर खिलाते ही थे, उनकी तरह ही वहीं पर हाथ धुलाना, माँस के बचे हुए पानी की बजाय मनुहार करके बोटी (माँस के टुकड़े) दी जाती, लड्डू और जलेबी भी जितनी खा सकते, उससे भी अधिक मनुहार करके जबरदस्ती खिलाई जाती। यहाँ तक कि बड़े लोगों की तरह हमें भी दारू, बीड़ी, सिगरेट, अफीम की मनुहार भी की जाती। हालाँकि परिवार के बड़ों द्वारा आँखें दिखाने के कारण हम उनका स्वाद नहीं चख सके, परन्तु वे बार–बार अपनी तरफ से आग्रह ज़रूर करते थे। ये सब उन बच्चों के जान में जाने से पहले हमारे द्वारा कही गयी बातें थीं।

तंग हाथ काकू की जान शाम को पहुँची थी, अगली रात को वापस लौट आयी थी। उनके सासरियों (ससुराल वालों) ने साफ़ कह दिया था कि तीन टंक (तीन बार) से ज़्यादा खाना हमारे बूते की बात नहीं है। तीन टंक में भी मिठाई के नाम पर बिना घी की दलिये जैसी लापसी थी और बकरे के नाम पर बच्चों के लिए तो वही माँस का बचा हुआ मिर्ची वाला पानी था। कोई आवभगत–थोरा–मनुहार नहीं यानि हमारे उन मित्रों के सपने एक बार फिर चकनाचूर हो गये थे।

तंग हाथ काकू के विवाह के दो या तीन दिन बाद की बात है। कोटड़ी वाले धोरे पर जगिया का सामना उन दोनों बच्चों से हो गया। उन मित्रों के साथ वरी की ख़रीददारी के समय जो चोट हुई थी, तब बड़ी मुश्किल से हमने यक़ीन दिलाया था कि वे ज़रूर किसी दूसरी दुकान पर गये होंगे। हम झूठ नहीं बोले थे। अब इस चोट के बाद तो वे लड़ने पर उतारू हो गये थे कि तुम लोगों ने जान–बूझ कर हमारे साथ धोखा किया है। तुमने अपने साथ हुई ऐसी ही दुखद घटनाओं की कुण्ठा निकालने के लिए मीठी कहानियाँ गढ़ कर हमारे

साथ ऐसा किया। हम कोई जासूस तो थे नहीं कि किसी तरह के साक्ष्य इकट्ठे करके रखते। अविश्वास का कोई इलाज नहीं। भारत–पाक सीमा पर तैनात सेना की तरह हमारे बीच तनाव लगातार बढ़ता जा रहा था। युद्ध किसी भी क्षण भड़क सकता था। हालाँकि हम शान्ति चाहते थे और यह भी साबित करना चाहते थे कि हम सही थे, पर कोई उपाय नहीं सूझ रहा था। उस वक़्त कोटड़ी वाले धोरे पर हमारे मध्य सौहार्द स्थापित करने के लिए शुरू की गयी वार्ता आजकल के टीवी चैनल्स पर की जा रही बहस की तरह 'तू–तू मैं–मैं' से थोड़ी आगे निकलकर कॉलर पकड़ने तक पहुँच चुकी थी।

तभी भगवान ने देवदूत बनाकर सुरा काकू को धोरे पर उतारा। दोनों तरफ की सेनाओं को यक़ीन था कि वे किसी एक का पक्ष नहीं लेंगे बल्कि ईमानदारी से न्याय करेंगे। हम सभी ने मिलकर अपनी समस्या सुनाई और उनसे निवेदन किया कि वे दूध का दूध और पानी का पानी करें। सुरा काकू शायद जल्दी में थे। उन्होंने कहा कि मैं दोनों ही जान में गया था। तुम्हारे में से कोई भी तो ग़लत नहीं है। बस, तुम लोग छोटे हो दुनियादारी को समझते नहीं हो। तुम लोग चुप हो जाओ, लड़ो मत। याद रखना, अपने यहाँ एक कहावत है कि रामदेव जी को जो भी मिले...(एक कहावत कही जिसे यहाँ नहीं लिखना चाहता हूँ। हो सकता है उससे किसी को पीड़ा पहुँचे जो मैं नहीं चाहता हूँ)। इतना कह कर सुरा काकू चले गये। हमारा इस बात पर तनाव तो ख़त्म हुआ कि दोनों पक्षों में कोई झूठ नहीं बोल रहा है और हमने उनके साथ धोखा नहीं किया है लेकिन यह बात समझ नहीं आयी कि जान में जाने के लिए बच्चे तो तड़पते ही थे, पर बड़े भी अपने अपने तरीक़े से अर्ज़ियाँ लगाते थे कि उनका नाम भी किसी तरीक़े से जानियों (बारातियों) की लिस्ट में आ जाये। आख़िर उसी जान की वहाँ खातिरदारी क्यों नहीं हुई? लगभग घण्टे भर से अधिक हमारा विमर्श इसी बात पर चलता रहा, लेकिन कोई हल नहीं निकला।

पन्द्रह

तभी सुरा काकू वापस घर जाने के लिए आते हुए दिखे। हमें अभी तक उलझा हुआ देखकर समझ गये।

सुरा काकू बोले "अभी तक तुम लोग लड़ रहे हो?"

"नहीं, अब हम लड़ तो नहीं रहे हैं, पर हमें समझ नहीं आया कि लक्ष्मी कृपा काकू के ससुराल में ख़ातिरदारी हुई और इनके यहाँ नहीं। ऐसा क्यों?"

वे हँस कर बोले, "मैं बोलकर तो गया था। रामदेव जी को जो भी मिले..."

"काकू, वही तो हमें समझ नहीं आया।"

जैसा पूरे भारत में होता है, काम पर जाते हुए आदमी को जल्दी होती है, लेकिन नव–विवाहित आदमी को छोड़ दिया जाये तो घर जाते समय किसी भी आदमी को कोई जल्दी नहीं होती। आदमी की यही कमी है कि जहाँ उसकी कद्र नहीं होती, डांटा जाता है, अपमानित किया जाता है, वहाँ वह निर्धारित समय पर पहुँचता है जबकि जहाँ उसे इज़्ज़त मिलती है, प्रेम किया जाता है, सम्मान दिया जाता है, वहाँ पहुँचने की उसे कोई जल्दी नहीं होती। सबकी तरह इस समय सुरा काकू को भी कोई जल्दी नहीं थी। वे धोरे पर बैठ गये।

पप्पू की थड़ी पर बैठे जगिया के क़िस्सों में सबको मज़ा आ रहा था और अब जब सुरा काकू का नाम आ गया तो उसके दोस्त समझ गये कि क़िस्सा और भी ज़बर्दस्त होगा। वे उसे छोड़ना भी नहीं चाहते थे, पर उन्हें यह भी फिक्र थी कि मेस का खाना ठण्डा हो रहा होगा। बेस्वाद खाने को खाना वैसे भी मुश्किल, ऊपर से ठण्डा होने पर उसे गले में उतारना किसी सज़ा से कम नहीं था। उन्होंने समय गँवाए बिना निर्णय लिया कि क़िस्सा सुनेंगे और ठण्डे खाने को गले में उतारने के लिए ठण्डी बीयर का सहारा लेंगे। पप्पू की थड़ी के ठीक सामने सड़क के उस पार बीयर की दुकान थी। बीयर लायी गयी। विद्यार्थी जीवन की भी कई विकट समस्याएँ होती हैं। अक्सर शौक ज़्यादा और जेब में रुपये कम होते हैं। जितने लोग थे, बोतलें उससे

कम आयी थीं, इसलिए पप्पू से टूटी–फूटी मैली–कुचैली गिलास ली गयी। गिलास भले मैले कुचैले हों, पर दारू की पवित्रता किसी भी पात्र में कम नहीं होती। माँ दुर्गा का नाम ले नीम पर अर्घ्य चढाया और उन टूटे गिलासों को भी स्वर्ण पात्र समझ आचमन शुरू किया।

तीन–चार गिलास भीतर उतरने के बाद आवाज़ें थोड़ी ऊँची हो गयी थीं और सभी एक साथ बोलने लगे, "कम ऑन जगिया। सुरा काकू इज़ द बेस्ट।"

बीयर ने लम्बी कहानी से उपजी जगिया की थकान उड़नछू कर दी। वह नये जोश से भरकर बोला, "मित्रों" फिर कोटड़ी वाले धोरे पर सुरा काकू गला खंखारते हुए बोले कि बाबा रामदेव जी का नाम सुना है?

हमने उनकी तरफ ऐसे देखा जैसे उनसे कह रहे हों कि ये क्या बेवकूफ़ी भरा प्रश्न पूछ लिया? बाबा रामदेव जी का नाम मारवाड़ में कौन नहीं जानता?

हमारे यूँ देखने से हुई झेंप को मिटाने के उद्देश्य से उन्होंने दूसरा प्रश्न दागा कि क्या जानते हो उनके बारे में? सिर्फ नाम जानने से किसी को जानना नहीं होता।

अब हम सब मौन हो गये। कई बार कोई नाम या व्यक्ति हमारे जीवन में ऐसा रच–बस जाता है कि हमें लगता है हम उसके बारे में सब कुछ जानते हैं, उसे ठीक से समझते हैं, लेकिन जैसे ही हमारा वक़्त बदलता है या वह व्यक्ति बदलता है, तब उसका व्यवहार बताता है कि हमें उसे जान लेने का भ्रम था। असल में हम उसके बारे में कुछ भी नहीं जानते थे। हालाँकि आज हमारे साथ ऐसा कुछ तो नहीं हुआ, फिर भी हमें यह ध्यान आया कि हम बाबा रामदेव जी के नाम के सिवाय कुछ नहीं जानते थे। काकू शायद इस बात को जानते थे इसलिए मुस्करा रहे थे और हमारी नज़रें झुक गयी थीं। हमारे ज्ञान का अहंकार मर चुका था। सुरा काकू के लिए सुनाने का यह उचित अवसर था क्योंकि एक बार मान–मर्दन करने के बाद आदमी भेड़

की तरह मुँह नीचा कर चुपचाप सुनता रहता है। हम सभी भेड़ वाली पोजीशन में आ गये थे।

सुरा काकू बोले, सदियों पहले की बात है। दिल्ली पर तुंवर राजपूतों का राज था। तुंवर अनंगपाल दिल्ली के आख़िरी सम्राट् थे। सांभर के चौहान राजाओं ने दिल्ली उनसे छीन ली थी। ऐसे में अनंगपाल जी परिवार सहित दिल्ली छोड़कर वर्तमान जयपुर ज़िले के नराणा नामक गाँव में रहने लगे। इसी कारण उस क्षेत्र को बाद में 'तंवर वाटी' कहा जाने लगा। बाद में दिल्ली पर चौहानों का शासन भी नहीं रहा। वहाँ पर बादशाह का शासन हो गया। उस समय इसी तुंवर परिवार में रणसी नामक सन्त पुरुष हुए, जिनके चमत्कारों की चर्चा चारों तरफ़ थी। हज़ारों लोग इनके अनुयायी बन गये। दिन दुनी रात चौगुनी इनकी कीर्ति और अनुयायी, दोनों बढ़ते जा रहे थे। बादशाह के ख़ास लोगों ने यह बात बादशाह तक पहुँचाई। बादशाह ने उन्हें दरबार में बुलाया और चमत्कारों से प्रभावित होकर जब उसे विश्वास हो गया कि यह सच में कोई दिव्य पुरुष है तो उसे घबराहट हुई। बादशाह को लगा, जिस तरह से लोग उसके अनुयायी बनते जा रहे हैं, उससे वह व्यक्ति भविष्य में उसके लिए बड़ा संकट खड़ा कर सकता है। बादशाह ने आदेश देकर उसी समय उनकी हत्या करवा दी। ऐसे संकट में उनके पुत्र अजैसी (अज़मल जी) को रातोंरात नराणा छोड़ना पड़ा। वे किसी अज्ञात स्थान के लिए निकल पड़े। वर्तमान बाड़मेर की शिव तहसील के निकट उण्डू–काश्मीर गाँव के पश्चिम में बड़ा थल (धोरा) था। वहाँ पर उन्होंने अपनी ऊँट और बैलगाड़ियाँ खड़ी कीं। उस स्थान को आज भी गाडो–थल नाम से जाना जाता है। जब अजैसी यहाँ पहुँचे, उस समय कुण्डल गाँव के शासक भाटी पम्मो के हाथ से राज निकल चुका था और वह डाके डाल कर अपना गुज़ारा कर रहा था। उसे लगा, ये कोई नये लोग आये लगते हैं। इन्हें लूटा जाये, लेकिन जब वह अजैसी से मिला तो इतना प्रभावित हुआ कि डाका तो भूल गया और हाथ जोड़कर आग्रह किया कि वह अपनी पुत्री मैणादे का विवाह उनसे करना चाहता है।

विक्रम संवत् 1409 में उन्हीं अजैसी और मैणादे के दूसरे पुत्र हुए रामदेव। जो बाद में बाबा रामदेव के नाम से जग में प्रख्यात हुए।

वर्तमान पोकरण के निकट बालिनाथ (बालकनाथ) नामक नाथ सम्प्रदाय के सन्त का आसन था। बड़े होने पर रामदेव जी ने उन्हें अपना गुरु बना लिया। नाथ सम्प्रदाय अपनाने से वे 'बाबा रामदेव' कहे जाने लगे। अब रामदेव जी रात–दिन दलितों तथा कोढ़ियों, अपंगों, अन्धों आदि की सेवा में लग गये। उन्होंने मेघवाल जाति की बहन डालीबाई को उसके आग्रह पर दीक्षा देकर सहयोगिनी स्वीकार की। उनके अछूतोद्धार के प्रण और जी–जान से जुटे रहने के कारण अधिकांश राजपूतों ने उन्हें 'अछूत' कह कर उनका साथ छोड़ दिया। तब से यह कहा जाने लगा कि रामदेव जी को जो मिला, वो दलित ही मिला क्योंकि शेष जातियों ने उनका साथ छोड़ दिया था।

लेकिन वक़्त सदैव एक–सा नहीं रहता है। उन्हीं दिनों पोकरण के निकट ही पहाड़ी में भैरू (भैरव) राक्षस रहता था। वह अपने इष्ट देव को ख़ुश करने और अपने भोजन के लिए नर बलि देता था। उसका सामर्थ्य और भय इतना था कि पोकरण के शासक भी उसके सामने मजबूर थे। रोज़ मरती हुई अपनी जनता को उन्होंने तथा जनता, दोनों ने अपनी नियति समझ लिया था। कुछ लोग पोकरण छोड़ गये थे। शेष प्रयास में लगे थे। बाबा रामदेव जी को जब ज्ञात हुआ कि उस राक्षस से न सिर्फ पोकरण के शासक और जनता आतंकित थे बल्कि उनके गुरु बालिनाथ भी उसके भय के कारण अपनी धूणी वहाँ से ले जाकर कहीं और स्थापित करने की सोच रहे थे तो वे उस भैरव की गुफा में पहुँचे। भैरू को जब मानव गन्ध आयी तो वह बड़ा खुश हुआ। सोचा, आज तो आनन्द आ गया। कोई भटका हुआ मनुष्य अपने आप मेरी गुफा में आ गया। आज बाहर निकले बिना ही बलि का इन्तज़ाम हो गया। रामदेव जी ने जब उसे ललकारा तो वह हड़हड़ कर हँसने लगा। बोला, "बेवकूफ़, तेरी मौत तुझे यहाँ तक खींच लाई है और तू मुझे ललकार रहा है? लगता है, तू इस क्षेत्र में नया आया है अन्यथा इस क्षेत्र में तो ऐसा कौन है जो भैरू

की गुफा के नज़दीक से भी निकले? राजा हो या प्रजा, सब भैरू की दया पर जीवित हैं। मैं जब जिसे चाहता हूँ उसकी बलि लेकर रहता है। रोज़ मुझे गाँवों में या खेतों में जाकर अपना शिकार करना पड़ता है। अच्छा हुआ, आज तू खुद यहाँ तक आ गया।''

रामदेव बोले ''मूर्ख'' तू इतना घमण्ड मत कर। मैं तेरी मौत हूँ। भैरू फिर एक बार आकाश गूँजे, ऐसी हँसी हँसा। आसपास के गाँवों के लोग घबरा कर इधर–उधर भागने लगे, यह सोचकर कि या तो भूकम्प आने वाला है या फिर भैरू आज एक आदमी नहीं, कम–से–कम एक गाँव की बलि लेने वाला है। इधर गुफा के भीतर बाबा रामदेव और भैरव के बीच युद्ध शुरू हो गया। आख़िरकार भैरू पराजित हुआ। उसने बाबा रामदेव से प्राणों की भीख माँगी। उन्होंने इसी शर्त पर छोड़ा कि तेरे भरण–पोषण के लिए अन्न पोकरण के शासक के यहाँ से आ जायेगा। तू अपना स्थान छोड़ कर कहीं नहीं जायेगा और किसी को परेशान नहीं करेगा। एक बात याद रखना। जिस दिन तूने अपना वचन तोड़ा, उस दिन तुझे साक्षात शिव भी नहीं बचा पायेंगे।

इतनी कहानी सुना कर अचानक सुरा काकू ने अपनी आँखें बन्द की और कुछ देर मौन धरा। थोड़ी देर बाद आँखें खोल कर बोले, हालाँकि भेरू राक्षस की यह कहानी लोक में प्रख्यात है पर बुद्धिमान लोग कहते हैं कि सदियाँ बीतने पर हम महापुरुष को भगवान बना देते हैं और उनके किये दुरूह कार्यों को अक्सर किसी रूपक में बाँध देते हैं। उसे चमत्कार साबित करते हैं ताकि हम यह कह कर बच सकें कि यह काम आदमी के वश का नहीं। यह तो कोई चमत्कारी या अवतारी पुरुष ही कर सकता है।

लोक प्रख्यात राक्षस की यह कहानी भी कुछ ऐसी ही लगती है। बुद्धिमान लोगों का कहना है कि वह भेरू राक्षस असल में भैरवदास भूतड़ा सेठ था। उधार और ब्याज के धँधे में उसने लोगों को ऐसा फँसाया कि धीरे धीरे वह गाँव के हरेक गरीब अमीर की जमीन जायदाद हड़प गया। ऐसे में जो बच गये वे उसकी लूट से बचने के

लिए गाँव छोड़कर भागने लगे। वह इतना बड़ा पूँजीपति बन गया कि पोकरण का राजा भी उसे कुछ कहने की स्थिति में नहीं था। बल्कि राजा उसकी हाँ में हाँ मिलाकर उसके व्यापार में सहयोग ही कर रहा था। उसके अन्याय को पोषित ही कर रहा था। इस कारण चारों तरफ इस 'भैरिया राकस' के आतंक की चर्चा थी। पोकरण ही नहीं आसपास के अनेक गांवों में इस भैरवदास के नाम का हाहाकार मच गया था। हर कोई इस राक्षस से मुक्ति की अरदास कर रहा था लेकिन उसकी अकूत सम्पत्ति और सत्ता के सामने हर कोई लाचार था। ऐसे में बाबा रामदेव ने यह साहस का काम किया। शौर्य, सामर्थ्य और पराक्रम से भरे उस वीर ने जाकर सेठ भैरवदास की गर्दन पकड़ी और खींचते हुए अपने गुरु बालीनाथ के आश्रम में ले गये। गुरु के आश्रम की धूणी में उसकी सारी बहियाँ–चोपड़ियाँ जला दी। उसे आतंकित कर कसम दी कि जिन्दा रहना चाहता है तो यह गाँव और देश छोड़कर निकल जा वर्ना आज इन बहियों–चोपड़ियों के साथ यहीं धूणी में तेरा अंतिम संस्कार भी होगा। इस तरह सेठ भैरवदास भूतड़ा उर्फ भैरियाँ राकस अपना जीवन बचाने के लिए हमेशा के लिए पोकरण छोड़कर सिन्ध की तरफ भाग गया।

वर्षों से पीड़ित प्रजा के लिए जो काम राजा भी नहीं कर पाए थे, वही काम बाबा रामदेव ने कर दिया था। अब वे उनके लिए राजा से भी ऊपर हो गये थे। भैरू जैसे राक्षस से मुक्ति दिलाने के कारण लोग उन्हें विष्णु का दसवां अवतार मानने लगे। चारों तरफ बाबा की जय–जयकार और पूजा होने लगी। वे ही रामदेव जिनके साथ मेघवाल या दलित समाज के लोग थे और उनके स्वयं के क्षत्रिय समाज ने दलितों के साथ उठने–बैठने के कारण समाज से बहिष्कृत जैसा व्यवहार किया था, आज वही समाज उनके सामर्थ्य के सामने नतमस्तक था। अपना कहते हुए नहीं थकता था। इतना ही नहीं, देखते–ही–देखते बाबा रामसा पीर हो गये। बाबा यानि हिन्दुओं के पूज्य और पीर यानी मुसलमानों के पूज्य। बाबा रामदेव जी ऐसे सन्त हुए है, जिन्हें आज भी राजस्थान, गुजरात, मध्यप्रदेश, उत्तरप्रदेश,

हरियाणा, हिमाचल प्रदेश और पाकिस्तान में सभी धर्मों के लोग लोक देवता मानते हैं। करोड़ों लोग प्रतिवर्ष उनकी समाधि पर आते हैं।

''तो क्या बाबा रामदेव जी दिल्ली से भी बड़े किसी राज्य के राजा थे?'' मेरे मन में आया प्रश्न अचानक काकू के सामने प्रकट हुआ।

''नहीं तो। चूँकि वे दिल्ली के सम्राट् तुंवर अनंगपाल जी के परिवार से थे, इसलिए उनके परिवार का सामाजिक सम्मान ज़रूर था, पर उस समय उनके पास कोई राज्य नहीं था।'' एक समय तो रामदेव जी के नाथ सम्प्रदाय में शामिल हो जाने तथा दलितों के साथ उठ बैठ के कारण कारण वह सम्मान भी जाता रहा। बाद में भैरू (भैरव) को पराजित करने और अन्य चमत्कारों के कारण वह सम्मान उन्हें फिर से मिलने लगा।''

''यह सवाल तेरे मन में क्यों आया?'' काकू ने प्रश्न किया।

''वह इसलिए कि आज बाबा रामदेव जी को करोड़ों लोग पूजते हैं और अनंगपाल जी को आप जैसे लोग इतिहास के पन्नों से ढूँढ़कर सुना दें तो अलग बात है वरना लोक में से कोई जानता भी नहीं है।''

सुरा काकू बोले, ''वह इसलिए कि अगर कोई दाता नहीं हो फिर चाहे विधाता भी हो, उसे कोई नहीं पूछता।''

''क्या मतलब काकू?''

''आज आम आदमी भी दिन में कितनी बार 'राम–राम' करता है या 'जय श्री कृष्ण' बोलता है, है न? हम सब जानते हैं कि वे दोनों विष्णु के ही अवतार हैं पर भगवान विष्णु को तो कोई नहीं भजता है, क्यों? क्योंकि वे क्षीर सागर में सर–शैया पर निश्चिन्त होकर लेटे हैं और लक्ष्मी जी उनके पाँव दबा रही है जबकि प्रभु श्री राम और श्री कृष्ण लोगों की पीड़ा को हरने के लिए तपती दोपहरी में, आँधी–तूफ़ानों में, बारिशों के कहर में भी बिना रुके, बिना झुके चलते रहे। उन पर आक्षेप लगे, युद्ध के आरोप लगे। समाज तो क्या, परिवार वालों ने भी साथ छोड़ दिया, तब भी वे अन्याय के विरुद्ध लड़ते रहे, सत्य के साथ अडिग रहे। अपना सुख–दुःख भूलकर, अपने पर लगने वाले आरोप–प्रत्यारोप भूलकर हमेशा कुछ ऐसा करते रहे कि शेष दुनिया के सभी लोगों के दुःख कैसे कम किये जायें?

"ऐसे काम सम्राट् नहीं कर सकते। ये वही कर सकते हैं जो मन से फ़क़ीर हो गये हों। फिर उनके लिए राजगद्दी का कोई महत्त्व नहीं रहता। वह हासिल भी करते हैं तो जनकल्याण के लिए और छोड़ते भी है तो जनकल्याण के लिए। जैसे श्री कृष्ण ने मथुरा में अपने ही मामा कंस के अत्याचारों से प्रजा की मुक्ति के लिए उसका वध किया, लेकिन जब उन्हें लगा कि उस राजगद्दी को ठुकराने में ही मथुरा का हित है तो पल भर की देरी किये बिना किसी निर्मोही की भाँति अज्ञात के लिए चल दिये। जैसे उनके पास कुछ था ही नहीं। बस, एक मुट्ठी रेत थी। मुट्ठी झटकी और चल दिये। भगवान श्री राम को माँ कैकेयी के मन की बात ज्ञात हुई तो भीगी आँखों से अपनी प्यारी अयोध्या को नमन किया और किसी योगी की भाँति आँखें बन्द कर उसी पल उन राजमहलों और अयोध्या को चित्त से विस्मृत कर वनवास को चल दिये। दुनिया ऐसे फ़क़ीरों को ही सदियों तक याद करती है जो दूसरों के लिए जिये। उन चक्रवर्ती सम्राटों को कोई याद नहीं करता है जो अपने लिए जिये।

मेरी छोटी–सी बुद्धि को बस इतनी–सी बात समझ आयी कि बाबा रामदेव जी ने जब पिछड़ों और दलितों का साथ दिया तो अगड़े और उनके सज़ातीय बन्धुओं ने तिरस्कार कर उनका साथ छोड़ दिया। जब भैरू को पराजित कर अपना सामर्थ्य स्थापित किया तो उन्ही लोगों के लिए वे पूज्य हो गये, वे अपने हो गये यानि दुनिया में चमत्कार को नमस्कार है। बाबा रामदेव के पिताजी अजैसी जब सत्ताच्युत थे तब उनसे अपनी पुत्री मैणादे के विवाह का प्रस्ताव सत्ताच्युत शासक पम्मा भाटी ने किया। मित्रता सम्बन्ध या सहयोग समान स्थिति वाले लोगों से ही सम्भव है। सेठ अमीर था। उसने लक्ष्मी कृपा काकू के साथ आत्मीयता का व्यवहार किया क्योंकि उनकी आर्थिक स्थिति उसके जैसी थी, पर दूसरे काकू के साथ अच्छा व्यवहार नहीं किया क्योंकि ये ग़रीब थे। ठीक वैसे ही दोनों काकुओं की स्थिति देखकर उनके वैवाहिक सम्बन्ध भी हुए। पहले वाले काकू के ससुराल में कोई कमी नहीं थी तो हमारी ख़ूब सेवा–चाकरी हुई।

दूसरे वालों के ससुराल वाले भी इनकी तरह एक तरफ ओढ़ें तो दूसरी तरफ नंगे हो जायें 'वाली स्थिति में थे' इसलिए उनसे वैसी सेवा की अपेक्षा हमारी बेवकूफ़ी थी। आज जो काकू ग़रीब है, कल इनकी हैसियत बदल जाये, लक्ष्मी और दुर्गा की कृपा हो जाये तो समाज के बड़े कहे जाने वाले लोग इनके बच्चों के लिए रिश्ते लेकर खड़े मिलेंगे।

अब तक लगभग एक–एक बोतल बीयर सभी के भीतर उतर चुकी थी, लेकिन बातों की सरिता बहती रहे, उसके लिए जरूरी था कि बीयर की सरिता भी बहे। एक बार फिर से कुछ बोतलें लाने का उपक्रम हुआ। सभी ने शीर्षासन कर उसमें सहयोग किया तो वे आ गयीं। दो कान्दों का सहयोग पप्पू ने अपने घर ले जाने के लिए लायी गयी सब्ज़ी में से किया। आख़िर हम सब उसके रोज़ाना के ग्राहक थे। उससे भी ज़्यादा उसे भी इन क़िस्सों के आस्वादन में आनन्द आ रहा था।

जगिया ने बीयर का घूँट लिया। इस बार स्टॉक कम था, इसलिए बात जल्दी समेटने लगा। मुझे काकू की बात की गहराई उस समय तो ज़्यादा समझ नहीं आयी, लेकिन बड़ा होने पर जब 'रामायण' पढ़ी तो आश्चर्य हुआ कि गाँव के अनपढ़ लोग भी लोकोक्तियों और मुहावरों में गूढ़ बातें कह जाते हैं, जिनमें जीवन के महत्त्वपूर्ण तथ्य छुपे होते है, जिनसे मानव व्यवहार को समझ सकते हैं, जीवन जीने का ढंग समझ सकते हैं। मुझे लगता है, असल में हमारे यहाँ बुद्धिमान लोगों ने दर्शन का इतना सरलीकरण कर दिया कि उसका सार तत्व वही रहे और आम आदमी को समझ भी आ जाये।

'अरण्यकाण्ड' में वही बात है जो सुरा काकू ने कही थी। आदि कवि वाल्मीकि बताते हैं कि जब श्री राम स्वर्ण मृग को ढूँढ़ते–ढूँढ़ते थककर पुनःपर्णकुटी तक पहुँचते हैं, तब वे जटायु से जानते है कि माता सीता का अपहरण हो चुका हैं। जटायु सिर्फ़ इतनी ही जानकारी दे पाता है कि अपहरणकर्ता रावण है। वह विश्रवस का पुत्र है, कुबेर का सहोदर है तथा दक्षिण दिशा में गया है।

अनन्त तक फैली दक्षिण दिशा में बहुत दूर तक चलते–चलते राम और लक्ष्मण जब थक गये तो वे कबन्ध के नीचे थोड़ा विश्राम करने को रुके। तभी कबन्ध के दो बड़े डाल उन्हें जकड़ने लगे। दोनों भाइयों ने डालें काट डालीं, तो उनके सामने दनु पुत्र खड़ा था। दनु पुत्र शाप से कबन्ध बन गया था और श्री राम के हाथ लगने पर उसकी मुक्ति होनी थी। दनु पुत्र ने उन्हें पहचान कर दण्डवत् प्रणाम किया। रावण के बारे में पूछने पर उसने कहा कि लोक में छः युक्तियाँ है, जिनसे राजाओं द्वारा सब कुछ प्राप्त किया जाता है। ये हैं– सन्धि, विग्रह, यान, आसन, द्वेधीभाव और समाश्रय। अभी आपको समाश्रय ही अपेक्षित है। आप भले राजा के पुत्र हैं, परन्तु अभी कोई राजा या राजकुमार आपकी सहायता नहीं करेगा। 'परिमृष्टो दशान्तेन दशाभागेन सेव्यते' अर्थात् अभी आप दुर्दशा से ग्रस्त व्यक्ति हैं। अभी कोई दुर्दशा से ग्रस्त व्यक्ति ही आपकी सहायता करेगा और वह है सुग्रीव। उसे उसके भाई इन्द्रकुमार बाली ने राज्य छीनकर घर से निकाल दिया है। वह सूर्यपुत्र है, इसलिए उसे धरा, पहाड़, जंगल, नदी, नाले, गुफाएँ, सागर– सभी के बारे में पता है और उसके साथ जो वानर हैं, वे कहीं भी पहुँच सकते हैं। सुग्रीव अभी ऋष्यमूक पर्वत पर रहते हैं। फिर उसने उस पर्वत की दिशा भी बताई कि दक्षिण की बजाय आप पश्चिम में जायें। वहाँ उन्हें सुग्रीव मिले और फिर सीता माता को ढूँढ़ निकालने व लंका विजय का सारा प्रकरण हम सभी जानते हैं।

दूसरी शादी : अनामिका का खांडे से विवाह का क़िस्सा (निर्मोह का क़िस्सा)

एक

सुरा काकू से जगिया ने यह बात भी सीखी कि आप तब ही बोलें जब लोग आपसे कुछ सुनने को अधीर हों। वह जानता है कि इस वक़्त आप अनामिका की शादी के बारे में सुनने को अधीर हो रहे हों। थोड़ा धीरज रखिए। वह उस बारे में सब कुछ बतायेगा लेकिन पहले आपको जगिया की बात सुननी होगी।

लक्ष्मी कृपा काकू की शादी के बाद तंग हाथ काकू की शादी हुई थी। उससे भी कोई दो साल बाद जगिया पाँचवीं कक्षा में पास हो गया था। गाँव में प्राथमिक विद्यालय ही था, इसलिए आगे की पढाई हेतु जगिया का दाख़िला पास के गाँव हरसानी में करा दिया गया था। माड़साब द्वारा दी गयी टी. सी. के कारण स्कूल में जगिया अब जगजीत सिंह बन गया था। हरसाणी में जगिया अपने चचेरे भाइयों के साथ रहता था। सभी मिलकर अपने हाथों से खाना बनाते और खाते। बहुत दुखदायी काम होता था। भाइयों की पढ़ने में रुचि कम ही थी, परन्तु घर वाले बच्चों को आँखों से अदीत करके राज़ी होते हैं। आँखों से दूर होते ही उन्हें लगता है कि अब वह सारे दुर्गुण छोड़ कर वह सुधर गया है, अब जिन किताबों से उसे चिढ़ होती थी, उन्हें पढ़ने लगा गया है। अब वापस घर आयेगा तो रिपोर्ट कार्ड में ज़ीरो या तीस–चालीस प्रतिशत की जगह अस्सी–नब्बे प्रतिशत छपे होंगे। हो सकता है, माड़साब यह भी बधाई बाँटें कि आपका सुपुत्र

स्कूल–कॉलेज में प्रथम आया है, लेकिन यह सब ग़ालिब चचा की भाषा में कहूँ तो झूठे ख़्वाब होते हैं।

हम को मालूम है जन्नत की हक़ीक़त लेकिन
दिल के खुश रखने को 'ग़ालिब' ये ख़याल अच्छा है

यानि यूजलेस बातें थीं, जो कभी क्रियान्वित नहीं हो सकती थीं। ये सब बड़े दार्शनिक आइडियाज़ जगिया तब भी सोचता था जब पाँचवीं तक का समन्दर पार करने के लिए माड़साब उन भाईसाहब की कुटाई करते थे। उस समय उसे माड़साब बहुत क्रूर, निर्दयी और सेडिस्ट (परपीड़क) लगते, जिन्हें बच्चों को परेशान करने में ही मज़ा आता है। आज उसे लगता है कितना अच्छा होता यदि माड़साब भाईसाहब की कुटाई कर पास करने की बजाय फैल कर देते तो आज जगिया यहाँ हरसानी में कांदे (प्याज) काटकर आँसू नहीं टपका रहा होता बल्कि माँ के हाथ की गर्मागर्म रोटियाँ खा रहा होता। असल में उन चचेरे भाईसाहब की पढ़ाई के कारण ही जगिया को भी यहाँ रहना पड़ रहा था।

ये तो जगिया के बचपन के विचार थे, जिन्हें लोग अनसुना कर देते थे, लेकिन जब जगिया बड़ा हुआ तो उसके कई मित्र बकरियाँ चराते थे तो कई मित्र डॉक्टर और इंजीनियर बन गये थे। डॉक्टर–इंजीनियर्स में से कई अमेरिका व यूरोप चले गये थे। बकरी चराने वाले भले कितने ही सुखी थे, अपने माँ–बाप का बहुत ख़याल रखते थे फिर भी उनके माँ–बाप दुखी थे, वे बच्चों का कम ही ख़याल रखते थे, यह सोचकर कि उनके बच्चे नाक़ाबिल निकले जबकि जो बच्चे अपने माँ–बाप को छोड़कर अमेरिका चले गये थे, उनके घर वाले बड़ाई करते हुए अघाते नहीं थे कि हमारे बच्चों को तो सुख–ही–सुख है। अमेरिका में भला किसी को कोई दुःख कैसे हो सकता है? जब बच्चे सुखी तो माँ बाप दुखी कैसे हो सकते हैं? जगिया ने ज्ञान की किताबें अधिक नहीं पढ़ी थीं, लेकिन लोगों को बहुत पढ़ा था। उसे उन माँ–बाप की पलकों के पीछे की पिघलती हुई बर्फ़, जिसे वे बहुत छिपाते थे, वह आसानी से दिख जाती थी। वो सबके सामने यह बात कह कर उनका दुःख बढ़ाता नहीं था,

लेकिन कई बार अकेले में सांत्वना देने पहुँच जाता था। तब उन माँ बाप के वे जमे हुए आँसू पिघल कर झरना बन निकल पड़ते थे। जगिया यह भी जानता था कि उस समय अमेरिका में नौकरी इतनी आसान नहीं थी। उसके कई मित्र जो चार–पाँच साल में एकाध बार आते थे, उन्होंने उसे बताया भी था कि जैसे गाँव के लड़के कारख़ानों में मज़दूरी करने जाते हैं और वापस घर आते हैं तो काले हो चुके, गन्दगी और चीघट से भरे कपड़े वहीं शहर के तलघर की अँधेरी गुफा में छोड़कर साहब लोगों जैसे उजले कपड़े पहनकर गाँव आते हैं और ऐसे दिखाते हैं जैसे वहाँ मजदूर नहीं अफ़सर हों, जिनके नीचे पाँच–सात नौकर होंगे, हमारे हाल भी वैसे ही हैं। हमारे में से अनेक लोग तो वहाँ पेट्रोल पम्प पर काम करते हैं, कई रेस्टोरेंट में बर्तन धोते हैं तो कई घरों में सफ़ाई का काम करते हैं, पर यहाँ माँ–बाप दुखी नहीं हों, लोगों में उनकी इज़्ज़त बनी रहे, वे अकड़ से अपनी गर्दन सीधी रखें उसके लिए हम थाप लगाकर गाल लाल रखते है। जगिये को तभी समझ आ गया था कि दुनिया गोल हैं। अमेरिका हो या हिन्दुस्तान, दुःख अपने पैर सभी जगह पसारे हुए है।

इसलिए वह अमेरिका या यूरोप के जैसी सुख की जगह नहीं तलाशता, वह तो अवसर मिलते ही सुख को लूट लेता था। वह गाँव आता और बारिश के दिनों में जब बकरियाँ चराने जाता तो थकने पर धोरे पर लेट जाता। तभी दूर से हवा के झोंकों में मिश्री की तरह मिले बाँसुरी के सुर सुनायी देते तो कुछ पलों में ही वह उतना सुख हासिल कर लेता, जिसके लिए लोग जीवन भर भटकते रहते हैं।

ख़ैर, ये सब बाद की बातें हैं। अभी तो जगिया दुखी था। वह हरसानी में स्कूल से छुट्टी होने के बाद सब्ज़ी बनाने के लिए कांदे काट रहा था। यह दुःख घरवालों द्वारा ही दिया गया था, इस उम्मीद में कि जगिया व उसके भाई बाद में सुखी होंगे। हालाँकि पिताजी बात–बात पर इस बात को उद्धृत करते थे कि 'पूत के पग पालने में ही दिख जाते हैं' लेकिन व्यवहार में वे न जाने क्यों उसके पैर देखते समय आँखें बन्द कर लेते थे। इस उम्र में जगिया कैसे समझाता

कि आप ग़लत सोच रहे हो। उन्हें हरसाणी पढ़ने के लिए भेजने का आपका निर्णय तर्कसंगत नहीं है। वैसे जगिया तो समझा भी देता, परन्तु वह जानता है कि उसकी ज्ञानपूर्ण दार्शनिक बातों के उत्तर में उसे बापूजी का शाबास मिलने की बजाय आशीर्वाद स्वरूप दो चाँटे पड़ते और तब भी उसे यहाँ आकर कांदे काटने पड़ते। इसलिए उसने मौन रहना ही उचित समझा।

वैसे मामला द्विपक्षीय था यानि न भाईसाहब पढ़ना चाहते थे और न माड़साब पढ़ाना चाहते थे। जगिया को यहाँ की स्कूल में आकर ही ज्ञात हुआ कि उद्योग भी कोई विषय होता है। वह भी इतना महत्त्वपूर्ण कि रोज़ अंग्रेज़ी, गणित, विज्ञान जैसे विषयों का एक कालांश होता, लेकिन उद्योग के दो कालांश। वह समय अलग था। आजकल जैसा नहीं कि टीचर बच्चों को डाँट भी नहीं सकता। माड़साब द्वारा थप्पड़, लात, घूंसे, डण्डे से मारना तो सामान्य बात थी। पेरेंट्स से माड़साब की शिकायत तो दूर, उल्टा पेरेंट्स को पता लग जाता कि माड़साब ने मारा है तो घर पहुँचने पर दो–चार चाँटे इसलिए पड़ते कि कोई बदमाशी ज़रूर की होगी। गणित के माड़साब तो सुनाते थे कि जब उनकी नौकरी लगी थी तब उन्होंने एक बच्चे के इतना ज़ोर–से टोला मारा कि अँगुली उसके सिर की हड्डी को तोड़ते हुए अन्दर मस्तिष्क तक पहुँच गयी थी। तब भी उनके ख़िलाफ़ कोई शिकायत नहीं हुई थी। भाईसाहब जब उनके डण्डों से डर कर भी गुणा–भाग नहीं सीख पाए, तब उसे डराने के लिए उन्होंने यह बात बताई थी। हालाँकि वे गुणा–भाग तो फिर भी नहीं सीख पाए, लेकिन यह सीख ज़रूर ली कि मास्टरों से डरना चाहिए क्योंकि जगिया ने तहक़ीक़ात में माड़साब द्वारा दी गयी जानकारी सही पाई थी। अब भाईसाहब कई बार नींद से जाग जाते। उन्हें लगता, माड़साब ने उनके माथे में टोला मारा है। वे हड़बड़ा उठते, चिमनी जलाकर कोशिश करते कि गुणा–भाग सीख जायें, लेकिन हर बार की तरह नाकाम रहने पर सब कुछ भाग्य के भरोसे छोड़कर यह कहते हुए चिमनी बुझा देते कि भले ही सिर फूट जाये, पर गुणा–भाग मेरे से नहीं होगा।

एक तो पढ़ाई की तकलीफ़। दूसरी खाना बनाने की तकलीफ़। तीसरी सबसे बड़ी तकलीफ़, उद्योग का कालांश। जगिया हर एक समस्या की तह तक जाता, विश्लेषण करता, कारण ढूँढ़ता और फिर उसके निवारण के प्रयास करता। वह भाईसाहब को बताता कि पहली तकलीफ़ का कारण घरवाले हैं और मूँछें आने तक इस तकलीफ़ का अन्त नहीं होगा। तब तक मास्टरों के डण्डे खाने हैं और हाथों से खाना बनाना है। मूँछें आने पर सब माँ–बाप की तरह अपने घरवाले भी आपकी शादी कर देंगे। तब पहली और दूसरी तकलीफ़ तो ख़त्म हो जायेगी, परन्तु चौथी तकलीफ़ पैदा होगी। विवाह के कारण पैदा हुई यह चौथी तकलीफ़ उम्र भर चलेगी।

अब बची तीसरी तकलीफ़। उसका कारण है– मास्टर। पढ़ाई की मैकाले पद्धति के साथ ही हमारी गुरुकुल व्यवस्था ख़त्म हो चुकी थी, लेकिन उसके प्रति लोगों की श्रद्धा और प्रेम अब भी बने हुए थे। गुरुकुल व्यवस्था में गुरु को कोई तनख़्वाह नहीं मिलती थी और न ही बच्चों के घर वालों द्वारा कोई फ़ीस दी जाती थी। इसलिए गुरुजी के परिवार के लिए सारे साधन जुटाना समाज या राजा का दायित्व हो जाता था। उनके लिए गाय, भैंस बकरी, घोड़ा, खाद्य सामग्री, वस्त्र इत्यादि की व्यवस्था राजा या समाज करता था और सेवा विद्यार्थी करते थे। घर की साफ़–सफ़ाई, खाना बनाना या उसमें सहयोग करना, कुएँ से पानी लाना, जंगल से लकड़ी लाना, खेत की देखभाल करना आदि सारे काम विद्यार्थी करते थे। यहाँ एक–दो भले मास्टरों को छोड़कर सभी मास्टरों ने गुरुकुल जैसी व्यवस्था लागू कर रखी थी। बच्चों के पेरेंट्स यह जानते हुए भी कि सभी मास्टरों को प्रतिमाह सरकार द्वारा तनख़्वाह मिलती है, गुरुकुल जैसी उनकी बेगारी लेने वाली उस व्यवस्था का विरोध नहीं करते थे बल्कि सही ठहराते थे, इस आशा में कि उनका बच्चा अहंकार विहीन, संस्कार युक्त, कर्मठ, आत्मनिर्भर और अपना काम खुद करने वाला बनेगा, लेकिन जगिया जानता था कि यह उनकी ग़लतफहमी थी। अगर ऐसा ही होता तो इन्हीं स्कूलों से निकले ये मास्टर लोग भी कर्मठ

और आत्मनिर्भर होते, अपना काम खुद करते, लेकिन वे कामचोर थे और विद्यार्थियों पर निर्भर रहते थे। दिन भर गप्पें लगाते या आलस में उबासियाँ लेते रहते थे। जगिया यह सब समझता था, लेकिन घर वालों को नहीं समझा सकता था क्योंकि ऐसा कहते ही पूज्य पिताजी उस पर ही इलज़ाम लगा देते कि तू कामचोर है। मास्टरों का छोटा–मोटा काम कर दिया तो कौन–सा घिस जायेगा? काम नहीं करेगा तो सीखेगा कैसे? वह कैसे कहता कि मैं घर की सफ़ाई करना, जंगल से लकड़ियाँ और तालाब या कुएँ से पानी लाना– यह सब सीखने के लिए स्कूल नहीं जा रहा हूँ, परन्तु वह चुप रह जाता था क्योंकि वह जानता था कि बापू इज ऑलवेज़ राइट एंड व्हेनेवर दे वाण्ट बच्चों के स्क्रू कर सकते है टाइट।

दो

गाँव के काफ़ी सारे लड़के रोज़ गाँव से स्कूल आते थे और छुट्टी के बाद लौट जाते थे। उन्होंने जगिया को सूचना दी कि आज अनामिका की शादी है। दावत का मज़ा लूटना हो तो आ जाना। बच्चों के लिए तो शादी का मतलब यही होता है– नाचना, गाना और खाना। जगिया का मन मयूर भी नाच उठा। तन स्कूल में था, पर मन तो उसी समय गाँव पहुँच गया। उसके आगे थाली रखी थी और थाली में लड्डूओं का ढेर। फिर उसने मन–ही–मन सोचा कि अनामिका बेचारी तो ग़रीब है। काकू के घर में नौकरानी की तरह काम करती है। उसकी शादी में लड्डू कौन बनवाएगा? उसने उसी वक़्त मन में आये विचार में संशोधन किया और लड्डुओं की जगह थाली में सीरा (हलवा) भर लिया।

वह अभी सीरे की तरफ़ हाथ बढ़ा ही रहा था कि इतिहास के माड़साब जो थोड़ी देर पहले ही पढ़ाकर कर गये थे, एक बार फिर से कक्षा में लौट आये। उन्होंने कक्षा को एक काम सौंपा। वह काम क्या था और कैसे अंजाम दिया गया, वो बताने से पहले जगिया के मन की बात सुन लीजिए।

जगिया गाँव में भरी हुई सीरे की थाली छोड़ स्कूल लौट आया था और कुछ देर पहले माड़साब द्वारा पढ़ाए गये इतिहास के पाठ पर मनन करने लगा।

पाठ में बात 1531 ई. की थी। उस समय 'दोराहा' के युद्ध में हुमायूँ ने शेरख़ां को पराजित कर भगा दिया। शेरख़ां बिहार के नाबालिग सुल्तान जलालुद्दीन का संरक्षक और चुनार के क़िले का क़िलेदार बन गया। हुमायूँ ने उसके पश्चात् गंगा और घाघरा के प्रदेश से अफ़गानियों को भगा दिया। उसने सूरजगढ़, रोहतास का दुर्ग और गौड़ पर विजय प्राप्त की और बहुत सारा गोला–बारूद, धन–दौलत और सुन्दर युवतियाँ हासिल कीं। 1535 ई. में बहादुरशाह को पराजित कर गुजरात उससे छीन लिया। वहाँ पर भी अस्त्र–शस्त्र, गोला–बारूद, धन–दौलत, कमसिन बालाएँ, जितना कुछ मिला, लूट लिया गया। सैनिकों को ख़ुश करने के लिए थोड़ा–बहुत सामान उन में बाँट दिया गया। बाकि आगरा के शाही ख़ज़ाने को भर दिया गया। अब लगभग उत्तर, पश्चिम और मध्य भारत के सारे राज्य हुमायूँ ने हासिल कर लिए थे। आगरा पहुँचते ही सुरा और सौन्दर्य का भोग प्रारम्भ कर दिया। लूट में मिली विवाहित और बूढ़ी महिलाएँ सरदारों और सैनिकों को उनकी हैसियत के अनुसार बाँट दी गयीं। कुँवारी युवतियाँ, किशोरियाँ, यहाँ तक की बच्चियाँ जो ठीक से समझी भी नहीं थीं कि यौवन क्या होता है, उन्हें अपने भोग के लिए रख लिया।

अब वह सोचने लगा, युद्ध बेवकूफ़ों का काम है। लोग युद्ध क्यों करते है? उसमें कौन–सा सुख है? लोगों को युद्ध में होने वाले दुःख को निमन्त्रण देने की बजाय सुख का भोग करना चाहिए। फिर उसी समय दासी को सुरा या सुन्दरी के लिए आदेश देता। इस तरह हुमायूँ दिन और रात शराब, शबाब और क़बाब की महफ़िलों में डूबा रहता। उसने युद्ध के बारे में सोचना भी बन्द कर दिया और संकल्प लिया की दुनिया में कोई युद्ध नहीं करेगा।

लेकिन उसके सोचने से दुनिया की सोच कैसे बदलती? उसका सबसे कमज़ोर दुश्मन शेरशाह सैनिकों व गोला–बारूद की संख्या

बढ़ाने में लगा था। उसने गंगा किनारे बिलग्राम नामक स्थान पर हुमायूँ को ललकारा। हुमायूँ युद्ध नहीं चाहता था। कोई काम मैं नहीं करूँगा और वह काम कोई भी नहीं करेगा, इन दोनों बातों के बीच का फ़र्क़ हुमायूँ को आज समझ आया। वह तो चाहता था पूरी दुनिया लड़ाई–झगड़ा छोड़ कर सुरा और सुन्दरी के सुख का भोग करे, लेकिन आज उसे समझ आया कि जैसे वह युद्धों में बलात् लायी गयी स्त्रियों के साथ बलात्कार करता है, ठीक वैसे ही ताक़तवर लोग अहिंसा, शान्ति, सुख और भोग के इस दर्शन के साथ बलात्कार करते हैं।

जीवन में सुख और शान्ति कैसे मिलेंगे, इसकी राह दर्शन दिखा सकता है, लेकिन वह राह बनाने के लिए हाथ में हथियार होना जरूरी है। न चाहते हुए भी हुमायूँ को सारे सुख, ऐश्वर्य, भोग छोड़कर युद्ध के मैदान में उतरना पड़ा। इस बार शेरशाह की तैयारी इतनी उम्दा थी कि कुछ घड़ी में ही मुग़ल सेना भाग खड़ी हुई। हुमायूँ का दर्शन, सुरा, सौन्दर्य– सब कुछ छूट गया। उसे जान बचाने के लिए काबुल भाग जाना पड़ा।

जब जगिया बड़ा हुआ और भारत द्वारा बालाकोट के आतंकवादी शिविरों पर सर्जिकल स्ट्राइक (सीमित हवाई आक्रमण) की गयी तब उसे माड़साब द्वारा पढ़ाया हुमायूँ का पाठ एक बार फिर से याद आया कि दुनिया दर्शन से नहीं चलती। वह सामर्थ्य के प्रदर्शन से चलती है। उसे तब समझ आया कि हम 26 जनवरी को हथियारों का प्रदर्शन क्यों करते हैं? इतना ही नहीं, दुश्मन अगर मूर्ख हो तो सिर्फ प्रदर्शन से भी काम नहीं चलता, उन्हें हथियारों से दर्शन समझाना भी पड़ता है। जैसे पाकिस्तान के मूर्ख सियासतदार हूरों की चाहत रखने वाले उन गधों को, जिन्हें असल गधी के सामने पेश किया जाये तो वह भी रिजेक्ट कर दे, परन्तु बहत्तर हूरों का लालच देकर उन्हें पेट पर बम बाँधकर हर रोज़ हिन्दुस्तान भेज देते थे। उन्हें लगता था, हिन्दुस्तान के ये हथियार वग़ैरह तो केवल 26 जनवरी को प्रदर्शन के लिए हैं। उनको बालाकोट में एक बार इस्तेमाल करके क्या दिखाए, अधिकांश तो बिना पासपोर्ट हूरों के पास पहुँच गये। जो बचे, वे बंकर छोड़ हिन्दुस्तान से उल्टी दिशा में बसे अफ़गानिस्तान जा पहुँचे।

ख़ैर, वह बाद की बात है। इस वक़्त जगिया फिर हरसानी की स्कूल में हाज़िर हो गया। माड़साब कुछ भी कहना चाह रहे हों, पर बालक जगिया ने माड़साब के दिये ताज़ा आदेश और इस पाठ को मिलाकर यह निष्कर्ष निकाला कि ताक़तवर आदमी हमेशा बलात्कार करता है। फिर चाहे वो गुरु हो, राजा हो या प्रजा हो और उस ताक़तवर के सामने ग़रीब आदमी को अपने हिस्से आयी सुरा, भोजन और भोग– सब कुछ छोड़ गुलामी करनी होती है।

जगिया के दिल में यह दर्शन इसलिए उमड़ा था क्योंकि जितना जल्दी हो सके, वह गाँव पहुँच कर अनामिका की शादी में सीरा खाना चाहता था, लेकिन माड़साब ने बलात् उसकी पूरी कक्षा को आदेश दे दिया कि अब उद्योग का कालांश है। उसमें आप सभी मेरे घर में बलीते (जलाने) के लिए लकड़ियाँ लेने जाओगे। इतना ही नहीं, फिर उन्होंने यह भी डेस्क्राइब किया कि कैसी लकड़ियाँ लानी हैं।

माड़साब की झल्लाहट देख जगिया समझ गया कि बलात्कार सिर्फ माड़साब हमारे साथ नहीं कर रहे हैं बल्कि वह तो माड़साब के साथ भी हुआ है। उसका गुस्सा हमारे पर निकाला जा रहा है। जगिया को याद आया कि पिछली बार जब वे माड़साब के घर लकड़ियाँ ले गये थे तो मास्टरनी ने कहा था ऐसी पतली लकड़ियाँ मुझे नहीं चाहिए। ये तो दो मिनट में जल जाती हैं। मैं खाना बनाऊँ या चूल्हे में लकड़ियाँ डालती रहूँ?

माड़साब ने हमारा पक्ष लेने के लिए कहा था कि छोटे बच्चे हैं, ऐसी ही ला पायेंगे।

तब वो बिफर कर बोली थी, "मुझे नहीं पता कि बच्चे छोटे हैं या बड़े, मुझे तो बलीते के लिए मोटी लकड़ियाँ चाहिये। वे नहीं ला सकते तो तुम लेकर आओ।"

तब पहली बार जगिया ने देखा कि माड़साब को भी कोई 'तुम' कह सकता है। 'तुम' भी क्या, पूरा 'तू–तड़ाक।'

माड़साब ने ही हाथ जोड़ कर माफी माँगी थी कि अभी इन बच्चों को तो जाने दे भागवान, मैं इसका भी इन्तज़ाम करूँगा।

इन्तज़ाम क्या होना था, जगिया को पता ही था। जगिया अभी तक समझ गया था कि मास्टर जैसी कंजूस जात से ख़र्चा तो होगा नहीं जो किसी से मोल लकड़ी मँगा ले। माड़साब की इज़्ज़त भी होती है, इसलिए खुद भी लाएँगे नहीं। अब मुफ़्त में भी लाए और जिसकी कोई इज़्ज़त भी नहीं हो, वह तो विद्यार्थी ही होते हैं इसलिए लानी उन्हीं को है। माड़साब का बच्चों के प्रति थोड़ा–बहुत दयाभाव ज़रूर था। वे जानते थे कि छोटे बच्चों के लिए यह मुश्किल काम है, परन्तु वे बेचारे भी क्या करें? बच्चों को बचाएँ तो खुद लेने जायें, वो भी न करें तो घरवाली उनको खा जाये।

कुल मिलाकर अब तक जगिया ही नहीं, बिलकुल भोले विद्यार्थी भी समझ गये थे कि उद्योग का कालांश, वह भी एक नहीं दो क्यों रखे गये हैं। इन दो कालांश में विद्यार्थियों को मास्टर लोगों के घर या खेत के काम कराने होते थे।

मास्टरनी द्वारा माड़साब को दी गयी मोटी लकड़ी की चेतावनी के अगले कुछ दिन तक सभी लोग प्रतीक्षा करते रहे, लेकिन इतिहास वाले माड़साब ने कोई बेगार नहीं दी। हालाँकि विद्यार्थियों को किसी और माड़साब ने अपने घर का काम बता दिया था। आज फिर इतिहास वाले माड़साब ने लकड़ियाँ लाने का आदेश दिया और समझाने लगे तो बच्चे बोले, "माड़साब हमें पता है, मोटी लकड़ियाँ लानी हैं। हम बच्चे हैं। इसमें मुश्किल आयेगी, फिर भी गुरुजी की इज़्ज़त बचाने के लिए लायेंगे। हमारे माड़साब के साथ कोई तू–तड़ाक, करे यह हमें पसन्द नहीं।"

यह कटाक्ष माड़साब को ऐसा लगा जैसे किसी ने मुँह पर जूता मार दिया हो, परन्तु माड़साब जानते थे कि अभी बच्चों से काम लेना था। वे जानते थे इस वक़्त उन्हें नाराज़ कर दिया तो फिर से लड़के ऐसी लकड़ियाँ लायेंगे कि मास्टरनी उनके मुँह पर जूता मारेगी।

माड़साब और बच्चे, दोनों समझ तो गये थे, लेकिन अब मास्टरनी जी की पसन्द की लकड़ियाँ लाएँ कहाँ से? पतली लकड़ियाँ तो सूखे हुए

पेड़ पौधों से टूटी हुई टहनियों की वजह से जंगल में मिल जाती थीं। मोटी लकड़ियाँ तो लोग अपने–अपने खेतों में पेड़–पौधों की मोटी डालियों को कुल्हाड़ी से काटकर सुखाते थे फिर लाते थे। बहुत देर तक जंगल में घूमते रहने पर भी जब वैसी लकड़ियाँ नहीं मिलीं, वे थक गये और प्यास भी लगी तो तालाब पर पानी पीने गये। तालाब की पाल के पीछे से उठते धुएँ को देखा तो कुछ बच्चों ने पाल पर चढ़कर देखा कि उधर क्या हो रहा है? तालाब के पाल के पीछे ही श्मशान घाट था। अभी–अभी कोई लाश जलाकर गये होंगे। वहाँ एक जोड़ी नये कपड़े, कुछ रुपये और नारियल पड़े थे, लेकिन इस वक़्त जगिया और उसके साथियों को कोई सबसे क़ीमती चीज़ दिखी तो वह थीं, लकड़ियाँ। लम्बी और मोटी लकड़ियाँ।

शहरों में मृतक को जलाने के लिए श्मशान में किलो के भाव लकड़ियाँ बेची जाती हैं। मृतक के रिश्तेदार हैसियत के अनुसार ख़रीदते हैं। किसी की ख़रीदने की क्षमता नहीं हो और लाश अधजली भी रह जाये तो कोई दो लकड़ी भी मुफ़्त में नहीं देगा, लेकिन गाँवों में अभी तक पूँजीवादी संस्कृति का उदय नहीं हुआ था। वहाँ लकड़ी तो क्या अभी तक ज़रूरत होने पर घी–दूध–दही के भी पैसे नहीं लिए जाते थे। कुछ अधिक लालची क़िस्म के लोगों ने घी को बेचना ज़रूर शुरू किया था, पर दूध, दही, छाछ, पानी, लकड़ियाँ अभी तक मुफ़्त ही थीं। ज्ञानी जनों और कवियों ने पूँजीवाद की आहट ज़रूर सुन ली थी और कहने लगे थे कि ऐसा घोर कलजुग आयेगा कि एक दिन दूध–दही तो क्या छाछ, पानी और लकड़ी भी बेची जायेगी। आदमी आदमी की सहायता करने या खाना खिलाने के भी पैसे लेगा। ये सब उनके अनुमान थे जिन पर लोगों को यक़ीन नहीं होता। वे मन में उन्हें बेवकूफ़ समझते और हँस कर टाल देते। अभी की हक़ीक़त यह थी कि किसी की मृत्यु पर मोटियार (जवान) लोग जंगल से ऊँटगाड़ा भरकर लकड़ियाँ लाते। ज़रूरत की काम में ली जातीं। शेष वहीं छोड़ दी जातीं।

इसलिए जगिया एंड टीम जब वहाँ पहुँची तो कुछ इकट्ठी की हुई लकड़ियाँ यूँ की यूँ पड़ी थीं तो कुछ का एक किनारा जल रहा था, लेकिन बची हुई लकड़ी जलनी शेष थीं। उन्होंने जगिया के नेतृत्व में उसी वक़्त वे जलती हुई लकड़ियाँ निकालीं और तालाब में बुझा दीं। दो–चार डरपोक क़िस्म के बचे दूर तालाब के किनारे ही खड़े रहे। वे श्मशान के निकट नहीं आये। उन दो–चार बच्चों ने जंगल से पतली लकड़ियाँ इकट्ठी कीं। शेष सभी ने इन लकड़ियों का भारा बनाया और ले चले माड़साब के घर। वहाँ जाकर पटकीं तो आज पहली बार उन्होंने मास्टरनी जी के होठों पर इतनी बड़ी मुस्कराहट देखी।

हालाँकि यह अलग बात है कि बाद में जब मास्टरनी ने उन्हीं लकड़ियों को नज़दीक से देखा और आधी जली हुई देख कर अपनी महिला मित्रों की टीम से इन्क्वायरी करवाई तो सारी बात जनता के सामने आ गयी कि ये लकड़ियाँ कहाँ से लायी गयी थीं। उसके बाद पूरी कक्षा को मुर्गा बनने से लेकर, चाँटे और डण्डों की सज़ा दी गयी। हालाँकि बच्चों ने मार भले खायी हो, पर एक फ़ायदा भी हुआ कि मास्टरनी उस घटना से इतनी डर गयी कि उन्होंने हमेशा के लिए बच्चों से लकड़ी मँगवानी बन्द कर दी। मास्टरनी भले भूतों से डर गयी, पर जगिया का डर मर गया। जिस श्मशान को भूतों से भरा हुआ कहते थे, जिन भूतों के क़िस्से मारवाड़ में लुटेरे पिंडारियों और आक्रान्ता मल्लेच्छों से भी अधिक बर्बरतापूर्ण होते थे, उन भूतों की गुवाड़ी से बच्चे लकड़ियाँ दिन–दहाड़े ले आये और पूरी भूत कॉलोनी से एक भी भूत ने प्रतिकार नहीं किया। जगिया को समझ आ गया था कि या तो भूत नहीं है और अगर है तो बहुत कमज़ोर जात है। अब उसे भूतों का डर नहीं रहा और मास्टरनी जी ने भूतों के डर के मारे लकड़ियाँ मँगानी बन्द कर दीं। इस दोहरी खुशी के लिए श्मशान में भूतों के यहाँ जो पैसे मिले थे, उन पैसों से खिटमिटे (छोटी–छोटी खट्टी–मीठी टॉफी) लाकर पार्टी की।

तीन

लकड़ी लाने के चक्कर में साँझ हो गयी जबकि जगिया का प्लान था कि स्कूल से छुट्टी होते ही वह अनामिका की शादी देखने गाँव जायेगा।

मास्टरों का काम तो सबको करना पड़ता था, लेकिन जगिया छोटा था, इसलिए यहाँ हरसानी में घर का काम ज़्यादातर भाई ही करते थे। वर्क डिस्ट्रीब्यूशन में कांदे काटना जगिया के हिस्से आया था और कभी–कभार झाड़ू भी लगाना पड़ता था। वाइल्ड लाइफ़ फ़ोटोग्राफ़र्स की तरह आज मोटी लकड़ियों की खोज में जंगल में भटकते हुए जगिया को देर हो गयी थी, इसलिए वे कांदे भी काट चुके थे और सब्ज़ी बन रही थी। तभी जगिया ने सुखद समाचार सुनाया कि आज गाँव में सीरे की लूट मची है और तुम यहाँ कांदे उबाल रहे हो? सीरे का सुनकर दोनों भाइयों के मुँह से भी लार टपकने लगी। दोनों ने बारी–बारी से अपनी–अपनी क़समें देकर जगिये से ख़बर कन्फ़र्म की। ख़बर सौ टका सच्ची थी। इस कन्फर्मेशन और खुशी में सब्ज़ी भी जलकर राख हो गयी। यह तीनों भाइयों को तब ज्ञात हुआ जब खाँसी के कारण उन तीनों का रसोई में बैठना दूभर हो गया। उन्होंने भगौने को नीचे उतार चूल्हा बुझाया और उसी बैठक को आपातकालीन बैठक घोषित करते हुए निर्णय लिया कि सेना की यह टुकड़ी इसी वक़्त हरसानी से ताणू कूच करेगी।

निर्णय हो गया तो देरी किस बात की? वे तीनों उसी समय निकल पड़े। अँधेरा घिर आया था और पैदल ही जाना था। कोई अन्य साधन उनके पास था नहीं। समस्या यह थी कि जिस रास्ते से जाने वाले थे, उसके आधेटे (आधे रास्ते) एक खेजड़ी थी और आमराय थी कि उस खेजड़ी में चुड़ैलें रहती हैं। आम जनता की तरह उन तीनों की भी जानकारी दुरुस्त थी और वे जानते थे कि सूरज की रौशनी में भूत–भूतनियाँ, पिशाच–चुड़ैलें छुप जाती हैं, लेकिन रात होते ही वे शिकार की तलाश में निकलते हैं।

शादी के जलसे और सीरे का मोह इतना था कि चुड़ैलों का डर भी उन्हें रोक नहीं पाया, लेकिन निकलने से पहले दोनों भाइयों ने अपने–अपने हाथ में छुरिया (छोटी छुरी) ले लिया और जगिया से भी ऐसा करने को कहा गया। ऐसा माना जाता है कि लोहे का चाकू या छुरिया आपके पास हो तो भूत–पिशाच निकट नहीं आते हैं। जगिया ने चाकू लेने से एक बारगी इनकार कर दिया क्योंकि आज दिन में ही उसने अपने मित्रों के सामने भूतों के अस्तित्व पर प्रश्न चिह्न लगाया था और यह कहा था कि अगर है भी तो बहुत कमज़ोर जात है। अब उनके ख़ौफ़ से हाथ में चाकू लेना अपने सिद्धान्त और मित्रों के साथ दग़ाबाज़ी थी। लेकिन उसने जैसे ही अनन्त आकाश को देखा और फिर गाँव की तरफ ख़ौफ़नाक अँधेरे में डूबे पेड़–पौधों विहीन कोसों तक फैले खुले रेगिस्तान को सूंसाटे करते देखा तो इरादा बदल दिया। उसने मन–ही–मन एक महत्त्वपूर्ण सिद्धान्त का प्रतिपादन किया कि दिन के उजाले में दिये गये सिद्धान्त रात के अँधेरों में अक्सर अपना अस्तित्व खो देते हैं। बड़े–बड़े महापुरुष भी रात के अँधेरे में कुछ ऐसा करने लगते है, जिसकी कल्पना भी नहीं की जा सकती है। फिर बित्ती भर जगिया की तो औक़ात ही क्या है? यह शायद उजाले और अँधेरे की लड़ाई है, दैवीय शक्तियों और आसुरी शक्तियों की लड़ाई है। इस वक़्त उसे उन आसुरी शक्तियों से लड़ाई और विजय के लिए चाकू की ज़रूरत महसूस हुई। उसने भाइयों को दूसरी बार रिक्वेस्ट करने का अवसर दिये बिना चुपके–से चाकू उठाया और उनके साथ चल दिया।

जैसे ही आधा रास्ता पार कर उस खेजड़ी के निकट पहुँचे जिस पर चुड़ैलें होने का दावा किया जाता था, जगिया ने सिर्फ एक बार उसकी तरफ अधखुली आँखों से देखा। उसे लगा, जैसे तेज़ चलती हवा से उस पर बैठी चुड़ैलों के बाल लहरा रहे हैं। फिर से उधर देखने की हिम्मत उन तीनों की नहीं हुई। पसीने से लथपथ तीनों ने एक–दूसरे का एक–एक हाथ कसकर पकड़ा और दूसरे हाथ में चाकू लिए आगे बढने लगे। जगिया उनके साथ 'हनुमान चालीसा'

का उच्चारण भी कर रहा था और अन्तर्मन में दिन में भूतों के विरुद्ध दिये गये अपने स्टेटमेंट के लिए माफ़ी भी माँग रहा था, "हे भूत देवता आज दिन में अतिरेक में आप के ख़िलाफ़ बोल गया, लेकिन आगे से ऐसी ग़लती नहीं करूँगा। आप मुझे क्षमा करें।" तीनों एक–दूसरे को यह भी कह रहे थे कि मैं तो नहीं डर रहा हूँ, पर बीच–बीच में थोड़ी–थोड़ी आँखें खोल देख भी रहे थे कि तीनों की हालत एक–सी है। कभी किसी को कोई पदचाप सुनाई देती तो दूसरे दोनों कहते कि तू वहम कर रहा है, ऐसा कुछ नहीं है। तभी ऐसा सम्बल देने वाले को लगता कि कोई उसे धक्का दे रहा है तो शेष दोनों कहते कि हवा का तेज़ झोंका है तू ऐसे ही वहम कर रहा है। बड़ी मुश्किल से ऐसे डरते–डरते वे गाँव के निकट पहुँचे। जब लोगों की आवाज़ें सुनाई देने लगीं, घरों में जलते चूल्हों की रौशनी दिखने लगी तो उनकी साँसों में साँस आयी। अब जगिया को याद आया कि उसने दिन में जिन भूतों को किसी योद्धा की भाँति ललकारा था, अभी रात में उन्हीं को 'भूत देवता' कहा था, मन ही मन दण्डवत् भी किया था और क्षमा भी माँगी थी। ऐसा सोचकर कभी उसे खुद पर कोफ़्त होती तो कभी लगता सारी दुनिया ही ऐसी है। ज़िन्दा रहने के लिए बड़े–बड़े लोग भी बेऔक़ात लोगों के सामने बिना पैंदे के लोटे की तरह गुड़कते रहते हैं, दण्डवत् करते रहते हैं जबकि उसने तो भूतों जैसी शक्तिशाली क़ौम के सामने ही हाथ जोड़े हैं। इसमें इतने हीन भाव की ज़रूरत नहीं है। फिर भी अपने द्वारा किये गये समझौते के लिए वह अपने को माफ नहीं कर पाया।

चार

वे तीनों सीधे कोटड़ी वाले धोरे पहुँचे। वानर सेना यानि जगिया के साथी उसकी प्रतीक्षा में वहाँ खड़े थे। उन्हें विश्वास था कि विवाह जैसे शुभ कार्य में जगिया ज़रूर पहुँचेगा। उसके साथियों ने बताया कि जिस तरह से दोनों काकू की शादी का ऐलान हुआ था, अनामिका की शादी के लिए कई दिनों पहले वैसा कोई ऐलान नहीं हुआ।

न तो आगूंछ (कुछ दिन पूर्व) किरिबयों का आगमन हुआ। न कोटड़ी में लोग इकट्ठा हुए, न रियाण हुई, जिसमें अमल (अफीम) चाय, बीड़ी, सिगरेट, हुक्का, चिलम, मखाणे, बतासे, खारकें (सूखी खजूर) बाँटी जाती हैं। बस–कल लुगाइयों (महिलाओं) की खुसर–पुसर से बच्चों को ज्ञात हुआ कि अनामिका की शादी है।

उसकी हमउम्र लड़कियाँ उसके मेहँदी पीठी (उबटन) आदि के लिए जाना चाहती थीं, परन्तु न जाने क्यों अधिकांश को उनके घरों से मना कर दिया गया। कुछ बहुत निकट की सखियों ने रोकर घर वालों से इजाज़त ली और उसका श्रृंगार वग़ैरह करवाया गया।

घरों में ना–नुकर, मना होने के बावजूद अपनी ही बेटियों को मना करने वाली काफ़ी महिलाएँ भी आज अभी रात होते ही अनामिका की शादी का जलसा देखने पहुँच गयीं। हम बच्चे बहुत देर से इस कोटड़ी वाले ऊँचे धोरे पर चढ़कर शाम से ही गाँव आने वाले सभी रास्तों पर नज़रें टिकाए हुए हैं। इस प्रतीक्षा में कि जान (बारात) किधर से आती है, ऊँटों पर आती है, ट्रैक्टर पर या ट्रक में आती है? कितने लोग? कैसे लोग? दूल्हा कैसा है?

उस समय गाँवों में जान के गोधूली वेला में आने की परम्परा थी। सूरज देवता पार (पानी का बड़ा तालाब) वाले बड़े धोरे के पीछे उतर गये थे। सिन्दूरी रंग को निग़लते हुए अँधेरे ने अपना साम्राज्य स्थापित कर लिया था। अनामिका और उसके घर वालों को थी या नहीं, पर हमें उद्विग्नता होने लगी थी कि अभी तक जान क्यों नहीं पहुँची? अलबत्ता उसके नानाणे (ननिहाल) के लोग मायरा लेकर ज़रूर आ गये थे।

गाँव में सुथारों के घर कोटड़ी वाले धोरे से उतरते ही थे। उन्हें अनामिका के घर तोरण ले जाते देखा तो हमें कुछ आस बँधी कि अब जान आने वाली होगी। हमने उनसे पूछा कि जान कब आयेगी?

वे बिना कुछ बोले एक रहस्यमयी मुस्कराहट दिखाते हुए निकल गये। हमारी जासूस टोली के बच्चे उनकी उस रहस्यमयी मुस्कराहट का राज़ जानने के लिए उनके पीछे हो लिए।

जिस समय जगिया कोटड़ी वाले धोरे पहुँचा, ठीक उसी समय जासूसी टोली अनामिका के घर से लौट आयी। धोरे पर पहुँचते ही टोली के मुखिया ने सी.आई.ए. के डायरेक्टर की तरह अकड़ दिखाते हुए यहाँ बैठे सभी बच्चों पर एक हेय दृष्टि डाली। जगिया और शेष बच्चों को भी लगा कि इतनी तहक़ीक़ात कर किसी दूसरे देश की इतनी महत्त्वपूर्ण ख़बर लेकर आये हैं तो इस अकड़ के हक़दार तो हैं ही। हम सभी बिना कुछ बोले सिर झुका कर उन्हें सुनने की मुद्रा में आ गये। वे गर्वोन्मत्त होकर बोले कि अनामिका के तो फेरे होने जा रहे हैं और तुम लोग गेलों (बेवकूफ़ों) की तरह यहाँ जान आने का इन्तजार कर रहे हो।

"यह कैसे सम्भव है? हम सभी लोग शाम से यहाँ लगे हुए हैं। कोई रास्ता हमारी नज़र से नहीं छूटा फिर ये जान अचानक कहाँ से प्रकट हो गयी जो उसके फेरे होने जा रहे हैं?"

हमारे इस प्रश्न पर वे बहुत देर तक हँसते रहे। हँसी रुक गयी तब बोले अरे, "गेलों, उसकी तो जान ही नहीं आयेगी।"

एक साथ हम सभी बोले, बिना जान (बारात) और दूल्हे के शादी कैसे सम्भव है? फिर फेरे किसके साथ होंगे?"

उधर से कड़क आवाज़ में जवाब आया, "खाण्डे (तलवार) के साथ।"

"क्या मतलब? एक जीती–जागती लड़की की शादी खाण्डे से कैसे हो सकती है? तुम लोग मज़ाक़ कर रहे हो, है न?"

उसी विश्वास और कड़क आवाज़ में वे बोले, "यक़ीन न हो तो चल कर देख लो। फेरों की तैयारियाँ हो रही हैं। कुछ देर में शुरू हो जायेंगे।"

जगिया सहित सभी बच्चों को कुछ समझ नहीं आ रहा था। जासूसी टोली का कथन, तोरण ले जाते अबोले सुथार की रहस्यमयी मुस्कराहट, जान का नहीं आना, लेकिन तोरण गया है यानि शादी तो है। अब इस रहस्य में अधिक उलझने और बुद्धि से उसे सुलझाने के असफल प्रयास करने की बजाय सभी ने अनामिका के घर जाना तय किया।

उसके घर के द्वार पर तोरण बाँधा जा चुका था। खाना शुरू हो गया था तो जाते ही हम बच्चों को खाने के लिए बिठा दिया गया।

जैसा शादी में होता है वैसा पूरे गाँव का खाना नहीं था। औपचारिक निमन्त्रण किसी को भी नहीं पहुँचा था, लेकिन लकड़तार (एक व्यक्ति से दूसरे व्यक्ति तक पहुँची ख़बर) से ख़बर हर घर में पहुँच चुकी थी कि आज अनामिका की शादी है। विवाह के घर से कोई भी भूखा जाये, यह अशुभ होता है। इसलिए इतना–सा ध्यान रखा जा रहा था कि बिना खाना खाए कोई न जाये। पुरुष तो इक्का दुक्का ही थे, किसी भी परिवार की वरिष्ठ महिलाएँ भी नहीं पहुँची थीं। हम बच्चों को भले ज्ञात नहीं हो, लेकिन सम्भवतया बड़ों को यह पहले से ही ज्ञात होगा कि उसकी शादी खाण्डे से होने जा रही है।

हमारी जासूसी टीम की विस्तृत रिपोर्ट से ज्ञात हुआ कि साल–दो –साल पहले आयी बहुओं का यहाँ आने का मन होते हुए भी उनकी सासुओं ने उन्हें घर में रोक लिया था। मन मारकर उन्हें रुकना पड़ा। जो ज़्यादा वरिष्ठ भी नहीं थीं और ज़्यादा कनिष्ठ भी नहीं थीं यानि पाँच–सात साल विवाह को हो गये थे, उनमें से खडूस और अकड़ू टाइप की बहुएँ अक्सर सास और जेठाणियों के बनाये नियम–क़ानून कायदों को नहीं मानती हैं। वे ही क्रान्ति और आजादी का झण्डा बुलन्द करती हैं। ऐसे में उन्हें या तो स्वतन्त्र राष्ट्र के रूप में मान्यता मिल जाती है या फिर परिवार के भीतर स्वतन्त्र राज्य की तरह व्यवहार करने लगती हैं, जहाँ केन्द्र सोचता है कि वो हमारी इकाई हैं पर असल में कुछ मसलों को छोड़कर वो स्वतन्त्र इकाई होती हैं, केन्द्र की सुनती नहीं है। ऐसी बहुएँ अपनी बेबाक़ी और स्वतन्त्रता का फ़ायदा उठाते हुए बिना दूल्हे की यह अनोखी शादी देखने के उत्साह में पहुँच गयी थीं। उन बहुओं के कारण यह अनोखी शादी देखने उनकी ननदें भी उनके साथ हो लीं। हालाँकि ऐसी बहुओं का यह व्यवहार होता तो एक तरह से विद्रोह है, लेकिन घर की आन्तरिक व्यवस्था सुचारू है, आन्तरिक आपातकाल जैसी स्थिति नहीं है, परिवार में सब ठीक है यह दिखाने के लिए दर्शाया इस तरह से जाता है कि सब कुछ सहमति से हो रहा है। अभी तक केन्द्र–राज्य सम्बन्ध ठीक है।

हम हक़ीक़त जानने के लिए बेचैन थे। बिना दूल्हे के किसी लड़की की शादी पर हमें अभी भी यक़ीन नहीं हो रहा था। हमारी नज़रें अनामिका को ढूँढ़ रही थीं। तभी सोलह श्रृंगार किये अनामिका को आँगण के मध्य फेरों के लिए बनी वेदी के पास बिठा दिया गया। सीरे (हलवे) के शौक़ीन हम बच्चे भोजन के दो–चार ग्रास लेकर भूखे ही उठ गये। महिलाओं ने विवाह के मंगल गीत शुरू किये। कुछ ही देर में हमने देखा कि एक तलवार के मूठ के पास लकड़ी बाँध उसके हाथ बना दिये गये। उसे कपड़े और साफ़ा पहनाया गया। हमारे गाँव के माराज (पण्डित) फेरों में पूजा–पाठ के लिए तैयार थे। उन्हें देख जगिया के मन में खणका (खटकना) हुआ क्योंकि जगिया ने छोटे–मोटे पूजा पाठ, 'रामायण', 'गीता' का पाठ, तीज–त्यौहार की कथा, छोटी–मोटी बीमारी में झाड–फूंक, तन्त्र–मन्त्र के लिए तो उन्हें देखा था, लेकिन किसी की भी शादी में माराज को नहीं देखा था। शादी में माराज बाहर से ही आते थे।

विवाह कोई सामान्य झाड़–फूँक तो है नहीं कि आज मामला नहीं बैठा तो कल फिर किसी दूसरे विशेषज्ञ से करा लेंगे। विवाह तो सात जन्मों के साथ का मामला है, इसलिए उसमें मन्त्र–तन्त्र जाप का जानकार व्यक्ति होना चाहिए। शादी का सरकारी रजिस्ट्रेशन तो उस वक़्त तक शुरू हुआ नहीं था। वैसे भी वह तो महत्त्वहीन दस्तावेज़ है, जिसे लड़ाई–झगड़े की स्थिति में छोटे–से फ़ैमिली कोर्ट का जज भी ख़ारिज़ कर सकता है। शादी कराने वाले माराज बताते थे कि भगवान के वहाँ हर शादी का पंजीकरण होता है और उसे सात जन्मों तक बड़े–से–बड़ा जज तो क्या, जज का बाप भी ख़ारिज़ नहीं कर सकता। मामला सात जन्म का है, इसी से समझ जाना चाहिए कि मृत्यु भी इस रजिस्ट्रेशन को कैंसिल नहीं कर सकती। आपको शादी पसन्द नहीं है और छुटकारे के लिए आत्महत्या कर लेते हो, तब भी बच नहीं पाओगे। अगले जन्म में फिर से वही पति या पत्नी आपकी छाती पर मूंग दलने को तैयार मिलेगा। हालाँकि जोड़े तो कुण्डली मिलान करके, गुण–अवगुण देख स्वर्ग के सुपर कम्प्यूटर में तय किये

जाते हैं लेकिन फिर भी वे टिकाऊ हों, इसके लिए आपके जात के माराज होना जरूरी है। माराज बदल गये या एक भी मन्त्र गड़बड़ हुआ नहीं कि किस स्त्री या पुरुष का कनेक्शन कहाँ जाकर जुड़ेगा या धमाके के साथ शॉर्ट सर्किट होगा कहा, नहीं जा सकता। इसलिए इस मेटर में कोई कोताही नहीं बरतनी चाहिए।

अनामिका की कहानी कुछ यूँ है कि वो जब नासमझ थी उस समय गाँव के एक काकू की शादी हुई थी और तब उनके दहेज़ में दे दी गयी थी। तब से वे उसे 'बेटी' कहते थे, लेकिन नौकरानी की तरह काम लेते थे। जब वह छोटी थी तब कई बार माँ को याद कर ज़्यादा रोती तो शुरुआत के दिनों में एक–दो बार उसकी माँ उससे मिलने आयी थी, लेकिन धीरे–धीरे वह माँ को भूल गयी और यहीं की होकर रह गयी। उसकी माँ काकू के ससुराल में नौकरानी थी। अनामिका के बड़ी होने पर उसके भाई भी साल में एक दो बार मिलने आते थे, लेकिन उसके पिता कभी मिलने नहीं आये।

अनामिका की क्या जात थी, यह जगिया एंड पार्टी को ज्ञात नहीं था। हो सकता है, उसकी जात के माराज हमारे गाँव वाले माराज ही हो या उसका अपना यहाँ कोई नहीं था, इसलिए स्थानीय माराज को रिज़नेबल फ़ी के कारण बुला लिया हो या फिर यह सोचकर ऐसा किया गया था कि आदमी तो है नहीं, खांडा बदल भी जायेगा तो क्या फ़र्क पड़ेगा? कारण जो भी हो, उसके फेरों के लिए गाँव के माराज आये थे।

वैसे पढ़ाई के मामले में बाहर वाले और गाँव वाले, दोनों माराज में ख़ास फ़र्क नहीं था। काशी विश्वविद्यालय किस दिशा में है, दोनों को पता नहीं था। बाहर वालों की डिग्री का आधार उनके पिताजी ही थे जिन्होंने मन्त्र–तन्त्र व टीपणा (पंचांग) पढ़ना सिखा दिया था। जबकि गाँव वाले माराज के पिताजी के लिए काला अक्षर भैंस बराबर था और असल में भैंसें ही चराते थे। वे पंडिताई की बजाय मेहनत–मज़दूरी के काम में यक़ीन रखते थे, लेकिन बेटे को जो वर्तमान में माराज थे, पढ़ने का शौक़ था। पिताजी ने स्कूल तो नहीं भेजा,

परन्तु बड़ा होने पर इन्होंने काली भैंसों की बजाय काले आखरों पर मन लगाया। इसलिए वे टीपणा (पंचांग) ठीक से पढ़ समझ लेते थे। गीता प्रेस, गोरखपुर की अन्य काफ़ी सारी पुस्तकें भी उनके पास थीं, जिन्हें वे पढ़ते रहते थे।

पढाई और ज्ञान का मामला भले बराबरी का हो, पर इमेज बिल्डिंग भी बहुत बड़ा काम है। एक चमचमाता फ़ाइव स्टार चेहरा था तो दूसरा हाईवे का ढाबा। गाँव के माराज सन्तोषी जीव थे और मान–सम्मान–अपमान, ऐसी छोटी बातों से भी ऊपर उठे हुए थे। उन्हें कभी भी बुलाओ, मना नहीं करते थे। कार्य बड़ा है या छोटा, इसकी गणना नहीं करते और फ़ीस कितनी चुकायी जायेगी, इसकी गणना भी नहीं। जो थोड़ा दे, उसका भी भला और जो नहीं दे, उसका भी भला। ऐसे सीधे और भले लोगों को ज़्यादा तो वैसे भी कौन देता है? सिर्फ कहने की बात होती है, कम ज़्यादा कुछ भी दो। असल में सौ में से एकाध ही होता है जो ज़्यादा देता है। शेष सभी तो कम ही देते है। ज़्यादा पाने के लिए तो विद्वान और खुर्राट की इमेज बनानी होती हैं। ऐसा भय पैदा करना होता है कि नाराज़ होने पर पण्डित जी मन्त्रों से कुछ अहित भी कर सकते हैं। यूँ भी बाबा तुलसी पहले ही कह गये है कि 'भय बिन होत न प्रीत', लेकिन इस अटल सत्य को जानते हुए भी हमारे गाँव वाले माराज सन्त क़िस्म के व्यक्ति थे। वे न किसी को डराते थे, न आँख दिखाते थे। इसलिए विवाह जैसे बड़े कार्यों में उन्हें कम ही बुलाया जाता। केवल छोटे–मोटे दैनिक कार्यों के लिए ही बुलाया जाता। दूसरी बात यह भी थी कि घर का जोगी जोगणा दूर गाँव का सिद्ध।

माराज मन्त्र पढ़ते जा रहे थे। आगे–आगे अनामिका, पीछे–पीछे खाण्डे को उठाए एक महिला फेरे लिए जा रही थी। चौथे फेरे में रिवाज़ के अनुसार वह खाण्डे वाली महिला आगे हो गयी और अनामिका पीछे। महिलाएँ गीत गा रही थीं, "चौथे फेरे बाई हुई पराई" यानी कन्या दूसरों की हो गयी। जगिया को समझ नहीं आया कि इंसान की तलवार तो होती है, लेकिन जीता–जागता इन्सान तलवार का कैसे हो सकता है?

लेकिन ऐसा हो चुका था। अनामिका तलवार की हो गयी थी। जगिया के मन में सैकड़ों प्रश्न थे। आज अनामिका की सुहागरात भी होगी? कल वह किसके साथ और किस गाँव जायेगी? सभी बच्चों के नाम के आगे तो पिता की जात लगती है, लेकिन अनामिका के बच्चों के आगे क्या जात लगेगी? फिर उसे ख़याल आया कि उसके बच्चे होंगे ही कैसे? उसकी शादी तो किसी पुरुष से नहीं खाण्डे से हुई है। तो क्या 'महाभारत' की तरह कोई नियोग प्रथा का प्रयोग किया जायेगा? या वह ताउम्र निपूती ही रहेगी? ऐसे अनेक सवाल सोचकर समझने की कोशिश की, परन्तु अनामिका की शादी का दृश्य देखकर जगिया अटरली कन्फ़्यूज़ (भयंकर भ्रमित) हो गया। जगिया ने दोनों काकुओं की शादी को गहराई से समझने का प्रयास किया। गाँव में देखी गयी अन्य शादियों की कैसेट को भी अपने दिमाग में रिवाइंड करके समझना चाहा, लेकिन वह नाकाम रहा। सारा मैटर सुलझने की बजाय उलझता जाता। अब उसे किसी गुरु की ज़रूरत महसूस हुई और उस हेतु उसे एक ही नाम याद आ रहा था, वह नाम था 'सुरा काकू'। वह अपनी टीम सहित अनामिका के घर से उठकर कोटड़ी वाले धोरे की तरफ चल दिया।

पाँच

संयोग से सुरा काकू कोटड़ी वाले धोरे पर ही बैठे थे। सुरा काकू भजन, शास्तर, ज्ञान की बात हो, या क़िस्से–कहानी हो बहुत अच्छे से सुनाते थे। कभी–कभार उसमें थोड़–बहुत गप्प का मेल–मिलाप भी कर देते थे, पर अक्सर उनके क़िस्से सच्चे होते थे।

जागिये ने सुरा काकू से आग्रह किया कि काकू, हम बच्चे हैं, लेकिन शादियाँ हमने भी काफ़ी देखी हैं पर अनामिका की शादी के मामले में हमें कुछ भी समझ नहीं आया। फिर उसने ऊपर बताये गये अपने मन में उमड़ते सारे सवाल काकू के सामने उड़ेल दिये। अन्त में यह भी कह दिया कि काकू, मामला विशेष है, गम्भीर प्रकृति का है। मुझे इसमें किसी बड़ी सामाजिक असमानता की बू आ रही है।

इसलिए काकू प्लीज, अगर आपको ठीक से जानकारी हो तो तथ्यात्मक रिपोर्ट बताई जाये, गप्प नहीं परोसी जाये।

काकू ने घूर कर देखा। उनका इस तरह देखना यह बताने के लिए था कि गप्प परोसने का किसको कहा है? मेरी बातों में गप्पें नहीं सच्चाई होती है।

जागिये ने अपनी कही गयी बात में संशोधन किया। "माफ करो काकू, आप तो हमेशा सच्ची बातें ही सुनाते हैं, आज भी सच्ची बात सुनाओ न।" गप्प से सच्ची बात का यह सफ़र सांसदों या विधायकों के वेतन भत्तों में किये जाने वाले संशोधन जैसा मसला था, जिस पर विमर्श की ज़रूरत नहीं होती है, सिर्फ़ आँखों की भाषा से ही मैटर को सेटल कर लिया जाता है और सर्वसम्मति से बिल पास हो जाता है। जगिया और पब्लिक भी समझ जाते थे कि काकू क्या चाहते हैं? फिर वैसा संशोधन किया जाता और उसी समय काकू की तरफ से भी सहमति मिल जाती।

बात सुनने के लिए माहौल बनाना पड़ता है, हुँकारे देने वाले चाहिए होते हैं, सुनाने वाले को घेर कर बैठना होता है। आकर्षण का बिन्दु मात्र वही होना चाहिए इधर उधर चूँ–चाँ होती रहती है तो उसकी एकाग्रता भंग होती है। सुरा काकू की भाषा में कहूँ तो क़िस्से सुनाना भी किसी ऋषि की तपस्या से कम काम नहीं होता।

ख़ैर, वे सारी व्यवस्थाएँ तो हमेशा की तरह हो गयीं, पर आज उस सारी व्यवस्था को देखकर भी काकू प्रकृति और दुनिया से तटस्थ किसी संन्यासी की भाँति उखड़े–उखड़े बैठे रहे।

जगिया ने फिर से काकू से नज़रें मिलाई, जैसे पूछ रहा हो कि व्हाट हैपंड?

काकू ने भी जर्दे की पुड़ी दिखाते हुए हथेली में अँगुली को घिसते हुए इशारा किया कि चूना इज़ मिस्सिंग।

समय के साथ बातें और चीज़ें इतनी बदल जाती हैं कि अगली पीढ़ी को सुनाएँ तो उन्हें यक़ीन ही नहीं होता। आजकल अक्सर सुनने में आता है कि कोई शॉर्ट सर्किट होने या गैस का लीकेज होने से

चलती गाड़ी आग का गोला बनी। हमारे बचपन में गाड़ियाँ आग का नहीं बल्कि बर्फ़ का गोला बनती थीं। गाँव में दो ट्रैक्टर थे। सर्दियों में वे ऐसे बर्फ़ बन जाते कि गर्म हुए बिना स्टार्ट नहीं होते थे। सर्दियों में चमड़ी जलाऊ तेज़ धूप दस–ग्यारह बजे से पहले नहीं निकलती थी। तब तक ट्रैक्टर के मालिक इन्तजार करें तो फिर वे कमाई कब करते? इसलिए ड्राइवर को कहा हुआ होता था कि सुबह छः–सात बजे काम पर निकल जाये। वह उस नियत समय से एक घण्टा पहले प्रयास शुरू करता तब कहीं जाकर ट्रैक्टर स्टार्ट होता। हम सर्दियों में गाय–बकरी को घर ले जाने की ग़रज से निकलते थे और ठिठुरने लगते थे, तब हमारी नज़र उन ट्रेक्टर पर ही जाती थी। जिनको हाथ तापने होते थे, उनमें से हर एक बच्चा दो–चार लकड़ियाँ ढूँढ़ कर या कहीं से चुरा कर ले आता। कुछ लकड़ियाँ ड्राइवर की इकट्ठी की हुई होती थीं फिर उन सब को मिलाकर ड्राइवर उस ट्रेक्टर के नीचे आग लगाता। हम सब हाथ तापते रहते और कोई एकाध घण्टे बाद गर्म होने पर ड्राइवर चाबी लगाकर ट्रेक्टर को स्टार्ट करता। ठीक इन ट्रेक्टर की तरह काकू को भी स्टार्ट करने के लिए चूने या बीड़ी जैसे तत्व की आवश्यकता होती थी।

चूना इज मिस्सिंग के इशारे के साथ ही सारी जनता में खलबली हुई। जिन्हें अपनी जेब में कुछ मिलने की सम्भावना थी, उन्होंने अपनी जेबें सँभालीं। तत्काल किसी सज्जन ने चूने की ट्यूब जेब से निकालते हुए आगे बढ़ाई। आज चूँकि मुफ़्त का था, इसलिए काकू ने भी हमेशा से दुगना चूना ज़र्दे में मिलाते हुए घिसा और तालियाँ बजाते हुए साफ़ कर उसे मुँह की बगल में दबाया।

उधर चूने की ट्यूब वापस जब अपने मालिक के पास पहुँची तो उनके ज्ञान चक्षु खुले। उन्होंने वह ज्ञान उसी समय पड़ोसी से साझा किया कि मैं यक़ीन से कह सकता हूँ कि असल में कहावत 'मुफ़्त का चूना घिस ले रे नमूना' रही होगी, जिसे बच्चों की किताबों में 'मुफ़्त का चन्दन घिस मेरे नन्दन' में बदल दिया गया होगा और यह कहावत काकू जैसे लोगों के कारण ही बनी होगी।

पास में बैठे उसी मित्र को चूने की ट्यूब दिखाते हुए बोले, ''ग्यो–बीतो सेंग खाए ग्यो'' (गया–बीता सारा खा गया)।

काकू के कान बड़े तेज़ थे। उन्होंने अपने लिए मन्द सप्तक में की गयी यह तारीफ़ भी सुन ली। उन्होंने तुरन्त काल्पनिक ट्यूब हाथ में लेकर इशारा किया और नीचे के अंग विशेष का नाम लेते हुए उस युवक से बोले कि इतनी ही चिन्ता है तो उसमें डाल कर रखा कर। मैंने तो माँगी नहीं थी, फिर निकाल कर दी ही क्यों? जब दे दी तो अब रोना क्यों? ग़लती किसकी थी, यह तय करने की बजाय जनता जनार्दन ने 'हमें बात फिटि करो' (अब बात को जाने दो) का ऐलान करते हुए ज़ाहिर किया कि वे इन बातों पर व्यर्थ अपना समय गँवाने की बजाय काकू के क़िस्से सुनने में इंटरेस्टेड है।

काकू भी शायद उस चूने वाले लड़के की उथली बात छोड़ कर जगिया द्वारा पूछे गये गम्भीर प्रश्नों के जवाब देने में इंटरेस्टेड थे। उन्होंने दोनों घुटनों पर दोनों हाथों की कोहनियाँ रखीं और ठुड्डी को हथेलियों पर टिकाते हुए कुछ पल के लिए आँखों को बन्द किया। गर्दन को दो बार ऊपर–नीचे किया और दो बार दायें–बायें घुमाया। फिर धीरे–से आँखें खोलते हुए दो बार 'पिचक' करते हुए ज़र्दे के कारण मुँह में भर आयी पीली लार का निस्तारण किया और पैर लम्बा कर उसके ऊपर रेत डाली। सम्भवतया वे जो कहना चाहते थे, वह बात इस पूरी प्रक्रिया में गले तक आ गयी होगी, इसलिए अब एक पैर पर दूसरा पैर रखते हुए अर्ध पद्मासन जैसी स्थिति बनाते हुए काकू ने गला खंखारा और बोले–

''यह तो तुम सब जानते ही होंगे कि भारत में अनेक जातियाँ हैं। उनमें से एक जाति है, जिससे अनामिका है। भारत में जब अंग्रेज़ों का राज आया तो राजाओं का राज तो कहने भर को रह गया था यानि लगभग ख़त्म हो गया था, लेकिन सामाजिक व्यवस्था अब भी वही थी। अनामिका की जाति को अब भी दास समझा जाता था और वे भी चूँकि सदियों से दासता में जकड़े हुए थे तो उन्हें उस प्रथा में अब भी कुछ ग़लत नहीं लगता था। असली समस्या आजादी के बाद आयी।

आजादी के बाद उन्हीं में से कुछ लोगों को ज्ञात हुआ कि भारत के संविधान ने उन्हें दास प्रथा से मुक्त कर दिया है। अब उनमें से कुछ जवान लोग स्वयं को स्वतन्त्र घोषित करना चाहते थे तो उन्हीं के परिवार के कुछ बूढ़े लोग सभ्यता, संस्कृति, और पुरातन परम्पराओं का हवाला देकर ऐसा करने से रोक रहे थे। मेहनतकश लोग दासता और इस बदनामी से मुक्त होना चाहते थे तो आलसी लोग चाहते थे कि यह प्रथा बनी रहे ताकि घर बैठे माँ, पत्नी, बहन, बेटी की कमाई हो जायेगी और हम बैठे–सोते, बीड़ी फूँकते, दारू पीते मौज करेंगे।''

''इस प्रथा के विरोधी विद्रोह पर उतर आये थे और नये बच्चों को भड़काने की कोशिश करते या उन्हें माँ–बहन–बेटी की इज़्ज़त की बात समझाते। तब आलसी लोग यह कह कर चुप करा देते कि बड़े आये हैं इज़्ज़तदार, पहले तो आने वाले की माँ और बहन के अंग विशेष का नाम लेकर स्मरण करवाते कि तुम भी वहीं से पैदा हुए हो, कोई अवतार नहीं हो। फिर दूसरी हक़ीक़त बताते कि तेरी माँ को तो यह भी पता नहीं कि तेरा बाप कौन है और दूसरों को इज़्ज़त की बातें समझाने आया है। पहले तेरी माँ जितनों के साथ सोयी है, उतनी गिनती तो सीख ले। फिर आना हमें इज़्ज़त की बातें समझाने। वह निरुत्तर होकर मुँह नीचा करके चला जाता, लेकिन ऐसा भी नहीं है कि सब लोग ऐसे ही थे। बहुत सारे लोग बदलाव के साथ भी हो लिए थे। वे मानते थे कि माँ–दादी के साथ क्या हुआ, उस भूतकाल को भूलकर हम भविष्य की चिन्ता करें तथा उसकी योजना बनायें, यह ज़्यादा महत्त्वपूर्ण है। वे मन से चाहते थे कि उनकी बहन–बेटियाँ इज़्ज़त से रहें। आजादी के बाद भी वर्षों तक उस जाति में दोनों तरह का यह चिन्तन चलता रहा। जो लोग इन दासों का उपभोग कर रहे थे, स्वाभाविक था उनमें से तो केवल अँगुलियों पर गिनने लायक भले लोगों को छोड़ दें तो सभी उन्हें उसी रूप में रखना चाहते थे। तस्वीर बड़ी धुँधली थी। चोरी छुपे दास और मालिक, दोनों पक्षों की स्वेच्छा से, अन्दरूनी तौर पर अब भी काफ़ी कुछ चल रहा था, पर अब मालिक कहे जाने वाले परिवारों के लड़के इनकी महिलाओं

और लड़कियों पर उनकी इच्छा के विरुद्ध ज़ोर–जबरदस्ती करने की कोशिश करते तो कुछ बड़े परिवार, जिनके काफ़ी सारे छोरे लठैत थे, वे लड़ाई–झगड़े पर उतर आते थे। इन झगड़ों टण्टों का असर ये हुआ कि आजादी के लगभग बीस तीस साल बाद ज़ोर–जबरदस्ती लगभग बन्द–सी हो गयी। हाँ, स्वेच्छा से किये गये घपले अब भी चलते रहते थे।''

बाद में जब जगिया बड़ा हुआ तब उसे समझ आया कि आजादी के बाद तो ऐसे घपले बढ़ते ही गये हैं और अब वे उस दास जाति या वर्ग तक ही सीमित नहीं रहे। अब तो हर एक जाति, धर्म, सम्प्रदाय ने भारत में अगर कुछ हासिल किया है, तो वह है– स्वेच्छाचारिता। अब तो भारत के सुप्रीम कोर्ट ने भी कह दिया है कि स्वेच्छा से रंगरेलियाँ मनाने वाली औरतों को रोकने का अधिकार न पिता को है और न ही पति को। पुरुष तो जब से पैदा हुआ है तब से ही नंगा है। जब, जहाँ अवसर मिले, वहाँ मुँह मारने का अधिकार समाज से प्राप्त किये हुए है।

सुरा काकू बोले, ''यह आनामिका उस दास जाति से है। तुम्हारे काकू की शादी हुई थी तब सोना, चाँदी, बर्तन, भांडे, गाय, बकरी, ऊँट के साथ अनामिका भी उन्हें दहेज में मिली थी। उस वक़्त वह छोटी बच्ची थी। अब जवान हो गयी है। जवान होने पर इन्सान या पशु की शारीरिक ज़रूरतें बदल जाती हैं। उसकी काम इच्छा बढ़ जाती है। सामान्य व्यक्ति के लिए काम–क्रिया से विरक्त होना सम्भव नहीं, इसलिए समाज ने विवाह की प्रथा रचकर उसे इच्छापूर्ति का अवसर दिया। ऐसा नहीं करने पर समाज में स्त्री–पुरुष का अपहरण, लूट, खसोट, हत्या जैसी घटनाएँ होने लगतीं। और भी न जाने कैसी कैसी अराजकता की स्थिति बनती। इतना ही नहीं स्त्री और पुरुष, लुक–छुप कर मिलने की राह ढूँढ़ ही लेते, लेकिन उससे होने वाले बच्चों की स्वीकार्यता समाज में नहीं होने और बदनामी के डर से वे कहीं जंगल या नदी–नालों में फेंके हुए मिलते। इससे मानव जाति के अस्तित्त्व पर ही संकट खड़ा हो जाता।

"यही कारण है कि जब सम्पत्ति के रूप में मिली अनामिका जैसी लड़कियाँ बड़ी हो जाती हैं तो मालिक चाहते हैं, शेष काम के साथ साथ उनके 'काम' में भी सहायता करे। यह अधिकार तो उन्हें दहेज में मिलने के साथ ही मिल जाता है, लेकिन कुँवारी लड़की के बच्चों से लड़की और मालिक, दोनों की बदनामी का डर रहता है। अगर उसका विवाह किसी अन्य पुरुष के साथ कर दे तो वह उसके घर चली जायेगी। उससे यौन सुख उसका पति लेगा या उसके पति का मालिक लेगा। उसके जो बच्चे होंगे वे भी किसी अन्य के नोकर होंगे। ऐसे में मालिक लोगों ने एक उपाय निकाला 'खाण्डे से विवाह'। सैद्धान्तिक रूप से अब अनामिका स्वेच्छा से किसी के भी साथ रति सुख का आनन्द ले सकती है और बच्चे पैदा कर सकती है, लेकिन व्यवहार में अब भी वह रहेगी उसी घर में, उनकी ही नौकरानी, इसलिए जब उनका मन हों वे उसका उपभोग कर सकते हैं। अब बच्चे होने पर भी समाज में अनामिका सिर उठाकर बात कर सकती है क्योंकि वो विवाहिता है। बच्चे चाहे मालिक से हों या उसके प्रेमी से, उनके पिता का नाम कोई नहीं पूछता। हालाँकि यह संवेदनशीलता भी अनामिका जैसी लड़कियों का आत्म–सम्मान बनाये रखने के लिए कम और मालिक लोगों का सम्मान बनाये रखने के लिए अधिक होती है।

"यह सदियों से चले आ रहे पुरुष सत्तात्मक समाज का असली चेहरा है। चाहे हम इतिहास देखें या वर्तमान, हर जगह ऐसा ही मिलेगा। महाराणा सांगा के ज्येष्ठ और योग्य पुत्र भोजराज सिंह का देहान्त मीरा से विवाह के कुछ दिन बाद ही हो गया था। खानवा के युद्ध में हुए अस्सी घावों की वजह से महाराणा सांगा का कुछ दिनों बाद ही देहान्त हो गया। उनके स्वर्गवास के पश्चात् मेवाड़ के सिसोदिया वंश की सबसे बड़ी बहू के नाते उस समय मीरा को सत्ता सोंपी जा सकती थी, लेकिन ऐसा नहीं हुआ। सत्ता महाराणा सांगा के द्वितीय पुत्र रतन सिंह को सौंपी गयी। हालाँकि वे भी गुणवान पुत्र थे और अच्छे राजा साबित हुए, लेकिन ईश्वर को यह फ़ैसला भी नामंजूर हुआ। महाराणा रतन सिंह का देहान्त हुआ,

लेकिन तब भी मेवाड़ की सत्ता मीरा को देनी किसी भी पुरुष को मंजूर नहीं हुई। उन्होंने यह जानते हुए भी कि महाराणा सांगा का तीसरा पुत्र विक्रमादित्य असक्षम है, सत्ता उसे सौंपी। परिणाम यह हुआ कि सत्ता उन असक्षम और लड़खड़ाते हाथों से होती हुई अत्याचारी दासी पुत्र बनवीर के हाथ पहुँच गयी। उसके अत्याचारों से मेवाड़ की प्रजा में त्राहिमाम् मच गया। हर एक नर–नारी पीड़ा से कराह उठे। मीरा जैसी सन्त को भी मेवाड़ छोड़कर पीहर मेड़ता (मारवाड़) में शरण लेनी पड़ी।

''मीरा न सिर्फ कृष्ण की भक्ति में डूबी सन्त थी बल्कि राजनीति और नीति उसके रक्त में थी। वह मेड़ता के वीरम मेड़तिया की भतीजी थी, जिसने मेड़ता की स्वतन्त्रता के लिए उस समय हिन्दुस्तान में शौर्य के प्रतीक कहे जाने वाले मारवाड़ (जोधपुर) के राव मालदेव को नाकों चने चबा दिये थे। यह वही राव मालदेव थे जिनके नाम से उस समय हुमायूँ और शेरशाह भी काँपते थे, लेकिन वीरम मेड़तिया के नाम से राव मालदेव को पसीने छूटते थे। यह अलग बात है कि बाद के बुरे वक़्त में वीरम को न सिर्फ मेड़ता छोड़ना पड़ा बल्कि सम्पूर्ण राजपूताना में एक इंच भूमि भी उसे और मीरा को नसीब नहीं हुई, जिस कारण मीरा को वृन्दावन होते हुए द्वारिका जाना पड़ा। दुर्भाग्य ने मीरा के साथ कुछ भी किया हो, लेकिन मेवाड़ के लिए उस समय महाराणा सांगा के बाद मोहमुक्त मीरा से बेहतर उनका कोई वारिस नहीं हो सकता था। जिसे जीवन का ही मोह नहीं, उसे सत्ता और राजमहलों का क्या मोह होगा? मालानी (बाड़मेर) के रावल मल्लीनाथ और उज्जैयिनी के महाराज भृतहरि इसके उदाहरण है कि सन्तों से बेहतर कोई शासक नहीं हो सकता, लेकिन हर युग या काल में बात यहाँ अटक गयी कि किसी स्त्री को सत्ता के शीर्ष पर कैसे बिठा दिया जाये?

''पुरुष चाहता है, स्त्री उसकी वासना पूर्ति का माध्यम मात्र रहे। वह अधिकार न माँगे, वह स्वयं की इच्छा–अनिच्छा जाहिर न करे। वह पुरुष की इच्छा पर नृत्यरत होती रहे। इसलिए कुछ समाजों ने

तो बहन से विवाह की भी छूट दे दी। पच्छम ने प्यार के नाम पर सब कुछ जायज़ ठहरा दिया। सारे रिश्ते–नाते ख़त्म। जो स्त्री–पुरुष एक–दूसरे को पसन्द आयें वे चाहें तो पति पत्नी बनें, चाहें तो केवल वासना पूर्ति के लिए साथ रहें जिसे उन्होंने लिव–इन–रिलेशनशिप कहा और जब मन भर जाये तो एक–दूसरे को छोड़ कर चल दें यानि मानव समाज को पाशविक बना दिया। हमारे यहाँ समाज थोड़ा मज़बूत था। उसने पिता से सात और माँ से पाँच गौत्र तक विवाह वर्जित कर दिया। उससे क्या हुआ? यहाँ पुरुष ने एक नया समाज खड़ा कर दिया, दास समाज। बिना विवाह किये वह उस समाज की स्त्रियों का उपभोग कर सकता है।''

जगिया ने आदमी की स्वतन्त्रता पर हस्तक्षेप के लिए कई बार समाज को बुरा समझा और बुरा कहा था, लेकिन आज उसे लग रहा था कि दोष समाज का नहीं आदमी का है। आदमी कितना नीच है? अगर समाज की बेड़ियाँ नहीं हों, उसका डर नहीं हो, उसका दबाव नहीं हो तो यह नीच प्राणी सारे रिश्ते–नातों को भूल किसी भी स्त्री के साथ रति सुख ले सकता है। ऐसी अनेक अनामिकाओं की बेटियाँ मालिक की बेटियाँ भी तो होंगी। वे बेटियाँ भले नहीं जानती हों, समाज नहीं जानता हो कि उनका बाप कौन है, पर बाप तो जानता है कि वो उसकी बेटी है। फिर भी वह उसे कब छोड़ता है, और गर्व से सिर उठाए घूमता है। उसे घिन आयी ऐसे लोगों पर। उसने थूका। ठीक उसी वक़्त सुरा काकू ने भी बहुत सारा ज़र्दे का कादा (कीचड़) थूका। उस थूकने की आवाज़ से जगिया जागा। उसे ध्यान आया कि काकू की बात पूरी हो गयी। पूछे गये प्रश्न का जवाब मिल गया। शेष चिन्तन वह अकेले में भी कर सकता है बल्कि चिन्तन तो असल में अकेले में ही किया जाना चाहिए। इस़ समय उसे काकू के उठकर जाने की चिन्ता हुई क्योंकि उसके मन में एक और प्रश्न था।

छह

काकू उठने को उचकते, उससे पहले ही जगिया बोला ''काकू, दो मिनट और बैठिये। बस, एक सवाल और है। उसका जवाब दे दें, फिर आप भले जायें।''

काकू ने जगिया को अपने बायें हाथ की बन्द घड़ी की तरफ इशारा किया यानि घड़ी समय भले नहीं दे रही थी, लेकिन जगिया को इस समय समझ जाना चाहिए कि इट्स टू लेट माय डिअर। इफ़ आयी विल गेट लेट देन योर काकी विल क्रियेट...अ प्रॉब्लम।

जगिया बोला, ''नो प्रॉब्लम काकू, बी ब्रेव। टुडे काकी इज स्टिल बिजी इन अनामिकाज़ मैरिज।''

अब सुरा काकू की साँसों में सांस आयी। बोले ''क्या सवाल है, जल्दी से बोल।''

''काकू, यह सब किस किताब में मिलेगा?'' यह सीधा–सीधा काकू की बात पर सन्देह था।

काकू ने जगिया को खारी नज़रों से देखा।

''सॉरी काकू, आयी हेव नो डाउट ऑन योर नॉलेज, पर आप तो जानते हो कि जगिया को ऐसी सब बातें गहराई से जानने–समझने की भूख रहती है।''

''गॉड ब्लेस यू माय सन। पढ़ने–समझने की यह ललक हमेशा बनाये रखना।'' फिर काकू तीन–चार बच्चों की तरफ देखते हुए बोले, ''नहीं तो इन गधों की तरह गधों के पीछे घूमते हुए ज़िन्दगी व्यर्थ जायेगी।

जगिया, इनके क़िस्से किताबों में नहीं मिलेंगे। ऐसे लोगों के बारे में इतिहास हमेशा से मौन रहा है और शायद आगे भी मौन रहेगा। आम आदमी की अश्लील भाषा में कहूँ तो इतिहास सत्ताधारियों द्वारा किया गया गू–मूत है। जिसे उनके चम्मचों द्वारा इकट्ठा किया गया है। साहित्य की लच्छेदार भाषा में कहूँ तो इतिहास सत्ता के सच्चे झूठे दस्तावेज़ के सिवाय कुछ भी नहीं है, जिसमें वर्तमान सत्ता अपनी ज़रूरत के हिसाब से बदलाव करती रहती है। किसमें साहस था जो सम्पूर्ण उत्तर और

मध्य भारत के बादशाह अकबर के विरुद्ध लिखता? मेवाड़ के अधिपति एकलिंग जी के प्रतिनिधि महाराणा प्रताप उस समय अकबर के विरुद्ध जूझ रहे थे। अपने मेवाड़ का स्वाभिमान अक्षुण्ण रखने के लिए महलों का परित्याग कर जंगलों और पहाड़ों में दर–दर भटक रहे थे, लेकिन किसमें साहस था जो उनके साहस के बारे में लिखता? लिखता कि महलों के कोमल गद्दे, सुरा, संगीत और कामिनी को छोड़कर छप्पन पकवान छोड़ घास की रोटी खाकर भी मातृभूमि का सपूत उस आक्रान्ता के विरुद्ध लड़ता रहा। विरले ही कवि पृथ्वीराज राठौड़ हुए, जिन्होंने आक्रान्ताओं की बजाय अपनी वाणी से ऐसे देशभक्तों को जगाए रखा। अधिकांश तो सत्ता के सामने दण्डवत् हो गये। कुछेक ने दुस्साहस किया भी होगा तो उनकी गर्दन काट दी गयी होगी और उसका लिखा जला दिया गया होगा। यह सदैव से सत्ता का चरित्र रहा है। यही कारण है कि लिखित इतिहास और लोक मान्यताओं में इतना फ़र्क़ है। तुम्हारे में से कोई पद्मिनी को जानता है?''

हुँकार के साथ एक सामूहिक स्वर उठा और सुरा काकू की तरफ उठती प्रश्नसूचक निगाहें जैसे कह रही हों कि यह भी कोई प्रश्न पूछने का था? पूंगल (बीकानेर) की पद्मिनी को कौन नहीं जानता? वही पद्मिनी जिसका अप्रतिम सौन्दर्य तब से लेकर अब तक इस सम्पूर्ण मरुभूमि के लिए एक पैमाना बन गया है। असल में किसी के सौन्दर्य की तुलना हो या मानव द्वारा सुन्दरतम व्यक्ति की जो कल्पना की जा सकती है, उसकी बात हो, सभी के लिए पद्मिनी उस सौन्दर्य के पैमाने का आख़िरी छोर है। वहाँ तक पहुँच कर अनन्त विस्तीर्ण आकाश का सौन्दर्य, दुनिया के सुन्दर फूलों का सौन्दर्य, सुर्ख़ाब के पंखों का सौन्दर्य– सब कुछ सिमट जाता है। पद्मिनी सौन्दर्य का शिखर है। पद्मिनी न सिर्फ सौन्दर्य का शिखर है बल्कि अलाउद्दीन खिलजी द्वारा चित्तौड़गढ़ पर आक्रमण करने पर सोलह हजार क्षत्राणियों के साथ जीते–जी धधकती हुई जौहर की ज्वाला में भस्मीभूत होकर उसकी भस्म अनन्त काल के लिए त्याग की, स्वाभिमान की, स्त्री के आत्मसम्मान की भी शिखर बन गयी।

सभी का सामूहिक स्वर गूँजा, ''इसमें न जानने वाली क्या बात है, काकू?''

''जानते सभी हो, पर समझते नहीं हो। समझने की बात यही है, बच्चों। अब मैं दूसरा सवाल पूछता हूँ। तुम में से कोई जायसी को जानता है?''

इस बार एक–दूसरे को देखती आँखें यह अपेक्षा कर रही थीं कि कोई तो बोले, लेकिन कोई नहीं बोला।

एक बच्चे ने हिम्मत करके पूछा, ''काकू, यह जायसी है कौन? अजीब–सा नाम है। हिन्दू है या मुसलमान या फिर किस जात का है, किस गाँव का है? कोई हिंट तो दो।''

कुछ समझदार बच्चों के मुँह से 'खी खी खी...' निकल गया। इसलिए नहीं कि वे जायसी के बारे में जानते थे बल्कि इसलिए कि उन्होंने अन्दाज़ लगाया कि काकू पद्मिनी प्रसंग के साथ अपने या आस–पास के गाँव के किसी हिन्दू–मुसलमान या किसी जात विशेष के व्यक्ति के बारे में क्यों पूछेंगे? वह भी तो उस समय के इतिहास से सम्बन्धित कोई व्यक्ति होगा।

अबोलेपन से उठे सवाल का जवाब देने के लिए काकू बोले, ''जायसी एक कवि था जिसने 'पद्मावत' नामक काव्य–संग्रह लिखा है। उसकी नायिका पद्मावती भी पद्मिनी की तरह स्वयं को अग्नि में भस्म कर देती है, परन्तु वह राणा रतन सिंह की धर्मपत्नी पूंगल की पद्मिनी की बजाय लंका क्षेत्र की पद्मावती है। क्या ऐसा सम्भव है कि जिस पद्मिनी का नाम बड़े तो छोड़िये, बच्चे–बच्चे के मुँह पर है, उसी पद्मिनी को अमर कर देने वाली पुस्तक या उसके लेखक को कोई जानता भी नहीं हो?

''जब हम भगवान राम की बात करते हैं तो स्वतः आद्य कवि वाल्मीकि या बाबा तुलसी का स्मरण हो आता है। 'रामायण' या 'रामचरितमानस' का नाम बच्चा–बच्चा जानता है। माना कि भगवान श्रीराम और महारानी पद्मिनी की या फिर वाल्मीकि और तुलसी की जायसी से तुलना नहीं की जा सकती है, लेकिन मेरा कहने का

अर्थ इतना ही है कि जिस लेखक ने अपने लेखन से जिस पात्र को आसमान की ऊँचाइयाँ दीं, उस लेखक या पुस्तक को लोग इतनी आसानी से विस्मृत नहीं करते हैं। ऐसा इसलिए हुआ क्योंकि या तो यह पद्मावत सिर्फ जायसी के मन की कल्पना है या फिर उसने महारानी 'पद्मिनी' के अनूठे त्याग की कहानी सुनी हो और सत्ता का कोप भाजन न बनना पड़े इसलिए इस तरह से सांकेतिक भाषा में लिखा हो, जिसमें पद्मिनी का नाम और जन्म स्थान वग़ैरह सब कुछ बदल दिये ताकि लेखक सत्ता के आक्रोश से बच जाये।

"मेरा कहने का अर्थ इतना ही है कि जो कुछ भी लिखा गया है, वह सत्ता के पक्ष में लिखा गया है। किसी ने अकल्पनीय कार्य किया है, अद्वितीय शौर्य का कार्य किया है, दुनिया सदियों तक याद रखे, ऐसा कोई कार्य किया है, लेकिन वह भी सत्ता के विरोध में था। तब किसी कवि ने उसे लिखने का साहस किया भी है तो सांकेतिक भाषा का इस्तेमाल किया है। आज लोकतन्त्र में भी यही हो रहा है। सत्ता के विरोध में सिर्फ संकेतों में लिखा जाता है, तब फिर राजतन्त्र में तो हम कल्पना भी कैसे कर सकते हैं कि पीड़ित या शोषित के लिए सत्ता के विरोध में कोई स्पष्ट लिखेगा। सत्ता के भय से जन–जन के हृदय में बैठी चित्तौड़ की महारानी स्त्री स्वाभिमान के लिए प्राणोत्सर्ग करके भी इतिहास का हिस्सा नहीं बन सकी तो आम जन के बारे में कौन लिखता और क्यों लिखता? आमजन की पीड़ा को, उसकी ग़रीबी को, उसके शोषण को स्वर दिया जाता है तो सत्ता को लगता है कि उसका विरोध किया जा रहा है।

"यह अनामिका भी ऐसी ही जाति से है। जिस जाति को, उस जाति के इतिहास को, उस जाति की पीड़ा को आम जन तो जानता है, लेकिन इतिहास उसके बारे में मौन है।"

जब सुरा काकू यह सब सुना रहे थे, जगिया के मन में एक और प्रश्न आ गया था जिसे जानने की उसे बहुत उत्सुकता थी, लेकिन अविवाहित होकर भी जगिया विवाहित लोगों की मजबूरियाँ समझता था। इसलिए यह कहते हुए कि काकू एक और प्रश्न हुदक रहा है,

लेकिन अब कल जानेंगे, यह कह कर काकू को विदा किया तो शेष लोग भी अपने अपने घरों को लौटने लगे।

सात

अनामिका जैसी लड़कियाँ बच्चों, किशोरों, जवानों यहाँ तक कि बूढों के भी इंटरेस्ट का विषय होती हैं। अगले दिन सुरा काकू के आने से पहले ही धोरे पर बैठी भीड़ इस बात की प्रमाण थी। यह अलग बात है कि कुछ निर्लज्ज सभी के समाने प्रकट कर देते हैं तो अधिकांश लज्जावान ख़ामोश रह कर आनन्द लेते हैं।

आज आते ही धोरे पर जमे लोगों की भीड़ देखी तो जनसभा में उमड़ी भीड़ देख राजनेताओं की तरह सुरा काकू भी बहुत खुश हुए। काकू यह भी जानते थे कि यह भीड़ नेताओं की जनसभा की तरह प्रायोजित भीड़ नहीं थी। ये लोग काकू के ज्ञान और क़िस्सागोई के कद्रदान थे। इसलिए आज अधिक ख़ुशामदी के बिना काकू ने ख़ुशी–ख़ुशी जल्दी से जर्दा बनाया, मुँह में दबाया और जगिया को आवाज़ लगायी। हाँ भई जगिया कल कौन सा प्रश्न तेरे मन में रह गया था?''

''जी काकू, कल अनामिका की शादी देखी तो एक बात याद आयी। मैंने जितने विवाह देखे हैं, उनमें चार फेरे ही हुए। एक बार बाड़मेर गया था। तब वीडियो पर मैंने एक फिलम देखी थी। उसमें सात फेरे हुए थे तो फिर अपने यहाँ चार फेरे क्यों होते है? और भी कई जगह सुना है कि हिन्दुओं में सप्तपदी होती है, पर अपने यहाँ तो मैंने चार फेरे ही देखे है। ये क्या पंगा है, काकू?''

''कोई पंगा नहीं माय सन, काकू ऐसा बोलना चाहते थे कि उससे पहले ही किसी उतावले होशियार ने ज्ञान बघारा। वह जगिया से मुख़ातिब होते हुए बोला, ''साले, तुम्हारे जैसे लोगों ने ही तो हमारी संस्कृति को बर्बाद किया है। पहली बात तो ये कि फ़िल्म–सिलम क्या कोई शास्तर है? या उस फ़िलम में अपने माराज ने शादी कराई थी जो चार फेरे खिलाते? कोई नीच जात का माराज होगा जिसने कभी

शास्तरों का मुँह या पूँछ भी नहीं देखी होगी, उसने शादी करवाई होगी।'' हालाँकि मूल कहावत में मुँह और उसका विलोम शब्द प्रयुक्त होता था जो अश्लील था, लेकिन घर–परिवार में या स्त्रियों के बैठे होने पर उसका संशोधित रूप 'पूँछ' कर दिया जाता था। आज वह लड़का धोरे पर पुरुषों के मध्य ही बैठा था, इसलिए कहावत को श्लील करने की कोई बाध्यता नहीं थी, परन्तु बात शास्त्रों की हो रही थी, न जाने कौन से देवता या ऋषि–मुनि नाराज़ होकर शाप दे दें, इस भय के कारण उसने मुहावरा संशोधित कर दिया था।

इस बात का ज़िक्र जगिया ने उसी समय अपने पास बैठे मित्र से बात करते हुए कर दिया था कि इसके जैसे अधिकाँश लोग जो बातें समाज–सुधार की करते हैं पर असल में वे संचालित भय से होते हैं। शास्त्रों का भय नहीं होता तो बड़े–छोटों के बैठे हुए भी उसे अश्लील शब्दों के प्रयोग में कोई शर्म नहीं लगती है, वैसे ही जूते का भय नहीं हो तो इसके जैसे लोग सभी के साथ बलात्कार करना शुरू कर दें, परन्तु बातें समाज, संस्कार और सतयुग की करते हैं।

यह बात जगिया इतनी धीरे–से दोस्त के कान में कह रहा था कि वह ज्ञानी बना लड़का अपनी बात जारी रखे था। वो बोला–दूसरी बात यह कि फ़िल्में देखनी ही क्यों? उनमें कौन–सी राजा हरिसचन्द्र, भगवान राम, किशन या फिर परताप और दुरगादास की कहानियाँ होती हैं? उनमें तो नाचने वाली राँडों और रँडवों की कहानियाँ होती हैं। ये फ़िल्में देखने वालों के कारण ही तो कलजुग आया है वरना आदमी न्याय और धरम पर चलता था।''

जगिया को कोर्स की किताबों में ज़्यादा रुचि नहीं थी, पर आध्यात्म, दर्शन, समाज, इतिहास इत्यादि उसके रुचि के विषय थे, इसलिए उनकी किताबें ख़ूब पढ़ता था। उसने कहा, ''किताब में चाहिए तो उसमें भी सप्तपदी का ज़िक्र बता दूँगा, परन्तु ध्यान रखा कर कि जब दो समझदार बात कर रहे हो तो बीच में तीसरे बेवकूफ़ के कूदने का अर्थ होता है कि वह सबके सामने स्वयं को बेवकूफ़ साबित करना चाहता है। ऐसे लोगों को दूसरों में अपनी बुद्धिमत्ता का भ्रम बनाये रखना है तो चुप रहना चाहिए।''

उस लड़के की दूसरी बात के जवाब में जगिया बोला, "बावली बूच, पहले ये तो पता कर ले कि फ़िल्में बनना कब शुरू हुईं और कलजुग को कितने साल हुए? और तुमने जो नाम बताये हैं, उन सभी पर फ़िल्में बनी हुई हैं।"

चेहरे के भाव बता रहे थे कि कलजुग की बात पर वह लड़का पहले कन्फ़्यूज़ हुआ और फिर इतना उदास हुआ कि जैसे किसी बड़े युद्ध में पराजित हो गया हो, लेकिन जैसे ही जगिया ने कहा कि इन सब पर फ़िल्में बनी हुई हैं, तो उस लड़के के होठों पर कुटिल मुस्कराहट आ गयी। असल में वह इस मुस्कराहट से सभी को यह जताना चाह रहा था कि उसे फ़िल्मों की जानकारी नहीं है। उसका फ़ायदा उठाते हुए जगिया ने गप्प परोस दी है।

वह युवक जानता था कि जगिया की जानकारी दुरस्त होती है, लेकिन अपनी पराजय, टूटते अहंकार और बेवकूफ़ कहे जाने के विरुद्ध बोलना भी चाहता था और जगिया के जवाबों से निरुत्तर भी था। कुल मिलाकर बड़ा कन्फ़्यूज़ था कि अब क्या कदम उठाया जाये, परन्तु उसके आसपास की जनता बिलकुल कन्फ़्यूज़ नहीं थी। सभी ने लगभग एक साथ इशारा किया कि अब चुप हो जा, भई। इशारे के साथ लोगों की मन्द मुस्कराहट का अर्थ सिर्फ चुप रहना नहीं था बल्कि यह सन्देश भी छुपा था कि मनोरंजन बहुत हो गया, अब हम सब सुरा काकू से कुछ सार्थक जवाब सुनना चाहते हैं।

युवक समझ गया कि अधिक बेइज़्ज़ती कराने से अच्छा है, इतने में ही मान जाना। 'खीं–खीं' करके मुँह नीचा किया और चुप हो गया।

माहौल बना हुआ देखा तो सुरा काकू ने धीरे–से गर्दन को आसमान की तरफ मोड़ा। ऐसा लगा, जैसे अकड़ गयी हो और चार पहलवान ज़ोर लगा कर ऐसा कर रहे हों। यह दृश्य पाठकों के लिए कौतूहल या विस्मय का हो सकता है, पर वहाँ बैठे दर्शकों में से कोई भी कन्फ़्यूज़ नहीं हुआ क्योंकि यह काकू की हमेशा की अदा थी। पहले गर्दन को धीरे–से ऊपर ले जाना, फिर दाएँ–बाएँ करना और फिर नीचे करके बात शुरू करना।

जगिया और उस युवक की बातों से ऊब कर काकू ने बीड़ी जला ली थी। अब तक वो उसे पी चुके थे। पीछे बचे हुए छोटे–से टुकड़े को देखा तो अनायास काकू को एक प्रश्न का जवाब मिल गया कि बीड़ी पीना क्यों कहते है? उस टुकड़े के सिवाय वे पी ही तो गये थे। धुएँ के आख़िरी कश को निकालते हुए उन्होंने उस व्यर्थ बचे टुकड़े को ऐसे फैंका, जैसे जगिया और उस युवक को सन्देश देना चाह रहे हों कि दुनिया की सारी सारहीन बातें यूँ फैंक दी जानी चाहिए।

बीड़ी से लिसलिसे हुए गले को खंखारते हुए सुरा काकू बोले, ''तुम्हारी बातें पूरी हो गयी हों तो मैं भी कुछ कहूँ?''

एक साथ पूरे धोरे ने सहमति जताई, ''हाँ काकू बताइये, अपने यहाँ सप्तपदी की जगह चार फेरे क्यों होते हैं?''

सुरा काकू बोले, ''देखो, इसके पीछे दो अलग–अलग तर्क हैं। एक तो यह कि पण्डित लोग जिन्होंने शास्त्र पढ़े हैं यानि अपने माराज की तरह सिर्फ जन्म से माराज नहीं हैं बल्कि कर्म से माराज हैं वे कहते हैं कि असल में चार फेरे ही शास्त्र सम्मत हैं। इस मतावलम्बियों का मानना है कि वैदिक परम्परा के अनुसार धर्म, अर्थ, काम और मोक्ष– इन चार पुरुषार्थों के अनुरूप चार फेरों का ही प्रावधान था, जिनमें धर्म, अर्थ और काम– इन तीनों में नेतृत्व स्त्री के हाथ में रहेगा। इसलिए पहले तीन फेरों में वो आगे रहती है और मोक्ष के लिए स्त्री को पुरुष का अनुगामी होना पड़ेगा, इसलिए चौथे फेरे में पुरुष आगे हो जाता है। इस मत के विद्वानों का कहना है कि जिस तरह कवि वाल्मीकि की मूल 'रामायण' में श्रीराम द्वारा माँ सीता का निर्वासन कहीं नहीं है क्योंकि 'अरण्यकाण्ड' में जब माता सीता का अपहरण होता है तो श्री राम रोते हुए लक्ष्मण से कहते हैं कि 'त्वया विरहितश्चाहं त्यक्ष्ये जीवितमात्मनः' अर्थात् सीता साथ में नहीं है तो वे जीव–त्याग करेंगे। ठीक ऐसे ही दूसरी जगह वे कहते हैं कि सीता के बिना मैं जी नहीं पाऊँगा, लक्ष्मण। आद्य कवि ने ऐसे अनेक संकेत दिये हैं, जिनमें श्री राम मानते हैं कि सीता के बिना वे जीवन की कल्पना भी नहीं कर सकते। ऐसी बातें कहने वाले श्रीराम क्या सीता का त्याग कर सकते है?

लेकिन सीता परित्याग का यह अध्याय बाद में जोड़ दिया गया है जिसे हमने सत्य मान लिया है। ठीक वैसे ही जीवन की जटिलताओं और उनके परिणामों से घबरा कर पण्डित लोगों ने पति–पत्नी के लिए कुछ नियम बनाये ताकि जीवन और विवाह, दोनों आसानी से चलें। वे वचन सात थे, अतः सप्तपदी प्रचलन में आ गयी। विवाह जैसा पवित्र रिश्ता जो पति–पत्नी ही नहीं, दोनों परिवारों की सहमति से होता है, जिसमें दो शरीर नहीं बल्कि दो आत्माओं का मिलन होता है। उस रिश्ते को, इस जीवन को, इस दुनिया को ठीक से समझने के लिए धर्म, अर्थ, काम और मोक्ष को समझना आवश्यक है। वह दो राष्ट्रों या किन्हीं दो व्यावसायिक संगठनों के मध्य कोई सन्धि थोड़े ही है जिसमें शर्तें जोड़ी जायें या वचन दिये जायें। सम्भव है, हम मारवाड़ वासियों ने उस वैदिक परम्परा को अक्षुण्ण रखा हो और चार फेरों से विवाह करते हों।''

कुछ लोगों का मानना है कि हमारे यहाँ भी विवाह सप्तपदी से ही होता था, लेकिन एक विशिष्ट घटना के कारण हमने चार फेरे लेने शुरू किये।

इन्सान बड़ा लालची जीव है। उसको जो मिल जाता है, उसे वह भूल जाता है और जो नहीं मिलता, उसकी इच्छा करने लगता है। यही बात यहाँ धोरे पर बैठे सभी लोगों के साथ हुई। काकू थोड़ी देर के लिए चुप हुए तो सभी एक साथ बोल पड़े, ''काकू, वो विशिष्ट घटना क्या थी? जल्दी सुनाओ हमें अभी की अभी सुननी है।, यानि जो सुनाया, उसका कोई धन्यवाद नहीं, अगले क़िस्से की तैयारी।

काकू शायद इसी बात को अभी पूरी न कर कुछ विस्तार देना चाहते थे या फिर कोई अन्य काम याद आ गया था। इसलिए वे इन सबकी फ़रमाइश से बेख़बर चुपचाप कुछ सोच रहे थे। असल में प्रशंसा और आत्ममुग्धता ऐसी होती है कि आदमी सब कुछ भूल कर खो जाता है। कई बार हम इतना खो जाते हैं कि दुश्मन भी हमारी तारीफ़ कर अपना काम निकलवा लेता है और हमें बाद में ख़याल आता है कि हम ग़लती कर बैठे हैं। हालाँकि यहाँ अभी दुश्मनी–दोस्ती

जैसा कोई ख़तरा नहीं था, लेकिन काकू के साथ ऐसा कई बार हुआ है कि वे हमें क़िस्से–कहानियाँ सुनाने लगते फिर लगातार होती तारीफ़ों से आगे से आगे कहानियाँ सुनाते जाते। उनमें वे ऐसे खो जाते कि घर से जिस काम के लिए निकले थे, वह भूल जाते। फिर घर जाकर काकीसा की लताड़ पड़ती तो काकू को याद आता कि वे घर से किस काम के लिए निकले थे। इसलिए अब काकू बीच बीच में विराम लेकर याद करते कि वे किसी ख़ास काम से तो नहीं निकले थे? उन्होंने इसे आदत में शामिल कर लिया था और जैसे ही उन्हें याद आता, वे उठ खड़े होते। एक बार वे ऐसा करते तो फिर इंसान तो क्या, खुदा के कहने से भी नहीं बैठते। जगिया और उसके दोस्तों को लगा कि काकू कहीं उठ न जायें, इसलिए काकू को पथभ्रष्ट करने के लिए वे बोलने लगे "काकू हुकम, दूसरा कारण क्या था चार फेरों का? वह कौन–सी विशिष्ट घटना थी?" जगिया एंड टीम के हाके (शोर) से काकू जहाँ गये थे, वहाँ से हाके स्थल पर लौट आये।

"हाँ भाई, सुनाता हूँ। बहुत देर हो गयी। कोई बीड़ी तो बाळो (जलाओ)।"

किसी ने तीस नम्बर बीड़ी (लम्बाई में सबसे छोटी बीड़ी) जलाकर काकू के सामने की।

काकू ने खारी नज़रों से उसे देखा, शायद यह बताने के लिए कि यह भी कोई बीड़ी होती है?

उधर से उसने कान पकड़ माफ़ी माँगते हुए इशारा किया, जिसका मतलब था कि टुडे आयी हेव नथिंग एक्सेप्ट दिस (आज मेरे पास इसके सिवाय कुछ नहीं है)।

काकू को अपने दिन याद आ गये जब पिताजी की पी हुई बीड़ियों के फेंके गये टुकड़े जलाकर पीते थे। वे उस युवक की मजबूरी समझ गये। इसलिए मुस्कराते हुए इशारा किया कि डोंट वरी, स्टिल यू आर इन बेटर कंडीशन (चिन्ता मत करो, अब भी तुम अच्छी स्थिति में हो)। मस्त रह, मर्द यूँ मायूस नहीं होते। कभी बीड़ी, कभी सिगरेट

तो कभी बीड़ी के टुकड़ों से भी काम चलाना पड़ता है। जीवन में यह सब कुछ चलता रहता है।

जगिया को मन में आया कि पूछे कि क्या बीड़ी–सिगरेट और उनके टुकड़ों के बिना जीवन नहीं चल सकता है? पर वह जानता था– अभी ऐसी बेवकूफ़ी कर उस क़िस्से के बीच व्यवधान डालने का मतलब था सभी के कोप का भाजन बनना और खुद भी एक विशिष्ट घटना को सुनने से महरूम होना।

काकू ने दो या तीन लम्बे कश में ही तीस नम्बर बीड़ी का काम तमाम कर दिया। उसके टुकड़े को बुझाया और फेंका। वैसे टुकड़ा तो क्या था, देसाई बीड़ी (जो काफ़ी लम्बी होती है) के टुकड़े जितनी तो पूरी बीड़ी ही थी। उसमें भी टुकड़ा बचाते तो पीते क्या? वह तो उसका बिना ज़र्दे का टुच्चा–सा हिस्सा था जिसे पीने की कोशिश कर भी लेते तो काकू होंठ जला बैठते। इसलिए जनता को दिखाने के लिए बुझाने और फैंकने की यह प्रक्रिया उन्होंने पूर्ण की।

अब काकू गला खंखार कर बोले, "जोधपुर को आप सभी जानते हो। उस जोधपुर को राव जोधा ने मारवाड़ की राजधानी के रूप में बसाया था। वहाँ के राजा हुए थे राव सीहा। उनके बेंटे थे राव आस्थान और राव आस्थान के बेटे थे धाँधल। राव आस्थान के आठ बैठे थे और धाँधल दूसरे नम्बर पर थे, इसलिए वे मारवाड़ के राव नहीं हो सकते थे। धाँधल ने चौहानों को पराजित कर वर्तमान फलौदी तहसील में आया गाँव कोलू उनसे हासिल कर लिया था। धाँधल के दो बेटे थे– बड़ा बेटा बूड़ा और छोटा पाबू।

पाबू यानि वीर तेजस्वी और न्यायप्रिय। ग़रीब, पीड़ित, शोषित– जिन्हें भगवान से भी आस नहीं हो, वे पाबू से आस रखते। पाबू है तो उनका कोई बाल भी बांका नहीं कर सकता। किसी की हिम्मत नहीं कि कोलू की प्रजा पर कोई आँख उठाकर देख सके। अन्यायी पाबू के नाम से काँपे। उनके पीछे पाबू आया मतलब काल आया। बचने का कोई उपाय नहीं। पाबू ने सोच लिया तो उन अन्यायियों की भगवान भी रक्षा करने नहीं आयेंगे।

दुर्योग से से पाबू का बहनोई जायल का जीन्दराव खींची भी अन्यायी और दुष्ट। पाबू तो उसे भी एक बार मारने गया था, लेकिन बड़े भाई बूड़ा ने समझा–बुझा कर रोक लिया कि पाबू, विदाई के समय तूने ही अपनी बहन को आशीष देते हुए उसके सुहाग की रक्षा का वचन दिया था। अब तू ही उसके सुहाग की हत्या करेगा? बड़े भाई बूड़ा की बात पाबू के लिए लो री लकीर (जिसे बदलना सम्भव नहीं हो)। पाबू ने बहनोई को जीवनदान दे दिया, लेकिन एक शर्त पर कि जीन्दराव, तू मेरे कोलू की सीमा के भीतर कभी किसी के साथ अन्याय नहीं करेगा।

जीवन अपनी गति से चल रहा था कि पाबू की भतीजी की सगाई करने गये। पाबू भी साथ में था। सामने वाले सरदारों ने शर्त रख दी कि हमने बूड़ा और पाबू की वीरता के कई क़िस्से सुने हैं, लेकिन हम तो तब वीर मानेंगे और सगाई भी तभी करेंगे जब दहेज में दुदा सूमरा की सांढ़ें (ऊँटनियाँ) दी जायें। पाबू समझ गया कि इन्हें दहेज या सांढ़ें नहीं चाहिए, इन्हें मेरी वीरता पर शक है। वे यह चुनौती देकर हमारी परीक्षा लेना चाहते हैं। पाबू बोले, "आप तो सगाई पक्की कीजिए। उसकी रस्में कीजिए। दहेज में दुदा सूमरा की सांढें मिलेंगी, यह पाबू का वचन है।" कुछ लोगों की आवाज़, आँखें और दिपदिप करता चेहरा देख कर ही पता लग जाता है कि वह जो कह रहा है, वैसा होकर रहेगा। वैसा ही तेज पाबू के स्वर, आँखों और चेहरे में था। किसी ने फिर से कोई प्रश्न या प्रतिप्रश्न करने की जुर्रत नहीं की। पाबू की भतीजी की सगाई हो गयी।

दुदा सूमरा यानि उमरकोट (पाकिस्तान) से आगे एक जगह थी लंकाथली, वहाँ का शासक। उस वक़्त राजपूताना, सिन्ध और आसपास के क्षेत्र में दूदा सूमरा से ख़ूंख़्वार कोई शासक नहीं। उसे राम के समय का रावण तो कृष्ण के समय का कंस समझा जाता था। दुदा सूमरा से पंगा लेना मतलब, आग के दरिया को पार करने की कोशिश।

ख़ैर, जो भी हो, जैसा भी हो, राजपूत ने वचन दे दिया तो अब आग, पानी या हवा– किसी से भी क्या डरना? मौत से ज़्यादा

कुछ हो नहीं सकता। वचन निभाने के लिए मौत भी आ जाये तो यह ख़ुशक़िस्मती। पाबू लंकाथली पहुँचे सांढें लूटकर वापस निकले। लंकाथली की सीमा पार कर उमरकोट की सीमा में प्रवेश किया। पाबू को छूकर जाने वाली हवा नहीं फैली होगी, उससे पहले यह बात पूरे उमरकोट में जंगल में आग की तरह फैल गयी कि पाबू राठौड़ दुदा सूमरा की सांढें लूटकर ले जा रहा है।

उमरकोट सोढों राजपूतों का ठिकाना था यानि पाबू राठौड़ के गिनायत (समधी)। भोजन–पानी के लिए पाबू उमरकोट की कोटड़ी में रुके। उधर कोटड़ी में प्रवेश से पूर्व महल की छत पर खड़ी उमरकोट की राजकुमारी ने सांढों के झुण्ड के पीछे पाबू जी को देखा, उस वीर के शरीर सौष्ठव, मुखमण्डल पर दिपदिपाते सूर्य से तेज को देखा। ऐसा लगा, जैसे सैकड़ों सूर्य एक साथ प्रदीप्त हो उठे हों। राजकुमारी की आँखें चौंधियाने लगी। ऐसा लगा, जैसे आज पूरे उमरकोट में हमेशा से सैकड़ों गुना उजास भर गया था। राजकुमारी ने उसी समय ज़िद कर ली कि वह विवाह करेगी तो इसी वीर से अन्यथा कुँवारी रहेगी।

सोढा सरदारों ने पाबू जी से विवाह की बात की। सोढों और राठौडों के सात पीढ़ी की गिनायती। इन्कार करने का कोई कारण नहीं, लेकिन पाबू ने कहा इस समय सम्भव नहीं होगा क्योंकि दुदा सूमरा की सेनाएँ पीछे आ सकती हैं। एक बार कोलू जाकर भतीजी की शादी करके फिर वे विवाह करने ज़रूर आयेंगे। सगाई की रस्म का नारियल देकर पाबू जी को विदा किया गया।

भतीजी के विवाह के बाद पाबू अपने विवाह के लिए उमरकोट पहुँचे। विवाह में दो फेरे ही हुए थे कि उनकी घोड़ी केसर कालमी हिनहिनाने लगी। पाबू ने कहा, "ज़रूर कोई भारी विपदा है जिसकी चेतावनी केसर कालमी दे रही है। मुझे जाना होगा।"

सभी ने कहा, "फेरे बीच में नहीं छोड़े जा सकते। आप सातों फेरे पूरे कीजिए, फिर भले चले जाइए।"

पाबू के लिए बड़ा धर्मसंकट का समय था। एक तरफ कर्त्तव्य था तो दूसरी तरफ अपना जीवन उसे अर्पित करने वाली कन्या का जीवन था।

उन्होंने फेरे लेने का तय किया। तीसरा फेरा पूरा होते–होते तो केसर कालमी इस तरह करने लगी जैसे अब वो अपनी लगाम तुड़ा कर भाग जायेगी। पाबू ने कहा, "अब मेरे लिए रुकना सम्भव नहीं है। ज़रूर कोई भारी विपदा है और मैं नहीं पहुँचा तो जीवन भर पछतावे के सिवाय कुछ शेष नहीं रहेगा।" वे उठे और उसी वक़्त घोड़ी पर सवार हो गये।

सोढा सिरदारों ने हाथ जोड़े, अनुनय विनय किया। ऐसे बीच फेरों कन्या को छोड़कर जा रहे हो। इस कन्या का क्या होगा?"

पाबू ने घोड़ी पर बैठे–बैठे ही चौथा फेरा लिया और बोले, "विवाह को पूर्ण मान लिया जाये।"

राजकुमारी ने ज़िद की कि जब विवाह सम्पन्न हो गया है तो वे भी साथ जायेगी।

पाबू उन्हें लेकर कोलू की सीमा में पहुँचा तो समाचार मिल गया कि उधर पाबू उमरकोट की सीमा में पहुँचा ही होगा, ठीक उसी समय इधर अन्याय की आँधी उसके बहनोई जीन्दराव खींची ने कोलूगढ़ की कांकड़ (सीमा) में प्रवेश किया। वह आँधी–तूफ़ान की तरह आया और तलवारें चमकाता, धरती को रौंदता, गायों को लूटता हुआ वापस निकल गया। आस–पास के सारे रजवाड़े उसके भय से काँपते रह गये। अब पाबू को समझ आया कि जीन्दराव जान–बूझकर बारात में नहीं चला था।

पाबू की आँखों में ख़ून उतर आया। घोड़ी से उतरने का समय नहीं था। राजकुमारी सोढ़ी जी को रावले में भेजा और स्वयं बढ़ चले जीन्दराव को ढूँढ़ने। बूड़ा जी को पता लगा तो इतना ही समाचार भिजवाया कि पाबू को कहना कि उसने बहन को सदा सुहागन रहने का वचन दिया है।

पाबू और जीन्दराव के बीच युद्ध हुआ। उसी समय सारा गोधन वापस लाया गया। बूड़ा जी के पास समाचार पहुँचा कि पाबू युद्ध में खेत रहे। अब बूड़ा जी की आँखों में रक्त उतर आया। वे उसी समय जाकर जीन्दराव की सेना पर टूट पड़े। पाबू के खेत रहने

की सूचना ग़लत थी, लेकिन इस समय बूड़ा जी खेत रहे और यह सूचना सही थी। यह ज्ञात होते ही पाबू वहाँ पहुँचता, उससे पहले जीन्दराव कुण्डल के बुध भाटी पम्मो की सेनाएँ साथ लेकर आक्रमण करने आ पहुँचा। वह जानता था पाबू के सावधान होने से पहले ही उसे मारा जा सकता है। वह जीवित रह गया तो बूड़ा जैसे भाई के बदले किसी के भी प्राण नहीं बख्शेगा। अचानक हुए आक्रमण से पाबू जी और उनके सैनिकों को सँभलने का अवसर भी नहीं मिला। पाबू जी खेत रहे।

चार फेरों से सम्पन्न हुई शादी में उनकी धर्मपत्नी सोढ़ी रानी जो अभी अभी रावले में पहुँची थी, जाकर पाबूजी की चिता पर बैठकर सती हो गयी।

लोग कहते है, इस घटना के बाद सम्पूर्ण मारवाड़ में विवाह चार फेरों से सम्पन्न होने लगे। सुरा काकू की बात पूरी हो गयी थी, लेकिन सभी लोग पाबूजी और सोढ़ीराणी में खो गये थे। आश्चर्य से एक–दूसरे को देखते रहे और आँखों ही आँखों में पूछते रहे कि दुनिया में कैसे–कैसे लोग हुए हैं? कर्त्तव्य के सामने, प्रजा के सुख के सामने, दूसरों के जीवन के सामने अपने जीवन को रेत समझा। जब मन हुआ मुट्ठी खोली, एक फूँक मारी और उड़ा दिया। धन्य है पाबू जी महाराज, धन्य है सोढ़ी राणी। धन भाग हमारे कि आज उनकी कथा सुनने को मिली। आज काकू को भी मज़ा आ गया था। काकू मन से भजनी थे। भजन मण्डली वाली संस्कृति उनके भीतर गहरी बैठी हुई थी। आज उनकी कहानी का अन्त किसी कहानी की तरह नहीं बल्कि भजनों की तरह हुआ। 'जय पाबू जी महाराज' और जय सोढ़ी राणी, करते हुए लोगों का विसर्जन हुआ।

तीसरी शादी : अनामिका की जाति वाली लड़की के विवाह का क़िस्सा (विरक्ति का क़िस्सा)

एक

जगिया बड़ा हो गया था। उसे शहर में नौकरी मिल गयी थी, लेकिन बचपन की स्मृतियाँ उसे थोड़े–थोड़े अन्तराल में गाँव खींच ले जाती थीं। वह दीवाली के लिए गाँव आया था। इस समय नवरात्रा चल रहे थे। कोटड़ी वाले धोरे पर लोगों का जमावड़ा था। सुरा काकू भी वहीं बैठे थे।

जगिये ने पूछा, "सुरा काकू, नवरात्रि में हम एक और तो निराहार रहकर देवी को प्रसन्न करते हैं और दूसरी तरफ निर्दोष जीव की हत्या कर उसे देवी का प्रसाद बोल खाते हैं। इसका क्या लॉजिक है?"

हमेशा की तरह काकू गर्दन के सारे करतब दिखाने के बाद आराम से बोले, "देख जगिया, समझदारों को आज तक समझ नहीं आया कि अल्लाह हो या देवी, किसी निरीह प्राणी की कुर्बानी ही क्यों माँगते है? भक्त भी अपनी सबसे प्रिय वस्तु उसे भेंट क्यों नहीं करते? जहाँ तक मुझे ज्ञात है, काफ़ी लोगों को ऋषि वाजश्रव और उनके पुत्र नचिकेता की कहानी का ज्ञान होगा। जब यज्ञ के पश्चात् निर्बल गायें जो अब किसी काम की नहीं, रही उन्हें ऋषि दान में देते हैं तो उनका पुत्र नचिकेता बार–बार पूछता है आपको जो सबसे प्रिय है यानि 'मैं', आप उसे दान क्यों नहीं करते? बार–बार यही प्रश्न पूछे जाने से परेशान होकर क्रोध में पिता बोल देते हैं कि तुझे मैंने यम को दान कर दिया और यह सुनते ही नचिकेता यम के पास चले जाते हैं।

लेकिन इन भक्तों के यहाँ कोई नचिकेता जन्म लेकर पूछता क्यों नहीं कि अल्लाह या देवी को ये निर्बल, निरीह, लाचार बकरे ही क्यों चाहिए होते हैं? आपके प्रिय पुत्रों की कुर्बानी क्यों नहीं चाहिए? कुछ दिन पहले ईद थी तो पास में मुसलमानों के गाँव में बकरों की जनसंख्या आधी हो गयी। अब नवरात्रि है तो हिन्दुओं के बकरे सहमे हुए हैं। ख़ैर, बकरों ने तो नदियों के किनारे बाढ़ से मरने वालों या सुनामी आने पर समुद्र के निकट बसे लोगों की तरह इसे अपनी नियति मान लिया है। अब तलवार या छुरी देखकर एकाध बार गर्दन दायें–बायें करते हैं और फिर शहीद होने को शीश झुका कर खड़े हो जाते हैं परन्तु उस साल गाँव की फ़िज़ा में हवाएँ इंसानियत से कुछ ज़्यादा ही बेवफ़ा हो गयी लगती थी। उस साल भगवान का लालच बढ़ गया था या भक्तगणों का भक्ति भाव, ये तो वे ही जानें, परन्तु यहाँ हालात कुछ–कुछ मानव बलि के जैसे बनने लगे थे।

जगिया की तरफ मुखातिब होते हुए भी ऐसा लगा रहा था, जैसे सुरा काकू कहीं दूर आकाश में खो गये थे। ऐसा लग रहा था, "वे जैसे बेख़्याली में बोले जा रहे हों। तुम लोग जब काफ़ी छोटे थे यानि नासमझ, उस समय की बात है। गाँव में एक लड़की थी। यह कोई ख़ास बात नहीं थी क्योंकि लड़कियाँ तो गाँव में और भी थीं। वह लड़की जवान थी। यह भी कोई ख़ास बात नहीं थी क्योंकि उसकी हमउम्र भी कई लड़कियाँ थीं। ख़ास बात यह थी कि वह उस जाति से थी जिसे राजतन्त्र के समय मालिक की सम्पत्ति समझा जाता था यानि अनामिका की जाति से। मेरा मतलब है, समाज के इस दास वर्ग की एक लड़की थी। नाम गुलामी हो, दासी हो या रानी या फिर महारानी– क्या फ़र्क़ पड़ता है? उसके असली पिताजी कौन थे, यह उस लड़की को तो क्या, शायद उसकी माँ को भी पता नहीं होगा। शायद इसलिए कि उसकी माँ के जीवन में दासता अधिक नहीं लिखी थी और वह इस समाज के लिए एक दासी पैदा करने के वक़्त ही चल बसी। यह लड़की बड़ी होने पर माँ से प्रश्न पूछती, तब तक के लिए माँ बची ही नहीं तो यह सिर्फ कयास ही है कि उसके जैसी

अनेक माताओं की तरह शायद उसकी माँ को भी ज्ञात नहीं होगा कि उसकी बेटी का बाप कौन है, माँ तो गयी ही गयी, लेकिन जिन्हें वह लड़की 'पिताजी' कहती थी, जो प्यार से उसके सिर पर बाप का हाथ रखता था, एक दिन वह हाथ भी उठ गया। भगवान को उसके जीवन में इतना–सा प्यार भी बर्दाश्त नहीं हुआ और कोई बारह पन्द्रह वर्ष की उम्र में उसके पिता को भी उठा ले गये। अब रह गयी वह लड़की और उसकी दादी।

''उसके पिता के जाने के बाद घर आने वालों की संख्या में एका एक इज़ाफ़ा हो गया। इसमें कोई आश्चर्य की बात नहीं। यह तो दुनिया की रीत है। सरपंच जी का तो अधिकार बनता था दो अबला नारियों का सम्बल बनने का। स्वघोषित पंच, मास्टर, पटवारी, ग्रामसेवक भी कोशिश में थे कि किसी तरह वे भी सहायता कर सकें, लेकिन ये सब सभ्य लोग थे। इसलिए वे दादी के पास ही बैठते और सांत्वना देते रहते। यह अलग बात है कि उनकी नज़रें और मन उस लड़की को ढूँढ़ने में व्यस्त रहते। मरुस्थल के लोगों पर भगवान इतने मेहरबान होते हैं कि उन्हें लगता है लोग साँस लेने की तकलीफ़ भी न करें, इसलिए बारह महीने आँधियाँ चलती हैं। आँधियाँ साँस लेने से पहले नाक में ज़बरदस्ती हवा ठूँसती है और हवा के साथ रेत भी। हवा के साथ यह रेत दादी के नाक और बालों में भी भर जाती थी। मुँह खोलने पर वह भी रेत से भर जाता था। यह अलग बात है, लेकिन असल में दादी रेत नहीं धान खाती थी। कहने का मतलब यह कि वह भी इंसान थी और सब समझती थी। उन नज़रों और मन को पढ़ना जानती थी, लेकिन समझने या जानने से क्या होता है? हक़ीक़त तो यही है कि ग़रीब की जोरू सबकी भाभी। जानना, समझना, हक़ीक़त सब अपनी जगह, पर परन्तु उनसे होता क्या? जिन्दा रहने के लिए दादी को कोई राह तो निकालनी ही थी।''

सरपंच से बातें करते–करते घर के बाहर ओटे (चबूतरे) पर बैठी दादी ने बाहर कुओं के पास घूमती गायों के झुण्ड को देखा। एक बछड़ी के पीछे बहुत सारे बैल भाग रहे थे, लेकिन उनमें से सबसे

मजबूत एक साँड बछड़ी जिधर जाये उसके पीछे लगा रहता और छोटे–छोटे दूसरे बैलों में से ज्यों ही कोई पास आता वह उसे मारने को दौड़ता। दादी को जिन्दा रहने का एक सूत्र मिल गया। उन्होंने पोती को आवाज़ देकर चाय बनाने का बोला।

पोती जब चाय और पानी लेकर आयी तो सरपंच साहब ने उसे बड़े प्यार से कहा, "बैठो, बेटी।" सरपंच साब का मन तो किया कि दुर्योधन ने द्रौपदी को आमन्त्रण दिया था, वह जगह इस चाय लाने वाली इस पोती के लिए भी उचित रहेगी, पर फिर सम्भल गये। सोचा इतना उतावलापन भी ठीक नहीं। सोलह–सत्रह साल की लड़की है बिदक गयी तो सब गुड़ गोबर हो जायेगा। लोकतन्त्र है, सरपंची पर भी ख़तरा हो सकता है। जो कुछ है, सरपंची की बदौलत ही तो है वरना मुँह में दांत नहीं पेट में आंत नहीं, ऐसे में सत्रह साल की लड़की तो क्या, यह सत्तर साल की बुढ़िया भी घास नहीं डालेगी।

सरपंच साब बड़े आदमी हैं। कहीं बुरा न मान जायें, इसलिए लड़की थोड़ी दूर बैठी रही। उसे क्या पता कि वे तो बुरा इसलिए मान रहे थे कि इतनी दूर क्यों बैठी हो?

फिर भी उन्होंने कोई शिकायत नहीं की। दूर थी, पर इतनी दूर भी नहीं कि उनका हाथ नहीं पहुँचे। उन्होंने हाथ लम्बा कर लड़की को अपने पास खींच लिया। लड़की ने कोई प्रतिरोध नहीं किया। दादा के उम्र के व्यक्ति के पास आने में वैसे भी कैसी हिचकिचाहट होती? वह सरपंच साब के बिना ताक़त लगाए हाथ के साथ उनके निकट सरक आयी। अब मुश्किल से उन दोनों के बीच आठ–दस अँगुल की दूरी बची थी। लड़की की हैसियत शैम्पू, खुशबूदार साबुन या इत्र उपयोग में लेने की नहीं थी बल्कि काम करते रहने से पसीने में भीगी हुई थी। फिर भी स्त्री देह की गन्ध का अजीब आकर्षण था।

इस बार सरपंच साहब ने उसे बिलकुल अपने पास खींच लिया था, इतना पास कि एक साइड से दोनों चिपक गये थे। अब सरपंच साहब का हाथ उसके कन्धे पर ही था। कन्धे पर भी क्या, दूर वाले कन्धे से नीचे लटकने लगा था।

आजकल विद्यालयों में, शहरों की विभिन्न सोसाइटियों में बच्चों को 'गुड टच' और 'बेड टच' समझाया जाता है, वीडियो दिखाया जाता है। इस पोती ने ऐसा कुछ देखा या समझा नहीं था, लेकिन स्त्री देह को स्पर्श की पहचान करना भगवान ने दिया है। वह जान जाती है कि छूने वाले के इरादे कैसे हैं परन्तु अनेक बार बोल नहीं पाती। स्पर्श ही नहीं, देखने वाले की नज़रें देख कर ही वह ख़तरा या प्रेम भाँप जाती है। सरपंच के स्पर्श से लड़की अनमनी–सी हो गयी। जलजली सी हो गयी, आँखों में पानी भर आया, उसे शर्म आने लगी। उसने कातर दृष्टि से दादी की तरफ देखा, पर दादी ने कोई सहायता करने या आश्वस्त करने की बजाय चेहरे पर मजबूरी ओढ़ते हुए नज़रें झुका लीं। लड़की पानी से निकाली गयी मछली की तरह छटपटाने लगी। उसे ज़रूरत थी एक ऐसे गहरे सागर की, जिसकी गहराई में कोसों नीचे छुप कर सतह पर खड़े मछुआरे से सुरक्षित महसूस कर सके, लेकिन बहुत ज़ोर देकर देखने पर भी उसे उस सूखे रेगिस्तान में दूर–दूर तक पानी की एक बूँद भी नहीं दिखी। उसे ऐसा लगा, जैसे वह खुले में तड़पती हुई मछली है और पास में बैठा गिद्ध निगलने की तैयारी कर रहा है।

जो भी होने जा रहा था, इज़्ज़तदार लोग इसे बेइज़्ज़ती कहेंगे। घर की इज़्ज़त नीलाम करना भी कहेंगे, परन्तु दादी ने राजाओं का राज भी देखा था। रनिवास के क़िस्से भी सुने थे और लोकतन्त्र तो देख ही रही थी। उसके क़िस्से तो रोज़ ही सुनती थी कि अमुक एम. एल.ए. साहब को टिकट इसलिए दिया गया कि बड़े नेताजी और उन एम.एल.ए. की बेटी के 'सम्बन्ध' अच्छे हैं। पास की विधानसभा सीट से एक नवयौवना को सिर्फ इसलिए टिकट दे दिया गया था कि बड़े नेताजी ने उचित समझा। हालाँकि उन नवयौवना के सम्बन्ध सिर्फ बड़े नेताजी से ही थे। छुटभैयो नेताओं या जनता से नहीं थे इसलिए जमानत ज़ब्त हो गयी, वो अलग बात थी।

सरपंच के अलावा शेष सभ्य लोग भी अपने अपने हिसाब से दादी–पोती के यहाँ फेरा लगाने की कोशिश करते। पटवारी के सफ़ेद बाल और पचपन इंची तोंद जो उनके सबसे ढीले कुरते को भी उधेड़ते

हुए बाहर निकलने पर आमादा थी, बैरी बन जाती थी। उन्हें देखकर भय से लड़की ही झूंपे में छुप जाती थी।

ग्राम सेवक को दादी ने कह दिया था कि ग्राम की सेवा कीजिए हमें आपकी सेवा की ज़रूरत नहीं है। हालाँकि उसने धमकाने की कोशिश की थी कि मेरे बिना ग्राम का पत्ता भी नहीं हिल सकता। डोकरी, मुश्किल में फँस जाओगी। दादी हँसती हुई बोली, "तू तो पत्तों की बात करता है" यहाँ तो हवा के झोंके से पूरी काया ही हिल जाती है। पत्तों, पेड़ों और बड़ी–बड़ी चीज़ों को आप ही हिलाइए। हमारा काम अटकेगा तब देखेंगे।"

माड़साब के लिए तो उन दिनों सरकार ने ही काम आसान कर दिया था। प्रौढ़ शिक्षा का कार्यक्रम उन दिनों में ही शुरू किया गया था। प्रोढ़ों के लिए कक्षा रात में स्कूल में लगती थी। हालाँकि प्रौढ़ स्कूल में आकर सरकारी लालटेन की रौशनी में गप्पें लगाने, बीड़ियाँ फूँकने और अमेरिका की तरफ से मुफ्त मिले मिल्क पाउडर की चाय पीने के सिवाय कुछ नहीं करते थे, फिर भी हाज़िरी रजिस्टर में उनके नाम और अँगूठे माड़साब की नौकरी पक्की करते थे। एक बार छुट्टी के दिन माड़साब मिल्क पाउडर, दलिया, तेल आदि लेकर दादी को प्रौढ़ शिक्षा देने पहुँच गये। उनकी नज़रों, हाव–भाव और सवालों से दादी समझ गयी कि उन्हें प्रोढ़ शिक्षा से अधिक रुचि उनकी पोती को शिक्षा देने में है। इसलिए दादी ने यह कहते हुए कि माड़साब अब मेरे तो पैर क़ब्र में लटक रहे हैं इतने ज्ञान को साथ लेजाकर क्या करूँगी? शिक्षा देनी ही है तो कम–से–कम उनको दीजिए जिनके पास पाँच–दस साल तो बचे हों। मेरे जैसों को जिन्हें हर सुबह उठते ही लगता है कि एक और दिन उधारी में मिला, उन्हें शिक्षा देने का कोई फ़ायदा नहीं। सभी को स्कूल आने पर शिक्षा दी जाती थी, लेकिन यहाँ गंगा उल्टी बही यानि शिक्षा दादी के घर आयी, लेकिन दादी ने इंकार कर दिया।

यह किसी भी स्वाभिमानी इंसान के लिए घोर बेइज़्ज़ती थी लेकिन यहाँ न तो स्वाभिमान था, न इंसान, इसलिए माड़साब ने मन

में यह कहते हुए अपने को बेइज़्ज़ती से मुक्त किया कि बेचारे मास्टरों के साथ तो ऐसा होता रहता है। उनकी कौन–सी इज़्ज़त होती है जो बुरा माना जायें?

पटवारी और ग्रामसेवक भी भ्रष्टाचार करते पकड़े गये थे, परन्तु अन्ततः वे बाइज़्ज़त बरी होकर आये थे और इसी कारण समाज में उनकी प्रतिष्ठा बढ़ गयी थी। अब भ्रष्ट लोग उनकी तारीफ़ करते नहीं थकते थे और ईमानदार उनके ख़िलाफ़ कुछ भी बोलने से डरते थे। इसलिए वे डोकरी के हतोत्साहित करने वाले अवसर से निराश नहीं हुए बल्कि इसे चैलेंज समझ कर योजनाबद्ध काम करने लगे। हालाँकि वे आपस में एक–दूसरे को फूटी आँख नहीं सुहाते थे, पर इस मुद्दे पर वे एक–दूसरे के गले में बाँहें डाले पक्के यार हो गये। उन दोनों ने सोचना और क्रियान्वित करना शुरू किया कि किस तरह से बुढ़िया और पोती को उत्पीड़ित कर दबाव बनाया जा सके जबकि माड़साब के पास ऐसी कोई पॉवर तो थी नहीं। इसलिए बेचारे मास्टर बनकर उचित अवसर की प्रतीक्षा करने लगे।

तीसरी कैटेगरी असभ्य लोगों की थी, यानि बेरोज़गार और लफ़ंगे जिनके पास लड़की और दादी के इर्द–गिर्द चक्कर लगाने के सिवाय कोई काम न था। ये बेरोज़गार लफ़ंगे दिन भर दिखाने को तो दादी से मिलने आते, लेकिन असल में उनकी नज़र भी पोती पर होती। दादी नहीं चाहती थी कि वे आयें, लेकिन लड़की चाहती थी कि वे आयें। क्योंकि वे लड़की के हमउम्र थे। अभी तक उसके साथ उठते, बैठते, खेलते थे। अचानक से लड़की को घर में बन्द कर देना न तो उन्हें अच्छा लगा और न ही लड़की को। उनके घर आते ही लड़की की ठण्डी पड़ चुकी देह में गर्माहट आ जाती। वे उस लड़की को जाड़ों की धूप जैसे लगते तो बूढ़ा सरपंच सर्दियों की ठिठुरती रात जैसा।

दो

जैसे पत्तों पर धूप पड़ते ही फ़ोटो सिंथेसिस होने लगता है और पौधे जल्दी–जल्दी बढ़ने लगते हैं, ठीक वैसा ही इस लड़की

के साथ होने लगा। इन लड़कों की गर्माहट से, जिस्म पर दिन भर पड़ती उनकी नज़रों से वह लड़की जल्दी–जल्दी जवान होने लगी। जिस गति से पोती जवान हो रही थी, चिन्ता में डूबती जाने से दादी उससे भी दोगुनी गति से बूढ़ी होती जा रही थी। अब दादी ने घर आने वाले हरेक लड़के को टोकना शुरू किया। उसकी कोशिश रहती कि अब उनके घर कोई नहीं आये। इसके साथ ही उसने कोशिशें शुरू कर दीं कि उनकी जाति का कोई लड़का मिले तो अपने हाथों से एक बार पोती को सासरे भेज कर मुक्त हो जाये। फिर आगे उसकी क़िस्मत। वह नहीं चाहती थी कि जो नरक उसने भोगा है, वह पोती भी भुगते। उधर लफँगों के लिए यही एक सुरक्षित जगह थी जहाँ कोई जूता या लाठी पड़ने की सम्भावना नहीं थी।

बात सिर्फ लफँगों की ही होती तो शायद आगजनी टल भी जाती, पर बाहर आग थी तो इधर दादी के घर के भीतर जलने को बेताब सूखी लकड़ी थी। फिर भी दादी कोशिश में थी कि जितने जल्दी हो पोती के हाथ पीले हो जायें। दो–चार जगह उनकी जाति के लड़कों के मालिक राज़ी भी थे। उनका भी अपना लालच था कि बिना माँ–बाप की बेटी है और डोकरी एक–एक दिन गिन कर निकाल रही है। ऐसे में पूर्व प्रेमियों से मिलने के लिए पीहर जाने का कोई बहाना भी नहीं होगा और हर वक़्त सेवाएँ हमें ही मिलती रहेंगी।

जगिया का आग्रह है कि काकू की इस बात को पाठक उस लड़की या महिलाओं पर किसी तरह की आपतिजनक टिप्पणी न समझें क्योंकि जब परिवार और समाज अपनी बेटी के अनेक लोगों से रिश्ते स्वीकार कर लेता है तो किशोरावस्था में ऐसा न होना अपवाद होता है और ऐसा होना नियम–सा लगता है। बच्चे बड़ों को जैसा करते हुए देखते हैं, अक्सर वैसा ही करते है। कभी–कभार ही ऐसा होता है कि वे रिवाज़ जैसे बन गये अपने अग्रजों के ग़लत व्यवहार से बेहद घृणा करने लगते हैं और उससे दूर भागने लगते हैं। यही कारण है कि जिन जातियों या समाजों ने शराब या मांसाहार को अपनाया, वहाँ बच्चे भी उसे नशा या रक्तपात न समझकर सहजता से अपना लेते हैं।

आज भी कुछ जातियों के अनेक गाँव हैं, जहाँ माँ–बाप ही घर की बहू–बेटियों को सेक्स वर्कर के रूप में परोसते हैं। उन्हें इसमें कुछ भी ग़लत या असहज नहीं लगता है।

आख़िरकार भगवान ने सुनी और दादी ने पन्द्रह कोस दूर एक गाँव में पोती की सगाई कर दी। जितनी जल्दी में दादी थी, उससे ज़्यादा जल्दी में पोती और उसके लफ़ँगे बॉयफ्रेंड थे। लफ़ँगे ही नहीं, ऊपर बताये गये सभी सभ्य और भले कहे जाने वाले लोग भी जल्दी में थे। घोषित लफ़ंगे तो खुले साँड थे जो घर तो केवल रात में सोने जाते थे। शेष समय इधर–उधर अवसर की तलाश में घूमते रहते थे। दादी भी पोती को घर में बाँध कर कब तक रखती? पेट तो उन दादी–पोती के भी थे। पेट के लिए खेत जाना, गाय–बकरी चराने जाना, पोती को ही करना होता था। यहाँ तक कि निवृत्त होने के लिए भी जंगल में ही जाना पड़ता था। घर में शौचालय तो दूर की बात, शहरों से आये लोग कभी–कभार घर में शौचालय होने या बनाये जाने की बात भी करते थे तो लोग सुनकर ही नाक–मुँह सिकोड़ने लगते थे। बोलते, "हाँ भई, भले लोग कहते थे वो घोर कलजुग अब आ गया है। इससे ज़्यादा अधर्म क्या होगा कि जहाँ खाते हो वहीं हगते हो। हे रामजी, हमें तो ऐसे दिन मत दिखाना। हे भगवान, इतनी कृपा करना कि हमारे गाँव में कोई शौचालय बनाये, ऐसा हो उससे पहले हमें उठा लेना। शास्तर कहते हैं पाप करने वाला ही नहीं, उसे देखने वाला भी नरक में जाता है।" वैसे घोर कलजुग तो न जाने क्यों बात–बात पर पचास साल पहले भी आता था। तब जो बदलाव हमारी पीढ़ी में आ रहे थे, उनके लिए कहा जाता था और अब हमारे से अगली नयी पीढ़ी के बदलाव देख कर हमारे वाली पीढ़ी उसी बात को दोहराती है कि अब घोर कलजुग आ गया है। तुम लोगों की पीढ़ी अपनी अगली पीढ़ी के लिए भी निश्चित ही यही तकिया क़लाम दोहराएगी। बाकि काम देखो तो ऐसा कोई कृत्य नहीं है जो द्वापर, त्रेता या सतयुग कहे जाने वाले काल में नहीं हुआ हो यानि सब तरह के बुरे कर्मों के उदहारण हर युग में मिल जाते हैं।

ख़ैर, बात यह थी कि घर से बाहर निकलना पोती की इच्छा थी और ऐसा करने देना दादी की मजबूरी थी। इसका परिणाम यह हुआ कि आग और लकड़ी सम्पर्क में आने लगे। कभी लड़की को घुटन होती, कभी लड़कों का शरीर ऐंठता। जब–जब जी दोरा (मन परेशान) होता, वे खेत या जंगल में पहुँच जाते। उनका जी सोरा (चित्त को राहत) हो जाता, पर इस प्रक्रिया में उठता धुआँ पूरे गाँव को दिखने लगा। वह धुआँ उन लोगों को ज़्यादा साफ़ और गहरा दिखने लगा जो ऐसी राहत पाने से वंचित थे। वह धुआँ उनके दिलों तक पहुँच जाता और घुटन इतनी बढ़ जाती कि वे लड़की की दादी के पास पहुँच जाते। कहानी तो एक ही थी। अलग–अलग लोग बार–बार सुनाए ऐसा कुछ नहीं था, परन्तु अपने दिल को हल्का करने के लिए अपने सपनों के अनुरूप भिन्न–भिन्न स्वरूप में वे उसे दोहराते जिससे उन्हें सुकून मिलता। उनका असल दर्द साफ़ देखा जा सकता था। लड़की का बिगड़ जाना उनका दर्द नहीं था बल्कि उनके साथ से क्यों नहीं बिगड़ी, यह बड़ा दर्द था।

दादी उन्हें अनसुना करती या बिना सुने ही भगा देती क्योंकि दादी ने दुनिया नहीं देखी थी, लेकिन दुनियादारी देखी थी। वो जानती थी कि दुनिया में जितने भी युद्ध हुए हैं, किसी भी देश ने अपने दुःख से मुक्ति के लिए नहीं किये है। सुखी होने के लिए भी नहीं किये थे। ये सारे युद्ध इसलिए हुए हैं कि कोई दूसरा सुखी न हो। ये युद्ध उन देशों ने शुरू किये थे जो सुखी थे, सामर्थ्यवान थे, दौलतमन्द थे। भूख से दुखी होकर या कुछ पाने के लिए नहीं किये थे। वे कितनी बड़ी आर्थिक शक्ति थे, उससे उन्हें कोई मतलब नहीं था, लेकिन दूसरा कोई हमारे से बड़ी आर्थिक ताक़त न बने, इसलिए युद्ध हुए हैं। वे भले विश्व की महाशक्ति थे, परन्तु कोई दूसरा उनके जितनी सामरिक शक्ति हासिल कर ले, यह उन्हें गवारा नहीं था। ऐसा जो कोई भी करता तो वे सब शामिल होकर तय करते कि हम उसे नेस्तनाबूद कर देंगे। ठीक ऐसा ही उन लड़कों के साथ हो रहा था। दादी किसी ग़लतफहमी में नहीं थी। वह पोती को भी जानती थी

और इन लड़कों की मनःस्थिति भी जानती थी। वो जानती थी ये सूचनाएँ देने इसलिए नहीं आते कि मेरी पोती कुछ ग़लत कर रही है और मैं उसे रोकूँ बल्कि यह बताने आते हैं कि मेरी पोती अब कुँवारी नहीं रही। इसलिए इन्हें भी अवसर मिलना चाहिए, ये भी उसे पाने के हक़दार हैं। गाँव की किसी भी वस्तु पर सभी का एक समान हक़ होना चाहिए। कुछ को मिल रही है और कुछ को वंचित किया जा रहा है, यह अन्याय है। ये उस अन्याय के विरुद्ध लड़ने आते हैं।

जवानी में हर कोई अँधा होता है। दादी को याद आया कि अपनी जवानी में वह भी अन्धी थी। जैसे–जैसे उम्र बीतती जाती है, आदमी के आँखों की रौशनी कम होती जाती है, लेकिन उसके भीतर का यह अन्धापन जिसका मैंने ज़िक्र किया है, वह कम होता जाता है यानि अनेक बातें उसे एकदम साफ़ दिखने लगती हैं। अनेक लोगों के चेहरे की चमक और मासूमियत के पीछे का कमीनापन साफ़ दिखने लगता है। बहुत सारी सतरंगी चीज़ें निरावृत होने लगती हैं और तब ज्ञात होता है कि वे कितनी स्याह हैं। इस समय पोती जवान होने से अन्धी थी और उसे कुछ समझ नहीं आता था, लेकिन दादी सब समझती थी। दादी जानती भी थी और मानती भी थी कि उनकी जाति में कौमार्य कोई मुद्दा नहीं है। उसके आधार पर गुण–दोष तय नहीं होंगे। जहाँ सगाई की है, उन्हें भी ले जाने में कोई ख़ास आपत्ति नहीं होगी। छोरा नानुकुर करेगा भी तो उसका मालिक धमका कर चुप करा देगा। यह कहकर ले जायेगा कि तुम्हारी जात में कुँवारी लड़की कहाँ से ले आऊँ? पर दादी ने जीवन में दुःख देखे थे। एक–दो नहीं, सैकड़ों क़िस्से सुने थे। वह जानती थी कि सुख भले ही क्षण भर का होता है, पर इंसान को दुःख उम्र भर देता है। वह यादों में, ख्वाबों में, सपनों में लौट कर आता है। उसने अच्छे–अच्छे इज़्ज़तदार लोगों को रति सुख के लिए बर्बाद होते देखा है। वह जानती थी कि विपरीत लिंगी से जो सुख मिलता है, वह एक में भी उतना ही मिलता है और अनेक से भी कोई तृप्त हो गया हो, ऐसा दुनिया में एक भी उदहारण नहीं है। स्त्री या पुरुष के हित में यही है

कि वह एक का होकर रहे। अनेक का होना बचकानी हरकतें हैं। अपरिपक्व लोगों को अच्छा ज़रूर लगता है कि न जाने कितने प्रेमी या प्रेमिकाएँ उनके पीछे घूम रहे हैं, उन पर जान न्योच्छावर करने को लालायित हैं, उनके एक इशारे पर नाचते हैं लेकिन यह उनकी ग़लतफहमी होती है। जैसे हवा के साथ बादल छँटते हैं, ठीक वैसे ही समय आने पर ये लोग छँट जाते हैं। तब वह प्रेमी या प्रेमिका अकेला पड़ जाता है। उस वक़्त उसे पूछने वाला कोई नहीं होता। जो ताउम्र प्रेम की बातें करते थे, समय और काम निकल जाने पर वे ही उसे निकृष्ट, पापी, अधर्मी और न जाने क्या क्या कह कर घृणा करने लगते हैं। प्रेम तो दूर नज़रें मिलाना भी अनुचित समझते हैं। सामने दिख जाये तो राह बदल लेते हैं। ये सब बातें उसने पोती को समझाने की कोशिश की। उसने यहाँ तक कह दिया कि जब तक ब्याह न हो जाये, एक–दो लोगों से वो चाहे तो सम्बन्ध रख सकती है, परन्तु ये गाँव भर के आवारा छोरे तेरा जीवन बर्बाद कर देंगे।

अपने हमउम्र लड़कों की शहद जैसी बातों के सामने दादी की ये ज़हर जैसी बातें निगलनी उसे मंजूर न हुईं। बोली तो कुछ नहीं, लेकिन दिनोंदिन उसकी आवराग़र्दी बढ़ती जा रही थी। यहाँ तक कि लड़कों के घर वाले शिकायतें लेकर दादी तक पहुँचने लगे कि आपकी लड़की हमारे लड़कों को बिगाड़ रही है। इसमें कुछ ग़लत नहीं था। हमारे देश में सदियों से यह परम्परा चली आ रही है। यहाँ बिगाड़ती स्त्री ही है। बलात्कार भी होगा तो करता पुरुष है, लेकिन ज़िम्मेदार स्त्री होती है। उसने तन उघाड़ू छोटे कपड़े पहने होंगे या शृंगार करके निकली होगी या बाल खुले रखे होंगे या फिर वह बेहद ख़ूबसूरत होगी या इत्र वग़ैरह लगाकर निकली होगी। कोई न कोई ग़लती उसने की होगी जो पुरुष को बलात्कार के लिए मजबूर करे। जब ज़ोर–जबरदस्ती पुरुष करे, वहाँ भी नारी जिम्मेदार हो तो दोनों की इच्छा से होने वाले काम में तो नारी की ज़िम्मेदारी बनती ही है। उसके घर वालों तक लानतें भेजनी ही चाहिए, शिकायतें की जानी ही चाहिए, उसे और घर को बेइज़्ज़त किया जाना ही चाहिए।

मजबूर दादी उनकी बातें सुनकर नज़रें झुका लेती इसके सिवाय करती भी तो क्या? जिस लड़के से सगाई हुई थी, उसके घर वालों को समाचार करवाया कि मैं बीमार हूँ। भरोसा नहीं कितने दिन रहूँ? इसलिए जितना जल्दी हो सके, शादी करके बहू को अपने घर ले जाइए। उन्हें भी कोई आपत्ति नहीं थी, परन्तु पण्डित जी ने कह दिया कि अभी तो चौमासा है। फिर दीवाली पर देव सो जायेंगे, देवउठनी ग्यारस को उठेंगे, परन्तु उसके आसपास लड़के–लड़की के नाम से मुहूर्त नहीं है। कुल मिलाकर आठ–नौ महीने बाद होली के बाद का मुहूर्त ढूका (निकला)।

तीन

शादी–विवाह के लिए यह कोई लम्बा समय नहीं होता, लेकिन दादी जानती थी कि पोती जिस राह बढ़ रही है, वह ठीक नहीं है। ऐसे में आठ–नौ महीने का समय कोई भी गुल खिला सकता है। डूब ही जाये, वह अलग बात है, पर आदमी अन्तिम साँस तक हाथ–पाँव तो मारता है, कोशिश तो करता है उबर जाने की। दादी ने भी वही किया। पोती को समझा कर थक गयी थी। पोती को लगता था, वह सब समझती है। असल में सठिया गयी दादी को समझाने की ज़रूरत है। थक–हारकर एक दिन दादी ने सरपंच से आग्रह किया, "सरपंच साब, मैंने आपका ख़ूब मान रखा। इस घर में आज तक आपके सिवाय कोई नहीं आ पाया। समाज व जनता में भी हमेशा आपकी मान–मर्यादा बनाये रखी कि आप ग़रीब और अनाथों की सहायता करने आते है। अब बात मेरे हाथ से निकल रही है। जवानी का गर्म खून है जिस दिन मेरे हाथ से निकल जायेगी उस दिन लड़की आपके हाथ से भी निकल गयी समझिये। अब आप ही कुछ कीजिये। किसी तरह से उसे रोकिये।"

बात तो सही थी। पोती बाहर भले किसी के साथ धूड़ खाती हो (ग़लत काम करती हो), घर में यह अधिकार दादी ने सिर्फ सरपंच को दे रखा था और पोती ने भी उसे निभाया।

इसलिए कर्तव्य समझकर सरपंच ने इस समस्या का हल निकालना चाहा, परन्तु हल उसके पास भी था नहीं।

नेता लोगों को तो वैसे भी सारी दुनिया की खोज–ख़बर रहती है। सरपंच को भी पता था कि बरसाती कीड़ों की तरह लड़की के पर आ रहे हैं। उसके सम्बन्ध गाँव के कई लड़कों से बन गये हैं। दो–चार लड़के तो रोज़ सरपंच के यहाँ हाज़िरी देने वालों में से भी थे। फिर भी सरपंच साब मुँह इसलिए बन्द किये हुए थे कि उनके पैर क़ब्र में लटक रहे थे। "पिछले दो चुनावों में तो यह मेरा आख़िरी चुनाव है," इस नारे से जीते थे और अब दूसरा कार्यकाल भी पूरा होने वाला था। इस पल डूबे कि अगले पल डूबे, ऐसे तूफ़ान के बीच फँसी हुई नाव के यात्री को कोई जवान लड़की अपने कन्धे पर हाथ रखने दे रही है, यह क्या कम है? परन्तु जब दादी ने लड़की के हाथ से निकलने की बात कही तो सचमुच उन्हें चिन्ता हुई। उन्हें लगा, जैसे किसी चक्रवर्ती सम्राट् के हाथ से भारतवर्ष का साम्राज्य फिसल जायेगा। उन्होंने गम्भीरता से सोचा और निर्णय लिया कि अब समय तटस्थ रहने का नहीं, रणक्षेत्र में कूदने का है।

आज की साँझ के इन्तज़ार में पूरा दिन सरपंच का मन अनमना, बेचैन, और उदास रहा। साँझ की चाय के बाद अँधेरा थोड़ा गहरा जाये, तब तक घर की गुवाड़ी में क़दमताल करते हुए जैसे–तैसे समय काटा। फिर किसी को बिना कुछ बताये लड़की के घर पहुँच गये।

दादी बाहर घर के ओटे (चबूतरे) पर ही बैठी थी। दोनों ने एक–दूसरे से कोई बात नहीं की। सरपंच ने पलकें उठाकर पूछा कि घर में है? दादी ने पलकें गिराकर कहा, "हाँ, है।" सरपंच साब सीधे झूंपे के भीतर पहुँच गये। लड़की आँगन में पदचाप से ही समझ गयी कि सरपंच साब आये हैं। जहाँ सरपंच साब बैठे थे, चिमनी (ढिबरी) जलाकर उस झूंपे में रख आयी। सब्ज़ी और दो सोगरे (बाजरे की रोटियाँ) वह बना चुकी थी। जल्दी–से दो और सोगरे बना कर उसने चूल्हा मंगल किया (बुझाया)। दादी को आवाज़ दी कि खाना तैयार है। मन हो तो खा लो। खुद हाथ–मुँह धोकर सरपंच साब वाले झूंपे में गयी।

उसने वक़्त गँवाए बिना माँचे पर बैठने से पूर्व आले में रखी चिमनी को फूँक मारनी चाही, परन्तु सरपंच साब ने इशारे से मना कर दिया। वह चिमनी के पास खड़ी होकर प्रतीक्षा करती रही कि वे क्या कहना चाहते हैं? सरपंच साब ने समझाने की कोशिश की परन्तु लड़की समझ गयी कि वे क्या कहना चाहते हैं। उसने पूरी बात सुने बिना ही दो–तीन भद्दी गालियाँ निकालीं और बेइज़्ज़त करते हुए धक्का दिया कि मेरे झूंपे से निकल जा और आगे से मेरे घर आने की ज़रूरत नहीं है।

अचानक हुए इस हमले से सरपंच साब अचकचा गये। उन्हें कुछ समझ नहीं आ रहा था कि क्या किया जाये? बोले, "मैं कोई उन लफ़ंगों की तरह नहीं आता हूँ। तेरी दादी की आज्ञा से आता हूँ।"

लड़की और चिढ़ गयी। झूंपे से निकलती हुई बोली, "तो इसी समय सब गाँव वालों को आवाज़ दूँ? उन्हें बुला कर बताऊँ कि सरपंच साब यहाँ किसलिए आते हैं? सब गाँव वालों की सहायता तो वे दिन में भीड़ के बीच करते है, लेकिन हमारी सहायता रात के अँधेरे में अकेले में करने आते हैं और वह भी अपनी पत्नी व बच्चों को बिना बताये, उनसे छुपकर, पूरे गाँव से छुपकर। जहाँ तक दादी की आज्ञा की बात है तो वो रही दादी, ये रहे आप और ये रहा झूंपा। उसे बुला लो और जो जी में आये, करो। ख़बरदार आज से आगे मुझे हाथ भी लगाया तो इस चिमनी का तेल उड़ेल कर आग लगा दूँगी।" उसकी आँखों से बरसते अंगारे देखकर सरपंच को यक़ीन हो गया कि वह सच में आग लगा सकती है। वे दादी या पोती, दोनों से बिना कुछ बोले चुपचाप वहाँ से निकल गये।

दो–चार दिन तक घर के बाहर माँचे पर पड़ा सरपंच रात रात भर सोचता रहा। उसे लगता कि लोग बेवकूफ़ हैं। लोग कहते हैं कि अब तो बुढ़ापा आ गया है, ये लड़की–वड़की की बातें छोड़ो। अब उन मूर्खों को कोई कैसे समझाए कि जवानी में आदमी काम में इतना व्यस्त होता है कि उसे इन सब चीज़ों को सोचने का समय ही कहाँ मिलता है? लेकिन बुढ़ापे में काम कुछ नहीं। घरवाली भी कहती है कि अब इस उम्र में घर पर सोते हुए अच्छे लगते हो क्या?

जग हँसेगा आप बाहर जाकर सोइए। ऊपर से नींद भी आती नहीं। ऐसे में गुवाड़ी में पड़ा–पड़ा मैं उसे याद न करूँ तो क्या करूँ? बुढ़ापे में यह सब शोभा नहीं देता, उन्होंने इस थ्योरी को ख़ारिज़ करते हुए मन–ही–मन कहा कि बुढ़ापे में ही यह सब शोभा देता है। इसके बाद उन्होंने तय किया कि रिस्क लेकर भी आज वे दादी के वहाँ जायेंगे।

यह सोच कर कि अब तो उस लड़की का गुस्सा भी कुछ शान्त हुआ होगा, आज वे फिर उसके घर गये। इस बार पूरे रास्ते में यही सोचते हुए गये कि भाड़ में जाये दादी और पोती। मैं क्यों किसी को सलाह दूँ कि क्या सही है और क्या ग़लत है? छोरी डूबेगी तो करम फूटे उसके। डोकरी भी डूबे तो उसके करम। वैसे भी जो लोग ऐसे नीच काम करते हैं, उन्हें तो एक दिन डूबना ही होता है। मन में यह कह तो दिया, पर अगले ही पल पूरे शरीर में एक सिहरन–सी हुई। भूकम्प में काँपती धरती की तरह वे अन्दर से बाहर तक पूरे काँप गये। एक बार तो आगे बढ़ते उनके क़दम ठिठक गये। तो क्या मेरी भी वही गति होगी जो इनकी होगी? फिर खुद को दिलासा देते हुए बोले, "मेरा क्या अपराध? आदमी की क्या औक़ात अगर राँडें सहमति न दें तो। उनकी स्वीकृति बिना मैं यह सब कर सकता हूँ क्या? स्वीकृति से किया गया कार्य कौन–सा अपराध होता है?" खुद को ऐसा दिलासा देते समय वे यह भूल गये कि जबरदस्ती तो वे दादी पोती भी कुछ नहीं कर रही थी। जो कुछ था स्वीकृति से। तब फिर उनका काम पाप और मेरा काम पुण्य कैसे हो गया? अचानक से उन्होंने पाप पुण्य का मुद्दा झटक दिया, यह कहते हुए कि सारे काम सरपंच ही करेगा क्या? तब क्या धर्मराज के कर्मचारी हमारे सरकारी कर्मचारियों की तरह ठाले बैठे हुए सिर्फ तनख़्वाह लेंगे और कुर्सियाँ तोड़ेंगे? पाप–पुण्य तय करने का काम उनका है तो मैं क्यों माथा लगाऊँ? सारा भार धर्मराज, चित्रगुप्त और उनके कार्यालय के कर्मचारियों पर छोड़ते हुए वे अपने मुद्दे की बात पर आये कि क्या आज वो लड़की झूंपे में आयेगी? सचमुच मेरे पर या खुद पर घासलेट उड़ेल कर आग तो नहीं लगा देगी? अगर ऐसा हो गया तो?

यह सरपंची चली जायेगी, इस उम्र में बदनामी अलग से होगी और उस बदनामी के कारण बच्चों को भी सरपंची से वंचित होना पड़ेगा। इतना ही नहीं किस–किस के पास कितने पैसे अटके हैं, कौन–कौन ठेकों के लिए पैसे दे गया है उन्हें ठेके दिलाने हैं, कौन–कौन बिल के लिए पैसे दे गया है, उनके बिल साइन होने हैं, ये सब याद आ गये। यह तो बहुत बाद याद आया कि जलने से मैं मर भी तो सकता हूँ या फिर वह मरी तो मैं जेल भी तो जा सकता हूँ। तब फिर इन सब बातों का क्या महत्त्व? क्या तब मेरी पत्नी और बच्चे मुझ से घृणा नहीं करेंगे? वे नहीं सोचेंगे कि कैसा नीच आदमी था? हमने तो कभी ऐसा सोचा भी नहीं था। गाँव के लोग मेरी लाश पर थूकेंगे नहीं कि अपनी पोती से भी छोटी लड़की के साथ इश्क़ लड़ाने गया था। आख़िरी पंक्ति में हाथोंहाथ फिर ख़ुद ने ही संशोधन किया कि इसे इश्क़ कौन कहेगा? सभी यही कहेंगे उसके साथ मुँह काला करने गया था।

तभी नज़र ज़मीन से उठकर सामने टकराई, सामने लड़की का घर था। सरपंच ने मन में यह कहते हुए सारी सम्भावनाओं को ख़ारिज़ किया कि कोई कुछ भी कहे, मुझे क्या? मैं कौन–सा तब सुनने के लिए बचुँगा। आज की रात मेरी है। भाड़ में जायें वे सब। अब तक वह चौखट तक पहुँच गया था। दादी हमेशा की तरह नासका (नसवार) का डबिया (छोटी डिबिया) लेकर ओटे पर बैठी थी। आज न सरपंच ने हमेशा वाला इशारा किया न दादी ने। धीरे–से दादी से बोला, ''जाकर एक बार उससे पूछ लो, मन है क्या?'' दादी उठती, उससे पहले ही चिमनी लिए वह लड़की झूंपे के दरवाज़े पर खड़ी होकर बोली, ''कौन पूछेगा और क्या पूछेगा? इस घर के अन्दर पैर मत रखना। फिर भी तुझे अपनी ताक़त और दौलत पर ज़्यादा यक़ीन है और तू अपने बाप की ही औलाद है तो आ जा, मैं समझाती हूँ। मुझे पता है, दादी और तेरे को ऐसे कुछ समझ नहीं आयेगा।''

सरपंच बिना एक पल गँवाए अबोला ही लौट गया।

राजनीति आदमी का मान–सम्मान, इज़्ज़त–आबरू, अकड़– सब कुछ ख़त्म कर देती है। उसकी पहली शर्त यही होती है कि अगर आप में रीढ़ की हड्डी है तो उसे निकाल फैंको। राजनीति की सीढ़ियाँ ऐसी हैं कि रीढ़ की हड्डी वाले उन पर चढ़ ही नहीं सकते। वे सबसे नीचे पहले पायदान पर ही खड़े रह जाते हैं। रीढ़हीन सरपंच साब इस घटना के बाद भी थोड़े–थोड़े दिनों के अन्तराल के बाद ख़ैर–ख़बर लेने गये, परन्तु हर बार उन्हें चौखट से ही लौट आना पड़ा।

दादी मन–ही–मन बोली, ''सरपंच गया तो करम फूटे उसके।'' बेटे–बहू के जाने के बाद शुरुआती दिनों में जो डर था कि वे दोनों अकेली कैसे गुजारा करेंगी, इस डर से ही उसे घर में जगह दी थी। अब वैसा कोई डर न था और उसे यह भी समझ आ गया था हमारे जैसे ग़रीब जिनकी न कोई ज़रूरत है, न जीवन का कोई मक़सद है, उनकी सरपंच भी क्या सहायता करेगा? मक़सद कहो या ज़रूरत, बस इतनी कि जब तक साँसें चल रहीं तब तक रोटी मिल जाये ताकि ठीक से नींद आ जाये और वह रोटी हम खुद अपने खेतों में मेहनत से कमाते हैं। तब ऐसे गये–बीते सरपंच जैसे नीच लोगों की जी–हुजूरी क्यों करें? उसे लगा, उसकी पोती ने अच्छा ही किया। यह बात उसने पोती से कही तो नहीं, लेकिन अपनी बातों और व्यवहार से ज़ाहिर की, जिसे समय के साथ पोती भी समझ गयी।

आज सरपंच वापस लौट गया तो दादी की आँखें अचानक से झर–झर कर झरने लगीं। आँसुओं की अनवरत बहती धार–जैसे किसी पहाड़ी पर होती बारिश के समय झरना बेकाबू हो गया हो। दादी भूतकाल में पहुँच गयी थी जब उसका बेटा स्वर्गवासी हुआ था। पहले पति, फिर बहू और उसके बाद बेटा भी। पीछे रह गयी दादी और पोती। दादी का छोटा–सा बचा हुआ जीवन बीते जा रहा था और पोती का पहाड़ जैसा पूरा जीवन सामने था। ऐसे में भय स्वाभाविक था, परन्तु आज समझ आया कि कभी–कभी हमें भय की प्रतीक्षा करनी चाहिए। आने पर उसका सामना करना चाहिए। अनेक बार इंसान अपनी कल्पनाओं से राई का पहाड़ मान लेता है।

जहाँ तालाब भी नहीं हो, वहाँ सागर से सुनामी का भय पैदा कर लेता है। इतने बड़े भय से वह थक जाता है, टूट जाता है, हार जाता है। तब वह इंसान छोटी–से–छोटी बाधा के सामने भी समर्पण कर देता है। यही दादी के साथ हुआ। मन से हार गयी दादी ने प्रत्यक्ष कोई बाधा आती, कोई परेशानी आती, कोई दुःख आता, उससे पहले ही सरपंच के सामने आत्मसमर्पण कर दिया था। पोती तो बेचारी नासमझ थी। वह तो उतनी ही पवित्र थी, उतनी ही निश्छल थी, उतनी ही मासूम थी जितनी माँ के पेट से इस धरा पर आयी तब थी। तब फिर इन पापों का, इस पथ विचलन का, इन अवैध सम्बन्धों का ठीकरा वह उसके माथे क्यों फोड़ रही है? इन सबकी असली सूत्रधार तो पोती कहाँ, वह स्वयं है। बरसाती रात में आते और जाते बादलों की तरह ऐसे अनेक विचार रात भर आते–जाते रहे। दादी ने न रोटी खाई और न उसे नींद आयी। रात भर बस करवटें लेती रही।

उधर सोती हुई पोती यह सब देख रही थी। वह जानती थी कि अब इस नशे को वह नहीं छोड़ सकती है, लेकिन दादी बात तो उसका हित सोच कर ही कहती है। वे आपस में भले लड़ती हों, पर एक–दूसरे के सिवाय उन दोनों का है ही कौन? लड़कों के उसे लेकर आपसी लड़ाई–झगड़े और एक–दूसरे से द्वेष देख कर कुछ–कुछ वह भी समझने लगी थी कि दादी बात तो ग़लत नहीं कह रही है कि समय आने पर उसका साथ इनमें से कोई नहीं देगा। तड़पती, करवटें लेती, डुस्का (रोते–रोते हिचकियाँ लेना) करती दादी को अब वह ऐसे ही नहीं छोड़ सकती थी। वह गयी और बाँहों में भरकर बहुत देर तक बिना कुछ बोले उसके साथ रोती रही। दोनों एक–दूसरे से कुछ भी नहीं बोलीं। सुबह होने से कुछ देर पहले दोनों को नींद आ गयी।

सुबह होने पर दादी ने चाय बनायी और पोती को नींद से जगाकर पिलाई तो पोती ने दोपहर का खाना बनाया और दादी को खिलाया। आज दादी ने उसे न रोका न टोका, फिर भी वह घर से बाहर नहीं निकली। ऐसे ही दो–तीन दिन बीत गये। बरसात का समय बीत चुका था तो इस समय न खेत जाना होता था और न

ही पशुओं को चराने जंगल में जाना होता था। सबके उठने से पहले अपने दैनिक कार्यों से निवृत्त होकर घर में आती तो उसके बाद वो जाने और घर की दीवारें जानें। यह बदलाव क्यों हुआ, कैसे हुआ, यह न वह जानती थी और न ही दादी। दादी द्वारा मन–ही–मन अपनी अपराध स्वीकृति से ईश्वर की कृपा से हुआ या किसी और कारण से, पर यह बदलाव उसमें अचानक से हुआ तो था। न जाने क्यों लड़की को अब ऐसा करना अच्छा लगता था, लेकिन उसके चाहने वालों को उसका यह व्यवहार बहुत बुरा लगता था। दादी के चेहरे पर अब बुढ़ापे में भी चमक आ रही थी, लेकिन उन आशिक़ों के चेहरे पर मायूसी छा रही थी। ऐसा लगता था, जैसे भरी दोपहरी में सूरज अस्त हो गया हो। बेचैन छोरे घर के आगे मँडराने लगे। ये छोरे लफ़ँगे तो थे, लेकिन डरपोक थे। उधर दादी हर वक़्त लट्ठ लेकर ओटे पर जमी रहती। न जाने क्यों, कैसे और कहाँ से उसमें इतनी ताक़त आ गयी थी।

कुछ दिनों बाद एक–दो वे छोरे भी उसके द्वार पर आये जो गुण्डे थे। उनके अगले दिन कोई दलाल सरपंच का समाचार लेकर भी आया कि इन गुण्डों–बदमाशों से बचना है तो रात को झूंपे में सरपंच साब के लिए माँचा बिछाकर रखना।

दादी डर गयी। वह जानती थी कि आज दिन में जो छोरे आये थे, वे दिन या रात में किसी भी समय घर की आगल ओलिंग सकते हैं (सहमति लिए बिना मुख्य द्वार पर लगी लकड़ी कूद कर अन्दर आ सकते है)। अब दादी के पास कोई विकल्प नहीं था। वह समझ गयी कि यह सब सरपंच का किया–धरा है। अब उसके पास दो ही रास्ते थे कि या तो सरपंच के सामने हार स्वीकार करे या फिर सभी के लिए दरवाजा खोल दे। सरपंच कितना भी नीच था, गाँव में उसकी इज़्ज़त थी और अपनी इज़्ज़त बचाए रखने के लिए वह अपना मुँह बन्द रखेगा। जो भी करेगा। रात के अँधेरे में करेगा। दिन में इधर फटकेगा भी नहीं। इन लफंगों का क्या? जब मन हुआ लांग (तेवटे या धोती के बीच का पल्लू) खोल पहुँच जायेंगे।

मुश्किल यह थी कि पोती को कैसे समझाए कि सरपंच का कहा मान ले। अब तो वह सुधर गयी थी। फिर से बिफर गयी या बिगड़ गयी तो? बड़ी मुश्किल से दादी और पोती एक हुई थी। कुछ दिन से लगा था कि वे दोनों भी बाकि दुनिया की तरह जी रही हैं। उनके जीवन में धूप है तो छाँव भी है। सूखा है तो बारिश भी है, रात है तो दिन भी है। इन दिनों ऐसा लगने लगा था कि वे दोनों सिर्फ ख़त्म होती साँसों की गिनती नहीं कर रही हैं। दादी को लगा, भगवान को ये खुशियाँ शायद इतने दिन की ही मंजूर थीं। दादी फिर से लौट आने वाले तूफ़ान और उसकी पीड़ा का सोचकर करवटें ले ही रही थी कि तभी पोती ने पूछा, ''क्या हुआ दादी? आज जी (मन) ठीक नहीं है?''

दादी की रुलाई फूट पड़ी। पोती भी कारण से अनभिज्ञ नहीं थी, लेकिन इस बार दादी ने पिछली बार की तरह कोई ज़ोर जबरदस्ती नहीं की, कोई आदेश नहीं दिया। बस, पोती के सामने रोती रही। पोती ने उठकर उसका सर अपनी गोद में रख लिया। लेटी हुई दादी बहुत देर तक उसकी गोद में रोती रही। पोती उसकी माँ बन कर अँगुलियों से बालों में कंघी करती रही। जब दादी का मन कुछ ठीक लगा तो पोती ने बोला, ''सही–सही अपनी पीड़ा बता दो।'' दादी ने भी कुछ मन में नहीं रखा। पोती जानती थी कि उसने सरपंच और इन भड़वों को डराया था। कुछ हद तक डराना–धमकाना ठीक है, लेकिन ये सारे भड़वे एक हो गये तो उन दोनों के लिए मुश्किल है। भले लोग तो खुद इन गुण्डों से परेशान हैं वे हमारे लिए इनसे दुश्मनी क्यों लेंगे? और दुष्ट तो खुद इनके साथ मिले हुए हैं। जो दुष्ट मिले हुए नहीं हैं वे कौन–से भले हैं? उनसे आग्रह करेंगे तो इनसे शायद बचा भी लें, लेकिन उससे पहले वे अपने साथ सोने की शर्त रखेंगे। पुलिस और सरकारी तन्त्र तो वैसे भी ग़रीबों के साथ कब खड़ा हुआ है? मान लो ग़लती से कोई भला अफ़सर मिल भी गया तो यह कुत्ता सरपंच उसे अपना काम नहीं करने देगा और बुरा हुआ तो इन सबसे पहले थानेदार साहब लार टपकाते हुए आ जायेंगे। दादी–पोती दोनों ही चिन्ता में थीं कि जायें तो जायें कहाँ?

एक तरफ कुआँ दूसरी तरफ खाई तो सुनी थी, पर यहाँ तो चारों तरफ दूर दूर तक कुएँ और खाइयाँ दिख रही थीं। मौत के सिवाय कोई रास्ता नहीं सूझ रहा था। या तो मर जायें या फिर जीते जी समर्पण करके मरती रहें।

पोती ने हिम्मत की। उसी ने कहा, ''दादी, डरो मत। सब कुछ समय पर छोड़ दो। जो होगा, देखा जायेगा। जीवन के लिए ज़रूरत होगी तो इन कुत्तों को बोटी खाने देंगे, पर अभी से क्यों आत्मसमर्पण करें?'' पोती की हिम्मत और संकल्प देखकर दादी ने भी यह सोचकर इरादा कड़ा किया कि कल तक मेरा कहा न मानने वाली आज मेरी ही बात कह रही है तो ज़रूर यह भगवान की इच्छा होगी।

चार

सुरा काकू की बात में रोचकता कुछ ज़्यादा ही लग रही थी, इसलिए जनता जनार्दन में पिन ड्रॉप साइलेंस हो गया था। यह चुप्पी तो ठीक थी, लेकिन बीच में बिना बोले बीड़ी या ज़र्दे की मनुहार तो चलती रहनी चाहिए। उसमें कैसी कंजूसी? काकू ने पल भर विराम देते हुए नज़र को घुमाई, सभी के कमीज़ की आगे वाली जेब टटोलीं। एक युवक की आगे की जेब में अच्छा, खासा उभार था जिसे वह छुपाने की कोशिश कर रहा था। उसे इशारा करते हुए बोले, ''सांढे की राखी हे ब्याए पछे ई कोनी (सँभाल कर क्या रखी है? बच्चे पैदा करके बढ़ने से तो रही)। क्या है बीड़ी या सिगरेट? जला कर पकड़ा।'' असल में वह युवक छिपाने का प्रयत्न इसीलिए कर रहा था कि आज उसने बड़ी मुश्किल से सिगरेट का एक पैकेट हासिल किया था। वह पैकेट बीड़ियों के बण्डल के साथ इस जेब में रह गया था। बीड़ी पिलाने से इंकार नहीं था, लेकिन सिगरेट का ख़र्चा सोच–समझ कर करना पड़ता है। अब कुछ नहीं हो सकता था क्योंकि वह काकू की एक्स–रे जैसी भेदी नज़रों को जानता था। वे पक्का पहचान गये थे कि बीड़ी के साथ सिगरेट भी है। वह छुपाता भी तो काकू जनता जनार्दन से जेब की तलाशी के लिए कहते और

कहानी इस रोचक मोड़ पर है कि जनता में उसके पक्ष में कोई नहीं होता। सभी काकू के साथ खड़े होते। उसने बड़े दुखी मन से पैकेट को हाथ लगाया। जेब के बाहर से ही उस पर ऐसे हाथ फिराया जैसे बकरों का मालिक उन्हें कसाई को बेचने से पहले भीगी आँखों से उनके धुँधलाते चेहरों को देखते हुए पीठ पर हाथ फिराता है। मालिक कभी नहीं चाहता कि बकरों को बेचे, परन्तु खुद के जीवन के लिए वह उसकी मौत का सौदा करता है। आख़िर बड़े उदास मन से उसने एक सिगरेट निकाली और जला कर काकू को पकड़ाई। काकू ने दोनों नथुनों से दो बार मुनाबाव (हिन्दुस्तान) से खोखरा पार (पाकिस्तान) जाती रेल की तरह धुआँ निकाला। फिर उन्होंने तर्जनी और मध्यमा के बीच में सिगरेट की गर्दन यूँ दबाई, जैसे दुश्मन देश में पहुँच गये हैं और उसके सैनिक का गला दबा रहे हैं।

दो सुट्टे मारने के बाद धुएँ के छल्लों के साथ बोले, ''हाँ तो मैं कह रहा था कि अगले दिन सुबह दादी उठी और लफंगों के दौरे शुरू हो जायें, उससे पहले नहा–धो पूजा करके माराज (पंडित) के पास गयी। जैसा पिछले क़िस्से में मैंने बताया, माराज सच में ग़रीब ब्राह्मण थे जो थोड़े में सन्तुष्ट होता है। छोटी–मोटी मानसिक समस्याओं के लिए छोटे–मोटे उपाय, मन्त्र–तन्त्र टोणे–टोटके भी बता देते थे। दादी को भी विश्वास था कि वे ज़रूर कोई उपाय बतायेंगे।

उन्होंने उपाय बताया। घर के पिछवाड़े तुलसी का पौधा था। वापस आ कर दादी ने वहाँ से एक छोटा पौधा उखाड़ कर गवाड़ी की आगल के पास लगाया। उसे पानी देकर लाल कपड़ा ओढ़ाया पास में कुछ कोयले रखे, थोड़ा सिन्दूर और तेल भी रखा और फिर दीया जला कर घर में आ गयी। अन्दर आने पर पोती ने पूछा तो सारी बात बता दी कि माराज ने क्या कहा और वह क्या करने जा रही है। ऐसी ख़बरें गाँव में चटख़ारे लेकर सुनाई जाती हैं और जंगल की आग की तरह फैलती है। दादी ने पोती को सारी बात नहीं बताई होगी। तब तक सारा गाँव वह बात जान चुका था कि आज शनिवार को डोकरी ने घर के बाहर कोई मैला जादू किया है,

जिससे किसी का बुरा किया जा सके या किसी को मारा जा सके। उसने क्या किया था, यह तो वही जानती थी, माराज जानते थे या फिर भगवान जानते थे, पर उसका इतना असर ज़रूर हुआ कि आज के दिन कोई भी उनकी चौखट तक नहीं आया। अगले दिन उसने फिर यही दोहराया। अब शाम को भी एक दीया और गूगल का धूप तुलसी के पास रखने लगी। अड़ोस–पड़ोस के बिना देखे, गूगल की गन्ध से ही ख़बर हो जाती कि दादी कुछ कर्मकाण्ड कर रही है। दो–तीन दिन बाद ही आमवस्या थी। उस दिन सुबह काली कम्बल ओढ़ कर बहुत देर तक दादी बाहर बैठी रही। कुछ मन्त्र मन–ही–मन बुदबुदाती रही। अब किसी और के घर जाना दादी–पोती ने लगभग बन्द कर दिया था। कामण (जादू) के ख़ौफ़ से कोई चाहते भी नहीं थे कि वे उनके घर आयें। कोई गुण्डा, बदमाश, लफंगा उनके घर आता तो दादी गालियाँ बकने लगती। होठों से कुछ मन्त्र जैसा बुदबुदाने लगती। कभी कुछ गेहूँ या चावल के दाने आने वाले की तरफ फेंकती तो कभी बुदबुदाते हुए मन्दिर में फेंके जाने वाले चरणामृत की तरह बिना कारण उस पर पानी फेंकती। उन लोगों को देखते ही अजीबोग़रीब हरकतें करने लगती। इसका असर यह हुआ कि अब उनके यहाँ कोई नहीं आता। वे कुएँ पर पानी लेने जातीं तो उन्हें देख कर हर कोई डर कर सहम जाता। किनारे होकर पहले उन्हें पानी भरने देते।

थोड़े दिन बाद ख़बर आयी कि किसी ने डोकरी को श्मशान में घूमते देखा। कुछ दिनों बाद फिर ऐसी ही ख़बर आयी कि पड़ोस के गाँव में कोई मौत हुई थी। संध्या पूर्व वे लाश को जलाकर गये। देर रात खेतों से घर आने वाले लोगों ने देखा कि डोकरी वहाँ रोटियाँ पकाकर खा रही थी। कुछ दिनों बाद फिर किसी ने कहा कि कोई अपने खो गये पशुओं को ढूँढ़ने गया था और जब देर रात वापस आ रहा था तो निर्वस्त्र डोकरी को श्मशान की तरफ जाते देखा। ऐसे कितने ही क़िस्से। जितने मुँह उतनी बातें। देखा अनेक लोगों ने, लेकिन उनमें से किसी एक भी चश्मदीद का नाम सामने नहीं आया।

अधिकांश घरों में सुबह की चाय के साथ चटकारे लेकर जो बात शुरू होती, वो रात के ब्यालू के बाद सोते समय एक भय और सिहरन के साथ पूर्ण होती। पूरे गाँव में एक भय का माहौल बन गया कि डोकरी मेला जादू जानती है। वह चाहे उसे मार सकती है, सता सकती है, बीमार कर सकती है। अब दादी–पोती ने अपने निवृत्त होने, पानी–लकड़ी लाने या फिर गाय–बकरी के लिए जितना जरूरी हो उतनी ही घर से बाहर निकलनी लफ़ंगे हों, गुण्डे–बदमाश हों, या फिर मास्टर पटवारी, ग्रामसेवक, सरपंच– सभी ने उनके यहाँ जाना बन्द कर दिया।

डोकरी के मैले जादू से सब डरे हुए थे, लेकिन छोकरी के छूट जाने का दुःख उन सभी को था। यह अलग बात है कि सुख के दिनों में जब कोई एक उस लड़की के पास जाता था तो दूसरे को वो सुहाता नहीं था। अनेक बार उन सभी के आपस में लड़ाई–झगड़े भी हुए थे, लेकिन इस वक़्त वे समदुखी थे, इसलिए सब साथ थे। एक रात सभी पीड़ितजन की एक मीटिंग स्कूल में रखी गयी। डोकरी को गालियाँ देते हुए वे सब असली मुद्दा तो भूल गये कि डोकरी के मैले जादू की रोकथाम के लिए उन्होंने मीटिंग रखी है। मन की पीड़ा जुबान पर आने लगी कि राँड़ खुद कौन–सी सती–सावित्री है जो पोती को सती बनाने चली है। उसके क़िस्से हमें मालूम नहीं हैं क्या? वैसे भी इस जाति वालों की बहू बेटियाँ कब से सती सावित्रियाँ होने लगी हैं? कब तक वह पोती को घर में छुपाए रखेगी? कल को बरसात भी होगी, खेत भी जोते जायेंगे, गाय–बकरी के साथ भी जाना पड़ेगा, तब कहाँ–कहाँ साथ–साथ घूमेगी डोकरी? किसी छोरे ने कुछ कर दिया तो कौन साथ देगा। ऐसी कामणगारी का? यहाँ तो सब खुल कर बोल रहे थे, पर डोकरी के घर जाकर ये सब बातें कौन बताये? मन की बात कि उसकी पोती सती–सावित्री बन गयी है, उसे ऐसा नहीं होना चाहिए। यह तो वे डोकरी क्या अपने घर, लुगाई, माँ, बाप या किसी भले आदमी को भी नहीं कह सकते थे।

अगले दिन दादी–पोती जब कुएँ पर पानी लेने आयीं तो इन लोगों ने उन्हें घेर कर चेतावनी दी कि गाँव में ये कामण मैला–जादू वग़ैरह नहीं चलने देंगे। हमारे भी घर–परिवार है, बहू–बेटियाँ है। तुम क्या सोचती हो, सबको जादू से मार डालोगी और हम देखते रहेंगे?

डोकरी ने हाथ जोड़कर कहा, ''बापजी, मैं कोई कामण नहीं जानती, न ही किसी का कुछ बुरा करने की नीयत है। जिसका बुरा खुद रामजी ने ही कर दिया, वह किसी का क्या बुरा करेगी? म्हे तो म्हारे राम जी ने सिमरन करूँ और दिन काटूँ। आप सबको कोई बेम (वहम) हुआ है। मन में बेम मत राखो।''

उसकी हाथा जोड़ी और सफ़ाई देने के बाद भी उन्होंने चेतावनी दी कि यूँ बेवकूफ़ किसी और को बनाना। हम सब जानते हैं कि तुम क्या करती हो? इतनी ही भली और साफ़–सुथरी है तो खुद की पोती को बाहर क्यों नहीं निकलने देती? बोलो, क्या कारण है?

डोकरी क्या बोलती? उसने मन में सोचा, कारण उसे बताया जाता है जो जानता नहीं हो। जो खुद ही कारण हो, उसे कैसे बतायें?

उनमें से एक बोला, ''हमें पता है, रात भर जागकर जगह–जगह कढणे (टोने–टोटकों से अभिमन्त्रित की हुई वस्तुएं) डालती हो। उनमें कहीं पोती का पग न आ जाये, इसलिए उसे तो घर से बाहर नहीं निकलने देती हो, परन्तु हम सब भुगतते रहें, हमारे घर की बहू–बेटियाँ, बच्चे मरें, हम मरते रहें, परन्तु यूँ डर कर हम सब घर में नहीं बैठेंगे।''

डोकरी के मन में तो आया कि कह दे, तुम्हारे जैसे नीच घर में बैठ जायें तो सबका डर ख़त्म हो जाये। मेरी पोती ही क्यों, दुनिया की सारी पोतियाँ निश्चिन्त होकर बाहर घूमती रहें, पर इस गणतन्त्र में ग़रीब को तो बोलने का हक़ भी कहाँ होता है? ऊपर से वह तो स्त्री भी, विधवा भी, अकेली भी। उसे तो बोलने क्या, जीने का हक भी नहीं है। जिनकी मेहरबानी से जी रही है, उनके ही विरुद्ध क्या बोलेगी? वो तो चेहरे पर तेड़ें (झुर्रियाँ) आ गयी हैं और ठीक से चलने–फिरने की उम्र भी नहीं रही। अगर जवान होती तो ये लोग यह कहकर मार डालते कि राँड़ गाँव को बिगाड़ रही हैं।

कैसे भड़वे है कि असल में कोई बिगाड़ती हो तो उसे समाज सुधारक का ख़िताब दे देते हैं। उस पर सभी का प्यार उमड़ने लगता है। कोई कन्धे पर हाथ न रखने दे तो वह 'गाँव बिगाड़ू राँड़' हो जाती है। उससे ये सब घृणा करने लगते हैं। ख़ैर, यह तो डोकरी के जी का गांगरा था (मन में चलती बातें), जिसे किस से कहती?

उसको मौन देखकर वे लोग बोले, "हमें पता था कि तुम्हारे पास हमारे सवाल का कोई जवाब नहीं होगा। एक बात साफ सुन लो। यह भूत–भूतनियों की पूजा पाठ बन्द कर दो या फिर अपनी पोती को भी बाहर भेजा करो तो हमें यक़ीन आ जायेगा कि तुम कामण नहीं करती हो।"

उनकी असली पीड़ा सुनकर दादी–पोती को ज़ोर–से हँसी आयी। उसे बड़ी मुश्किल से दबायी लेकिन घर जाकर दादी–पोती बहुत देर तक एक–दूसरी को देखकर रोती रहीं। फिर सोचने लगीं कि क्या किया जाये? कहने वाले और उनके पीछे कौन लोग हैं, वे दोनों जानती थीं। उनकी पीड़ा भी जानती थीं। वे सब बातें भी जानती थीं जो इन लोगों ने गाँव में फैलाई थीं।

पाँच

क़िस्मत भी रुठती है तो ऐसी रूठती है कि वह आँसुओं की बरसात से खेती के इरादे रखती है। यही इन दादी–पोती के साथ हुआ। इनकी बदक़िस्मती इनके साथ चौसर खेलने लगी। उन लफंगों में से एक को पीलिया हो गया।

उसके अगले ही दिन उसके घर के दरवाज़े के सामने लाल कपड़े में बँधे कुछ कोयले, सुपारी, सफ़ेद लम्बे बाल, गेहूँ और हल्दी पड़े हुए मिले।

सूरज चार पुरस चढ़ा भी नहीं होगा कि सरपंच की चण्डाल चौकड़ी उनके घर पहुँच गयी। लड़के के परिजनों को बताया गया कि यह सब उस डोकरी की करामात है। कामण किये गये हैं। अविश्वास का कोई कारण नहीं था क्योंकि सुबूत सभी लोगों के सामने था।

सरपंच के साथ आने वाले एक लड़के ने बताया कि उसके पेट में दर्द था। रात तीन–चार बजे निवृत्त होने के लिए जा रहा था कि इधर से डोकरी को निकलते हुए देखा।

कुछ लोगों ने असहमति जताई। बोले, बापड़ी (बेचारी) डोकरी खुद के दुखों से ही मरी पड़ी है। वह क्या दूसरों को मारेगी? भगवान ने ही उसे ख़ूब दुःख दिये हैं। अब और इल्ज़ाम लगाकर क्यों परेशान कर रहे हो?

सरपंच साब बोले, "भगवान का नाम लेकर भगवान को बदनाम मत कीजिए। वह तो सभी का मंगल करता है। लोग अपने–अपने पापों के फल से दुखी होते हैं।"

इस बात से सभी ने सहमति जताई। उन्होंने भी जिन्होंने अभी–अभी कहा था कि डोकरी को भगवान ने दुःख दिये हैं। सही भी था डोकरी राज़ी हो या नाराज़ फ़र्क़ नहीं पड़ता, लेकिन भगवान को नाराज़ करने का रिस्क कौन ले? क्या पता, अभी किसी कोने बैठे हुए सुन रहे हों कि अच्छा, ये मेरे को बदनाम कर रहा है ! अब देखता हूँ इसे। इसलिए सभी ने अपनी ग़लती के लिए हाथ जोड़े, कान पकड़े और 'श्री राधे कृष्ण और श्री सीता राम' के नाम के उच्चारण के साथ दो बार आँखें मिचकाई और माफी की प्रक्रिया पूर्ण की। अब भगवान तो बिना किसी तर्क–वितर्क और बहस के इस अदालत से बरी हो चुके थे। दूसरी बात यह तय हुई कि डोकरी और उसकी पोती के दुखों का कारण उनके द्वारा किये गये पाप थे। कौन–से पाप, कैसे पाप– इस डिटेल में जाने की अदालत ने आवश्यकता नहीं समझी। वैसे डिटेल में जाते तो एक नहीं सैकड़ों पाप गिनाए जा सकते थे। इसलिए उनके पक्ष में सोचने वालों के लिए उचित यही था कि वे अपना मुँह बन्द रखते।

एक–दो ज़्यादा उत्साही और ईमानदार युवक उचके ज़रूर थे कि डोकरी और पोती ने जो पाप किये हैं, उनमें दूसरे लोग भी तो भागीदार होंगे। वे कौन हैं?

लेकिन उन्हें सर्वसम्मति से इस अकाट्य तर्क के साथ चुप करा दिया गया कि तुम अपने बारे में जानते हो, अपने बाप–दादा के बारे में क्या जानते हो? डोकरी अस्सी साल की होने आयी है। कोई अभी तेरे या मेरे बाप–दादा पर कीचड़ उछालेगा तब क्या होगा? कौन–कौन अपने दादा या परदादा को स्वर्ग या नरक से गवाही के लिए ले आयेगा? इसलिए यह मामला न उछले तो ही ठीक है। डोकरी और उसकी पोती के करम–धरम वे जानें और उनका काम जाने। हम तो अभी इस लड़के की बीमारी का हल ढूँढ़ने बैठे हैं, उसकी चिन्ता करो।

एक उत्साही युवक फिर बीच में बोला कि बीमारी का इलाज तो डॉक्टर के पास है उसमें हमारी इस पंचायत का क्या काम?

सरपंच डांटने के सुर में बीच में बोला, "तेरी हल्क़ी ज़्यादा है तो उसे बार–बार उचका मत। हम सब भी गधे नहीं हैं। जो बीमारी टोने–टोटके से हुई है उसमें डॉक्टर क्या करेगा? घर के आगे पड़ा हुआ यह कढणा नहीं दिख रहा है?"

सरपंच द्वारा दी गयी गाली उस युवक को गवारा नहीं हुई। वह उठकर जाने लगा। जाते–जाते कह गया कि मेरी तो हल्की ही सही तेरी बहुत भारी हो गयी लगती है। अगली बार वोट आने दे। देखना इसे कैसे हल्की करते हैं। मैं तो सही बात के लिए उचक रहा था तू तो तब बिना बात के भी उचकेगा। मैं तो थोड़ा–थोड़ा ही उचक रहा था, तू तो ऐसे उचकेगा कि जैसे नीचे आग लगा दी हो। 'नीचे' की जगह उस युवक ने सिर्फ 'नीचे' नहीं कहा बल्कि भोजन तन्त्र के अन्तिम अंग का नाम भी लिया।

उसके द्वारा लिए गये इस त्याज्य शब्द की सभी श्रोताओं द्वारा कड़े शब्दों में निन्दा की गयी और बोले कि कुएँ, सड़क, चाय के ढाबों, खेत–खलिहानों व अन्य जगहों पर पुरुषों द्वारा प्रयुक्त किये जाने वाले ऐसे शब्दों का घरों में इस्तेमाल नहीं किया जाना चाहिए क्योंकि बच्चों पर बुरा प्रभाव पड़ता है।

इस बात पर बाहर खड़े बच्चे 'हीं हीं हीं' करते एक–दूसरे को देख कर इनकी बेवकूफ़ी भरी बातो पर हँसने लगे, जिसका तात्पर्य था कि

वे तो पहले से ही इन शब्दों को जानते हैं। रोज़ आप लोगों से सुनते हैं और प्रयोग में भी लेते हैं। अब उससे कौन–सा बुरा प्रभाव पड़ना है?

सरपंच को उस लड़के की बात बुरी तो बहुत लगी, परन्तु चुप रह कर उसे जाने देने में ही भलाई समझी। उसने तो वोटों के समय अंग विशेष में आग लगने की कही थी, लेकिन सरपंच के तो वहाँ पर अभी आग लग गयी थी। उस लड़के के जाते ही बोला "हे राम! कैसा कलजुग आ गया है? बड़े–छोटे का लिहाज भी नहीं रहा। मेरे पोते के उम्र का है और ज़ुबान कैंची की तरह चलती है। हमारे ज़माने में कोई बूढा आदमी जूता भी मार देता, मैं तो कहता हूँ, जूता ही क्यों, माथा भी फोड़ देता तो वापस जवाब हम तो क्या, हमारे माँ–बाप या दादा दादी भी नहीं देते थे। एक ये पूत है, मेरे जैसे बूढ़े आदमी के मुँह पर, जूता मार कर चले गये।" अपनी बात पूरी कर सहानुभूति बटोरने के लिए सरपंच ने फटे जूते जैसा मुँह बनाया और चारों तरफ़ एक–एक चेहरे को ग़ौर से देखा। और कोई समय होता तो बीते ज़माने के नाम पर हर कोई उनके साथ होता, पर आज उनके दो–चार चमचों के सिवाय किसी ने इशारे से भी उसका उत्साहवर्धन नहीं किया। सरपंच ने जज कर लिया कि यह माहौल उनके अनुकूल नहीं है।

फिर भी उसने बात समेटने के लिए बात आगे बढ़ाई, "अगर आप लोगों को लगता है कि यह टाबर इस कढणे के कारण बीमार नहीं हुआ है तो भले ही इसे डॉक्टर के पास ले जायें। फिर कुछ बिगड़ जाये तो यह मत कहना कि हमें बताया नहीं था। बुजुर्ग और सरपंच होने के नाते मेरा धरम है कि सही बात बताऊँ। बाकि जैसी आप सभी की इच्छा। आप सब जानते हो कि अंग्रेज़ी पढ़े डॉक्टरों को टोने–टोटके न तो समझ आते हैं और न ही वे मानते हैं। वे तो आँखें बन्द कर ढूँगों पर सूइयाँ ठोकते रहेंगे। मरीज़ मरे या जिए, इससे उन्हें कोई मतलब नहीं। भगवान न करे कुछ हो पर, अगर जायेगा तो टाबर हमारा जायेगा। डॉक्टर के बाप का क्या जायेगा? उन्हें तो उनका रुपया पूरा मिलेगा।"

इस बात ने सभी को गहरी चिन्ता में डाल दिया। सभी ने थोड़ी–बहुत सहमति जताई। जो युवक चला गया था, उसके मित्र युवक ने जो अभी भी सभा में बैठा था, सरपंच की बात पूरी होने पर 'ऑब्जेक्शन मी लॉर्ड' जैसे अन्दाज में कहा कि अब किसी को कोई आपत्ति क्यों नहीं है, जब सरपंच 'ढूंगों पर सूइयाँ' ठोकने की बात कर रहे हैं? क्या यह गाली नहीं है? या केवल युवकों के लिए गालियाँ प्रतिबन्धित है और बुजुर्गों के मुँह से निकलते ही वे हीरे–मोतियों से जड़ कर पूजनीय शब्द बन जाते हैं?

एक बार फिर से सरपंच के आग लग गयी, लेकिन उसके ताप को ज़ब्त करते हुए वह चुप बैठा रहा। उसकी चण्डाल चौकड़ी में से एक जना बोला, "अरे, ये शब्द तो अब पुरुष क्या, महिलाएँ और उनमें भी सिर्फ बूढी नहीं युवतियाँ और लड़कियाँ तक घरों में बोलती रहती हैं। उसको भी तुम गाली कहोगे क्या?"

"ये कौन–सी बात हुई कि अगर महिलाएँ किसी शब्द को प्रयुक्त करे तो वह गाली नहीं रहता है" "हालाँकि उन लोगो का तर्क तो बेतुका था, पर बात सच थी कि बात–बात पर यह शब्द घरों में भी बोला जाता था और इसलिए उसमें गाली वाली धार नहीं रही थी। उसकी धार इतनी कुन्द हो गयी की थी गाली वाली फ़ीलिंग ही नहीं आती थी। इसलिए सर्वसम्मति से इस शब्द पर चर्चा स्थगित कर दी गयी।

उधर चेहरों को पढ़ते हुए, उनकी गम्भीरता देख सरपंच को लगा कि माहौल फिर से उनके पक्ष में बन रहा है। ऐसे में थोड़ा और समय देना उचित लगा। उन्होंने पीलिया से ग्रसित लड़के के बाप से बीड़ी माँगी जो अभी तक जेब में ही रखे था जबकि इस समय उसका धरम था कि अभी तक बीड़ियों के बण्डल लोगों के बीच में रखे जाने चाहिए थे और चाय आ जानी चाहिए थी।

अपने दुःख में उलझे उस बेचारे को यह बात उसे सरपंच के बीड़ी माँगने पर ही याद आयी। उसने इस भूल के लिए माफ़ी माँगी और छोटे बेटे को आवाज़ दी, जो बाहर खड़ा होकर यह नौटंकी देख रहा था।

उसे घर की तरफ दौड़ाया। वह जाता, उससे पहले ही तीसरा बेटा चाय, बीड़ी और अमल (अफीम) लेकर पहुँच गया।

आदमी ग़लती कर सकता है या भूल सकता है, लेकिन औरत का बेटा क्या, वह स्वयं भी बीमार हो तो भी ग़लती कैसे कर सकती है? उसका हर अपराध अक्षम्य होता है, इसलिए उसकी पत्नी ने सब याद कर भेज दिया था और बच्चे के साथ यह भी पुछवाया था कि खाना कितने लोगों का बनाना है। ख़ैर, वे सब बातें तो औरतें करती रहती हैं, महत्त्वहीन होती हैं। उनका तो धरम है ऐसा करना।

सरपंच साब अब तक बीड़ी का आख़िरी कश ले चुके थे, इसलिए दोनों नथुनों और मुँह से एक साथ ख़ूब सारा धुआँ निकला। बीड़ी के टुकड़े को तीन बार आँगन में रगड़ कर बुझाया और फिर फैंका। ऐसा लगा, जैसे जलता रह जाता तो सभी लोग उसके धुएँ से दम घुट कर मर जाते। उसके बाद 'पिच' करते हुए उस टुकड़े के ऊपर थूका। पता नहीं अपना सामर्थ्य जाँच रहे थे कि कितना दूर तक थूक सकते हैं या फिर बीड़ी के बचे–खुचे अंश को फ़ायर ब्रिगेड की तरह धार देकर बुझाना चाह रहे थे, वे ही जानें। अब गला खंखार कर बोले, "इलाज के लिए जैसा आप सभी लोग उचित समझें, वैसा करें। चाहें तो डॉक्टर के पास ले जायें और चाहें तो भोपे के पास, लेकिन बीमारी का कारण ढूँढ़ना जरूरी है ताकि बाकि जो बचे हुए टाबर हैं, वे तो नहीं भुगतें। ऐसा नहीं हो कि कल को पूरा गाँव इसकी तरह पीला हो जाये। गाँव को बचाने की उनकी चिन्ता वाजिब लगी, इसलिए सभी ने एक साथ हुंकारा भरा। यह सामूहिक हुँकारा इतना ज़ोर–से था कि लड़के की माँ ने भी सुना। रसोई में उसके हाथ–पाँव की गति बढ़ गयी क्योंकि यह अलार्म था कि महत्त्वपूर्ण निर्णय हो चुका है, अब भोजन मँगवाया जायेगा।

हर बीमारी का कारण होता है, यह चिकित्सा विज्ञान कहता है। उस कारण के पीछे एक और कारण होता है और उस कारण का भी कारण होता है। इस तरह से चैन का एक सिरा पकड़ते हैं तो अन्तिम सिरे तक पहुँचते हैं और फिर उस अन्तिम कारण को ख़त्म करके उस बीमारी को ख़त्म किया जा सकता है।

जैसे मलेरिया के लिए प्लाज़्मोडियम प्रोटोज़ोआ ज़िम्मेदार होता है, उसके लिए मच्छर, मच्छर के लिए ठहरा हुआ पानी ज़िम्मेदार होता है। सरपंच साब बोले अगर हम चैन के उस आख़िरी छोर पर हमला करके ख़त्म कर दें यानि ठहरे हुए पानी को न रहने दें तो मलेरिया अपने आप ख़त्म हो जायेगा।'' तार्किक रूप से बात ठीक थी। हालाँकि यह अलग बात है कि मलेरिया और मच्छरों ने ऐसे सैकड़ों विद्वान और कर्मठ सरपंच देख लिए, पर आज तक उसी गति से फैलता जा रहा है, परन्तु इस समय सभी ने उनकी यह असफलता याद दिलाने की बजाय सभ्य नागरिकों की तरह फिर से एक बार हुंकारा भरा। उधर, लड़के की माँ के हाथ–पैर और तेजी से चलने लगे।

सरपंच साब ने रस्सी तो बिछा दी थी। अब बस उसका आख़िरी सिरा ढूँढ़ना था कि वहाँ कौन बैठा है? जिस समय की बात है, उस समय तक पीलिया की पूरी चैन तो डॉक्टर भी नहीं ढूँढ़ पाए थे तो सरपंच के बाप–दादा भी कौन–सा तीर मार लेते? वैसे भी सरपंच को पीलिया को तीर मारने से ज़्यादा रुचि दादी–पोती के तीर मारने में थी। बाबा तुलसी पहले ही कह गये हैं कि समरथ को दोष नहीं गुसाईं। दुनिया का सरपंच यानि भगवान तो सबका मंगल करता है, वह दोषी नहीं। भगवान किसी का बुरा नहीं करता। सबको कर्मों के फल भुगतने होते हैं। यह कहकर आज की अदालत भगवान को तो पहले ही निर्दोष साबित कर चुकी थी। गाँव का सरपंच भी गाँव का मंगल चाहता है। वह दोषी नहीं हो सकता। फिर दोषी कौन? सीधी–सी बात है अगर समरथ का दोष नहीं तो फिर किसी असमरथ का ही दोष होगा।

सरपंच साब बोले, ''मुझे तो इसके पीछे साफ–साफ डोकरी के कामण दिख रहे हैं। न मानो तो भुगतते रहो। मेरे बाप का क्या जाता है? जब तक उसे नहीं रोकेंगे, यह मेलीवाड़ा (गंदगी) गाँव से नहीं, निकलना। आज इनके यहाँ है, कल किसी और घर में, परसों तीसरे घर में होगा। ज़्यादा मैं क्या कहूँ, आप सब समझदार हैं। मेरा तो वह नीच, कल का छोरा ही माजना पाड़ गया (बेइज़्ज़त कर गया) फिर भी कोई नहीं बोला तो मैं क्यों भूंड (बुराई) लूँ?'' इसके साथ ही सरपंच और उसके चमचे उठ गये और अदालत बिना निर्णय के स्थगित हो गयी।

छह

यह होली के बाद का समय था। इस समय सर्दियाँ ख़त्म होकर गर्मियाँ शुरू होती हैं तो बदलते मौसम में अक्सर खाँसी ज़ुकाम–बुखार होते हैं। मक्खी–मच्छर भी बढ़ गये थे। शायद उनके कारण भी मलेरिया–टाइफ़ाइड जैसे बुख़ार का प्रकोप बढ़ा हो या फिर सच में उस डोकरी ने कोई जादू–टोना सीख लिया हो वो ही जाने लेकिन यह सच था कि गाँव में अनेक लोग बुख़ार, ज़ुकाम, पेट दर्द, उल्टी, दस्त से पीड़ित थे। ऐसा हर साल होता है, लेकिन सरपंच ने गाँव वालों को एक झुनझुना पकड़ा दिया था। भारत के लोगों ने सभी राजनीतिक पार्टियों को राज देकर जान लिया कि कमोबेश सभी एक जैसे ही हैं फिर भी जिसने जिस पार्टी का झुनझुना पकड़ रखा है, वह उसे ही बजाता है, उसे ही सुनता है। शेष सारे झुनझुनों की आवाज़ उसे सुनाई नहीं देती। वह गौण हो जाती है। यही काम सरपंच ने किया था। उसने डोकरी के कामणों का ऐसा झुनझुना पकड़ाया कि अब कोई भी किसी भी बीमारी का ज़िक्र करता तो गाँव के अधिकांश लोगों के चेतन या अवचेतन में एक बार उस डोकरी की सूरत आँखों के सामने तैर जाती।

यह सब चल ही रहा था कि एक और लड़के को पीलिया हो गया। उसके बाद एक–एक कर के कुल पांच लड़कों को पीलिया हो गया। अब गाँव में ख़बर फैल गयी कि डोकरी ने उन पर कामण कर दिये हैं। इतना ही नहीं, इस ख़बर में यह भी कहा गया था कि यह तो उसके कामणों का टैस्ट है। जिस दिन सफल होगी यानि कोई एक मर जायेगा, असली प्रलय तो उसके बाद आयेगी। क्योंकि डोकरी ने क़सम खाई है कि गाँव में किसी को भी नहीं छोड़ेगी। घर दीठ एक बलि तो उसे चाहिए ही चाहिए। ज्ञानी जन कहते हैं कि बाल हठ, त्रिया हठ और राज हठ अपनी ज़िद पूरी करके ही मानते हैं। बाकि आप सब समझदार हैं।

जगिया जब अकेले में सुरा काकू की सुनायी इस बात को याद करता है तो उसे आज के ज़माने का व्हाट्सएप्प और आई. टी. सेल याद आ जाता है। उसे लगता है, इनका अस्तित्त्व सदियों से रहा है। बस, स्वरूप भिन्न रहा है और सीमाएँ अलग–अलग रही हैं। अब ग्लोबलाइजेशन होने और इंटरनेट की वजह से सारी दुनिया की सच्ची–झूठी ख़बरें परोसी जाती हैं। उस वक़्त इनके न होने से गाँव और उसके आसपास की ख़बरें ही परोसी जाती थीं।

कुछ भी कहें, ख़बर सच्ची थी या झूठी, किसी को नहीं पता। उसका स्रोत ज्ञात करना न तो सम्भव था और दो–चार ख़ब्ती लोगों को छोड़, न ही किसी को रुचि थी। अब तक डोकरी की इमेज ऐसी बन चुकी कि जो उसे मासूम और लाचार समझते थे, वे लोग भी उसके घर जाने से डरने लगे थे। सुबह उठने पर अनेक घरों के सामने लाल कपड़े में बँधे हुए लम्बे सफेद बाल, कोयले, हल्दी की गाँठें, सिन्दूर, नारियल, सुपारी मिल जाते थे, अधिकांश नीम, खेजड़ी या जाल के पेड़ जहाँ बच्चे खेलते थे, उनके नीचे भी ये मिलने लगे। माँ–बाप बच्चों को घर से बाहर निकलने से मना करने लगे। रात–बिरात औरतों और बच्चों का निकलना तो बन्द हो ही गया था, आदमियों के निकलने पर भी अघोषित प्रतिबन्ध लग गया। रात के अँधेरे में देखी जाने वाली हर मानवाकृति भूत–भूतनी–चुड़ैल या डोकरी नज़र आने लगे। देर रात और सूर्योदय से पूर्व पशुओं व खेतों के काम में मुश्किल आने लगी। हर एक शख़्स की निगाहें दूसरे से प्रश्न पूछती रहती थीं कि इस तरह से घरों में दुबके हुए कब तक बैठेंगे? सवाल सभी के पास था लेकिन जवाब किसी के पास नहीं। महिलाओं और बच्चों को तो घरों में बन्द हुए कोई महीना भर होने आया था। अवसाद से घिरने लगे थे और उनके कारण पूरे घर में ही अजीब–सा चिड़चिड़ापन, उदासी और भय व्याप्त हो गया था। किसी एक घर नहीं बल्कि पूरे गाँव में एक दहशत का माहौल बन गया था।

...और फिर एक दिन अचानक ख़बर आयी कि डोकरी की हत्या कर दी गयी है। गाँव को कामणों से बचाने के लिए यह पुनीत कार्य

सरपंच और उसके साथियों ने किया है। अगर ऐसा नहीं होता तो गाँव का एक–एक बच्चा पीला पड़ कर मर जाता। मामला पुलिस–कोर्ट कचहरी का था, इसलिए खुले में छाती ठोककर ज़िम्मेदारी तो नहीं ली गयी, लेकिन लकड़तार (एक से दूसरे को) से मिली ख़बर यही थी। गाँव एक दहशत से उभरा ही नहीं था कि यह दूसरी दहशत। छोटे बच्चों के बीच की लड़ाई या मारपीट को छोड़ दें तो जिस गाँव में कभी किसी के बीच हाथापाई भी नहीं हुई, उस गाँव में हत्या जैसा संगीन जुर्म सभी को स्तब्ध कर गया। बड़े तो वैसे ही दाह–संस्कार से पहले भोजन नहीं करते, पर उस दिन बच्चों तक ने रोटी के हाथ नहीं लगाया। पूरे गाँव में, किसी भी घर में चूल्हा नहीं जला। प्रेम, घृणा, नाराज़गी, विरोध, समर्थन, सहमति, असहमति– ये सब जीवन में चलते रहते हैं। गाँव हो या शहर, जहाँ एक से अधिक मनुष्य होंगे, समाज होगा, वहाँ यह सब होगा, लेकिन यह इनके जैसे छोटी–मोटी घटना नहीं थी। यह सिर्फ उस डोकरी की हत्या नहीं थी। यह गाँव की हत्या थी, यह उन परम्पराओं की हत्या थी, उस साझा संस्कृति की हत्या थी, जिसमें लोग लड़कर भी एक–दूसरे को गले लगा लेते थे, लेकिन यहाँ भी फिर वही हुआ– समरथ को दोष नहीं गोसाईं। गाँव के अधिकांश लोग आँसू बहाते रहे। कहते रहे कि हम उस निरपराध डोकरी को तो नहीं बचा सके, लेकिन उसकी हत्या के अपराधियों को सज़ा ज़रूर होनी चाहिए थी। ऐसा नहीं है कि हत्या के सुबूत नहीं थे या उसे ज़हर नहीं पिलाया गया था या उन्हें हत्या करते किसी ने देखा नहीं था, लेकिन पुलिस जाँच में ऐसा कोई सुबूत नहीं मिला कि उसे हत्या कहा जा सके। चिकित्सकीय जाँच में ज़हर, एसिड या गला घोंटने की पुष्टि नहीं हुई और कोई चश्मदीद गवाह भी नहीं था। पुलिस और अदालती कार्रवाई से यही साबित हुआ कि डोकरी रास्ते चलती जा रही थी और अचानक से हार्ट अटैक या ऐसी ही कोई बीमारी हुई, जिससे स्वाभाविक मृत्यु हुई थी।

ख़ैर, जो घटित हो चुका, उसके लिए कोई क्या कर सकता था? अकेली पोती किसके यहाँ जाती? कुछ भी हुआ हो, कैसा भी हुआ हो,

उसके पीछे की कहानी कुछ भी हो, उसका डर कैसा भी हो, आख़िर गाँव था, उसके कुछ नियम–कायदे थे, उनके कारण, लाज–शर्म के कारण बारह दिन तो गाँव के लोग–लुगाइयाँ उसके घर बैठे रहे। उन्होंने ही जन सहयोग से भोजन वग़ैरह की व्यवस्था की, इसलिए ये दिन तो निकल गये।

दुनिया में सभी अपने–अपने देश के कानून, नियम, क़ायदे के अनुसार चलते हैं लेकिन हमारे देश में अजीब व्यवस्था है। हमारे यहाँ समाज के कानून अलग है, उसकी आँखें अलग हैं और सरकार के कानून व उसकी आँखें अलग हैं। देश की सरकार ने बहुत सारे कानून तो बना दिये लेकिन समाज और कानून के मध्य की खाई को पाटना भूल गये। इस खाई के कारण यहाँ पर भी पुलिस और अदालत कुछ नहीं देख पायी, लेकिन समाज ने सब देख लिया था। हर एक गाँव तक ख़बर पहुँच गयी, हर आम और ख़ास तक यह ख़बर पहुँच गयी कि हत्या में कौन शामिल थे? हत्या किस तरह से की गयी, हत्या क्यों की गयी, यह बात लड़की के ससुराल वालों तक भी पहुँची। उन्हें भी चिन्ता हुई।

उन लोगों तक एक पक्ष से ख़बर पहुँची कि सरपंच और जिन लफंगो की नज़र इस लड़की पर थी, उन्होंने ऐसा किया है क्योंकि उन्हें लड़की हासिल करनी थी और वह डोकरी के रहते सम्भव नहीं हो पा रहा था।

दूसरा पक्ष जो सरपंच के पक्ष में था, उसने ख़बर पहुँचाई कि यह सब उसके मैले–जादू से गाँव को बचाने के लिए किया गया था और वह लड़की भी मैला–जादू जानती है, इसलिए समझदारी इसी में है कि आप अपने नौकर का उससे विवाह करा कर ले जाने के इरादे छोड़ दें। फिर भी अपने घर को टोनों–टोटकों, भूत–प्रेतों से बर्बाद करना ही चाहते हैं तो आपकी इच्छा। सलाह देना और सावधान करना हमारा काम था, बाकि मुसाफिर अपनी जोखिम पर सफ़र करें।

हत्या सरपंच और उसके साथियों ने की, यह बात इतनी सपष्ट सब जगह फैल गयी थी कि इसे ढकना सम्भव नहीं था इसलिए

सलाह देते वक़्त यह बात सरपंच ने भी स्वीकार कर ली। लड़के का मालिक असमंजस में कि अब क्या किया जाये? वह भला आदमी था, इसलिए इस लड़की को अधरझूल में अनाथ की तरह भी नहीं छोड़ना चाहता था, परन्तु कामण, टोने–टोटके जैसी परेशानियों में भी नहीं फँसना चाहता था।

सात

हर महीने की पूनम को माराज किसी एक गाँव में दान लेने जाते थे। श्रद्धा से जो भी आटा, दाल, घी, तेल या रुपया दे देता वह ले लेते थे। वैसे रुपये तो बोलना अच्छा लगता है, इसलिए बोल दिये बाकि उस समय दान में पैसे देने का ही प्रचलन था– दस पैसे, बीस पैसे, पच्चीस पैसे या फिर आठ आने। सोलह आने (एक रुपया) तो कभी वार–त्यौहार पर कोई भला आदमी ही देता था। जैसा मैंने पहले भी बताया, माराज की ज़रूरत और सन्तुष्टि भोजन सामग्री से पूरी हो जाती थी।

इस बार जिस गाँव गये, उसी गाँव में उस लड़की की सगाई हो रखी थी। लड़के का मालिक जुबान का पक्का और सुलझा हुआ आदमी था। वे भी माराज को पहचानते थे कि आदमी सच्चा है। उन्होंने अपने घर के बाहर 'जय श्री राम, हर–हर महादेव' सुना तो पहचान गये कि माराज आये हैं।

कोई और दान देने जाता उससे पहले वे पहुँचे और बोले "पाय लागूँ (चरण स्पर्श), माराज।"

माराज ने हजारी उमर हो, दूधो–नहाओ, फलो फूलो, भगवान श्री कृष्ण की कृपा बनी रहे जैसे अनेक आशीष एक लय में दे दिये, जैसे सभी को रोज़ देते थे।

यह क्रम पूरा होने पर वे माराज को खींच कर बगल में एकान्त में ले गये। फिर पूछा, "माराज, सही–सही बताइये कि बात क्या थी? क्या सच में डोकरी मैला जादू जानती थी? लोगों पर कामण किये थे उसने? क्या उसके बाद लोग बीमार नहीं हुए? आप तो जानते हो

कि मेरे हांकारा (सहमति) दिया हुआ है। ऐसे में पैर पीछे सरकाने उचित नहीं हैं, खासकर अब जब उस लड़की का कोई भी नहीं रहा है। ऐसी स्थिति में उसे भाग (भाग्य) के भरोसे बेसहारा छोड़ता हूँ तो मेरी यहाँ भी इज़्ज़त जाती है और आगे भी नरक का भागी बनता हूँ, परन्तु डरता इसलिए हूँ कि सुना है, वह भी कामण जानती है। मैं यह भी नहीं चाहता कि उसके साथ मेलड़ियाँ (भूतनियाँ, चूड़ैलें) आयें और मेरा घर बर्बाद कर दें। फिर रोज़ हम भोपों, पीर–बाबाओं के पीछे घूमते रहें, टोने–टोटके करते रहें। पूरे घर का चैन–आराम खो जाये। सच में अगर लड़की भी उसके जैसी कामणगारी है तो धूड़ बालां (भूल जायें)। बेइज़्ज़ती होगी या नरक भोगना पड़ेगा तो भोगेंगे पर जीते जी नरक तो नहीं भोगें क्योंकि भूत–भूतनियाँ–चुड़ैलें और भोपों के कारण कितने घर बर्बाद हो रहे हैं, आप से भी छाने (छुपे हुए) नहीं हैं। मैं किसी भी क़ीमत पर नहीं चाहूँगा कि मेरे घर–परिवार में भी वैसा कुछ हो।''

एक ही साँस में पूछे गये थे, पर सवाल ख़ूब सारे थे।

माराज ने एक टाबर को बुलाया और बोले, ''घर में भाभीसा को बोलो कि माराज आये हुए हैं, चाय बनाओ।'' अपनी निश्छलता और प्रेम की वजह से माराज सभी के मुँह लगे हुए थे। उन्हें किसी औपचारिकता की ज़रूरत नहीं होती थी। जहाँ मन करता था, उस घर में रोटी या चाय माँग कर खा लेते थे। अपनी चाय का ऑर्डर देने के बाद माराज बोले, ''एक ग़रीब तो मर गयी अब आप दूसरे ग़रीब को क्यों मरवाना चाहते हो? बड़े लोगों के बीच में मेरी क्यों चटनी बनाना चाहते हो? अब जो होना था, वह हो गया। गड़े मुर्दे उखाड़ने से क्या हासिल होगा? अपराधी तो तब से अब तक सांड की तरह खुले घूम रहे हैं। सुना है, पुलिस और अदालत उन्हें निर्दोष साबित करने जा रहे हैं। तब फिर आप और मैं कौन–से उनके बाल उखाड़ लेंगे?'' फिर बोले, ''जहाँ तक लड़की की बात है, आपको मेरी बात पर यक़ीन है तो आज ही उसे अपने घर ले आइए। आपका कोई बुरा नहीं होगा, आपके घर 'परिवार' ख़ानदान पर कोई आँच नहीं आयेगी।

यहाँ नहीं ले आये तो उस बेचारी पर ज़रूर आँच आ जायेगी। बाकि आपकी मर्जी।''

जिस यक़ीन से माराज ने कहा, घर का मालिक समझ गया कि सारे राज कीं बात वो जानते हैं। वो बोले, ''माराज़, विश्वास न होता तो आप से ही क्यों पूछता? गाँव में इतने लोग हैं, मैं सभी को जानता हूँ। कभी भी, किसी से पूछ सकता था, पर नहीं पूछा। मामला घर का है। इसलिए जानना चाहता हूँ कि असल में हुआ क्या था?''

माराज ने मन–ही–मन सोचा, अक्सर हम कह देते हैं कि विश्वास हो तो मान लो, न हो तो मत मानो, लेकिन अनेक बार हमें विश्वास दिलाना पड़ता है या दिलाना चाहिए। ऐसा करने के पीछे हमारी कोई ग़रज नहीं होती, लेकिन जब किसी के जीवन का कोई महत्त्वपूर्ण मसला हो तो हमें अपना अहंकार छोड़कर बात विश्वास योग्य है, यह साबित करनी पड़ती है और ऐसा करना चाहिए। आज ऐसा ही मसला था। उस अनाथ लड़की के जीवन की दिशा तय होने जा रही है उसमें मैं तटस्थ कैसे रह सकता हूँ। या मैं अपने डर के कारण उसको नरक में धकेलते हुए कैसे देख सकता हूँ? तटस्थ रहकर भी मेरी भागीदारी तो होगी ही। लोग भले ना देख सकें, पर मेरा राम तो सब कुछ देख रहा है न। एक बार उस मासूम अनाथ लड़की का चेहरा माराज की आँखों के सामने तैर आया। कभी हँसती–मुस्कराती तो कभी रोती कुरलाती, जैसे कह रही हो मेरा हँसना या रोना आप पर निर्भर है। जैसी आपकी इच्छा। माराज बोले अन्दर चलें, बैठ कर बात करते हैं।

अब तक चाय आ गयी थी। दोनों ने चाय पी और फिर माराज गला खंखारते हुए बोले, ''घटना के कुछ दिन बाद ही एक लड़का मेरे पास आया था। वह अपनी तकलीफ़ लेकर आया था। उसने जो कुछ बताया, मैं आपको बता देता हूँ। मेरा मानना है कि आदमी को जब अपनी मौत का डर हो, जब उसे लगता है कि वह मर ही जायेगा और अमुक व्यक्ति किसी तरह से बचा लेगा तब वह उसके सामने झूठ नहीं बोलता है। बचाने और मारने वाला मैं या आप कौन होते हैं,

लेकिन सामने वाले का यक़ीन उसे बचा लेता है या मार देता है। उसने खुलकर पूरी बात बताई और मुझे उसकी बातों में सच्चाई लगी, इसलिए दो–चार उपाय बताये जिससे उसे थोड़ी–बहुत राहत मिली।''

आठ

''वो रात का समय था। मैं ब्यालू करके गवाड़ी में माँचे पर सोया ही था कि आगल उठाने की आवाज़ आयी। मैंने आवाज़ दी, ''कौन?'' उधर से कोई जवाब नहीं आया। एक काली छाया आयी और मेरे पैरों से लिपट कर रोने लगी। पीछे–पीछे दो और काली छायाएँ आयीं। अब तक पहले व्यक्ति को मैं पहचान चुका था और उसके कारण बाद में आये दोनों को पहचानने में भी कोई परेशानी नहीं हुई। वो उसके पिताजी और काका थे। बड़ी मुश्किल से उस लड़के से मैंने अपने पैर छुड़ाए और पूछा कि हुआ क्या है?

तब रोते हुए उसने बताया, ''माराज, माफ करना, मैं पापी हूँ। मैं नीच हूँ, मैं हत्यारा हूँ। मैं हमेशा के लिए सारे ग़लत काम छोड़ दूँगा, पर मुझे बचा लो।''

पुलिस और अदालत को भले कुछ भी नहीं मालूम हो, पर गाँव में सबको मालूम था कि डोकरी की हत्या की गयी थी। उसमें कौन–कौन शामिल था, यह बच्चे–बच्चे को मालूम था। इसलिए अनजान बने बिना मैंने कहा, ''पुलिस तो कह ही रही है, अदालत भी मान ही लेगी कि डोकरी की हत्या नहीं हुई, स्वाभाविक मौत थी। ऐसे में तुम लोग तो बचे हुए ही हो, निर्दोष ही हो। तब फिर कौन मारेगा तुम्हे? मारना था उसे तो सब मिलकर मार चुके हो। अब कोई मारा जायेगा तो उसकी पोती या उसके जैसा कोई और ग़रीब। तुम्हारे जैसे लोगों के क्या होना है जो इतने घबरा रहे हो?''

''हाँ माराज, यह सही है कि पुलिस से हम बच गये बल्कि मैं तो यह कहूँगा कि पुलिस ने हमें बचा लिया है। हम सरपंच जैसे मज़बूत आदमी के साथ थे, इसलिए आगे अदालत से भी बच निकलेंगे, लेकिन ऊपर वाला जीने नहीं देगा। मेरा ही मन मुझे मार डालेगा।''

मुझे हँसी आ गयी।, "ऊपर वाले में यक़ीन करते हो? तब तुम्हें उस वक़्त याद नहीं आया कि वह सब कुछ देख रहा है। किसी निरपराध की जान लेने वालों में ऐसा पछतावा किस बात का? क्या तुम्हें पहले पता नहीं था कि हत्या करने जा रहे हो? नहीं भी हो तो जब उन्हें हत्या करते देखा, तब रोक नहीं सकते थे? अगर हत्या से असहमत थे, अलग तो हो ही सकते थे, परन्तु पूरा साथ दिया और अब जब खुद की जान पर बन आयी तो साधु बन रहे हो। मैं सब कुछ छोड़ दूँगा। तो छोड़ दो, किसने मना किया है या दो–चार को और मार दो क्या फ़र्क पड़ता है?"

"माराज, मेरी बात तो सुनो। मैं कब कह रहा हूँ कि मैं साधु हूँ। मैं तो कह रहा कि हूँ मैं हत्यारा हूँ, लेकिन मैं हत्या में कैसे शामिल हुआ और मेरा क्या अपराध था, इतना तो सुन लें। फिर आप जो चाहें वो सज़ा दें। उस समय पूरे गाँव का माहौल कैसा था, आप जानते ही हैं। पाँच–छः लड़के पीलिये की वजह से माँचों पर पड़े थे तो अनेक खाँसी, जुकाम, बुखार, उल्टी, दस्त से पीड़ित थे। हर रोज़ हरेक घर के सामने कढणे मिलते थे और हर नीम, खेजड़ी, जाल के नीचे वे ही कढणे।"

सरपंच ने हम लोगों को बुलाया और समझाया कि सब उस डोकरी का किया–धरा है।

हमारी ग़लती इतनी ही थी कि हम चार–पाँच लड़कों के डोकरी की पोती से सम्बन्ध थे। उन सम्बन्धों में कोई ज़ोर जबरदस्ती नहीं थी, लेकिन कई दिनों से डोकरी उसे बाहर ही नहीं निकलने दे रही थी। हो सकता है, वह भी नहीं निकलना चाहती हो, परन्तु हमें शक इसलिए होता कि उसका मन नहीं होता तो वह हमें ऐसा कह तो सकती थी या मना तो कर सकती थी, पर ऐसा कुछ नहीं हुआ।

सरपंच ने हमें बताया कि गाँव के लोगों पर कामण करने के साथ ही उसने अपनी पोती पर भी कामण कर दिये हैं। इसलिए वह लड़की तुम सबको भूल गयी है। भूली भी क्या, वह पागल जैसी हो गयी है। वह डोकरी की गुलाम हो गयी है और वह जो उसे आदेश देती है,

पोती उसे बिना किसी विरोध या सवाल–जवाब के मशीन की तरह पूरा करती है।

कोई भले इसे सिर्फ शारीरिक सम्बन्ध कहे, परन्तु मैं उससे प्यार करता था और जब सरपंच ने कहा कि डोकरी ने जादू करके उसे गुलाम बना लिया है तो मुझे डोकरी पर बहुत गुस्सा आया।

उसके बाद सरपंच ने योजना बतायी कि इस तरह से हम मिलकर डोकरी को अच्छे से धमकायेंगे, डरायेंगे तब वह यह सब काम–धन्धे छोड़ देगी तो गाँव भी उसके जुल्मों से आजाद हो जायेगा और उसकी पोती भी।

हम ईमानदारी से चाहते थे कि गाँव में चैन, सुकून, खुशियाँ लौट आयें और उसकी पोती भी आजाद होकर हमारे पास लौट आये। इससे अधिक हमें न तो कुछ पता था और न ही हम चाहते थे।

इसलिए हम सब सरपंच के साथ हो लिए। कुछ लाठियाँ, तलवारें, चाकू, छुरी– जिसको जो मिला, साथ ज़रूर लिए। इसलिए नहीं कि डोकरी की हत्या करनी थी, सिर्फ इसलिए कि उसे डरानी थी ताकि वो पूरे गाँव को न डराये, लेकिन वह जब रास्ते में जा रही थी और वहाँ पहुँच कर हमने उसे रोका तो सरपंच और उसके आदमियों ने मिलकर एक बोतल उसके मुँह में उड़ेल दी। उसके बाद उसे धक्का देकर गिराया या उस बोतल की चीज़ पेट में जाने की वजह से वह गिरी, राम जाने, पर वह नीचे थी और सरपंच का आदमी उसकी छाती पर बैठकर गला दबाने लगा। डोकरी ने बहुत हाथ जोड़े, विनती की, आँसू बहाए, पर न वह पसीजा और न ही सरपंच।

तब उसने सरपंच की तरफ इशारा करते हुए कहा, "मैं तो मर रही हूँ, लेकिन नीच, एक बात तू भी सुन जो तू भी नहीं जानता है। इन लोगों को तो यूँ भी नहीं पता कि तेरे और मेरे बीच क्या बातें हुई थीं। ये तो इतना ही जानते हैं जो तूने इन्हें और पूरे गाँव को बताया है। लेकिन भड़वे, इतनी नमकहरामी भी अच्छी नहीं। तुझे नरक मिलेगा, नरक। जब तक मेरी पोती मेरे वश में थी, मैंने तेरी दलाली की। शक होने पर एक बार तेरी लुगाई मेरे घर आयी थी।

मेरे पैर छूकर बोली, "इस चौखट पर पहली बार आयी हूँ। मानो तो मेरी माँ हो और मानो तो सास हो। मुझे बेटी समझो या बहू, इतना ईमान–धरम रखना कि सच बता सको। इतना यक़ीन दिलाती हूँ कि आपका नाम बीच में कहीं नहीं आयेगा। वैसे अब ये सच जान भी गयी तो विद्रोह कर कहाँ जाऊँगी? या किसी और को बता कर क्या करूँगी? अब तो वैसे उनकी, मेरी और आपकी इस दुनिया से विदाई लेने की उम्र हो आयी है। लोगों से थोड़ी खुसर–पुसर सुनी और उससे भी ज़्यादा अन्तर्मन कई दिनों से कह रहा है कि मेरे साथ छल हो रहा है। मुझे लगता है, उम्र भर जिस आदमी पर मैंने आँखें मूँद कर विश्वास किया, जाने से पहले उसकी हक़ीक़त तो जान कर जाऊँ। एक अजीब–सी बेचौनी है, अनमनापन है, अमुझणी है। जीवन तो अब बचा ही कितना है, पर लगता है कि सच जानने के बाद कम–से–कम मरने के बाद यह बेचैनी तो नहीं रहेगी वरना मुझे लगता है कि मरने पर भी मेरी आत्मा को चैन नहीं आयेगा।

जिसके घर की चौखट के बाहर रखी जूतियों के पास मेरी जगह थी, उस घर की मालकिन आज मेरी चौखट के बाहर मेरी जूतियों के साथ बैठ मेरे पाँव पकड़े हुए थी। नीच था तो तू था, अपराधी था तो तू था, दुष्कर्मी था तो तू था। वह तो भले घर की औरत थी। उसने तो कोई पाप नहीं किया था। उसने तो अपने जीवन में पुण्य ही कमाया था, फिर भी मैंने तेरे जैसे नीच का साथ दिया। उस पवित्र स्त्री के सामने मैंने आपने आँसुओं को ज़ब्त करने हेतु कितना सामर्थ्य जुटाया था, वह मैं ही जानती हूँ। कितनी मुश्किल से उसके सामने झूठ बोली थी मैं। मेरा धणी (पति) मरा था, तब भी मैं इतनी नहीं रोई थी, पर उस दिन भूखी–प्यासी रात भर रोती रही। उसके बदले तूने मेरा बहुत मान रखा! मेरी बहुत फ़िक्र की! मुझ पर बहुत अहसान किया! ख़ैर, तुमसे क्या शिकायत करूँ? उस निश्छल औरत के साथ छल करके और तेरे जैसे नीच का साथ देकर मैंने ही अपने लिए गड्ढा खोदा था। वह गड्ढा मेरे लिए क़ब्र बनना ही था। तेरा विश्वास करके मैंने ही ग़लती की थी। जो आदमी सीता जैसी अपनी

पत्नी को धोखा दे सकता है, वह मेरे जैसी दलाली करने वाली राँड़ का साथ कैसे देता?

भड़वे, तू तो जानता है कि घर के बाहर दीया रखना, कोयले रखना या किसी को देखकर गेंहूँ फैंकने जैसा थोड़ा–बहुत डर मैंने जान–बूझकर पैदा किया था ताकि बाकि गाँव के सारे भड़वे मेरी पोती से दूर रहें। इसका फ़ायदा भी हुआ कि ये लोग डरने लगे, जिससे हम दोनों सुरक्षित हो गयी थीं। हम दोनों चाहती थीं कि उन लोगों में यह भ्रम बना रहे वरना वे सब मिलकर खा जायेंगे। उन्हें भ्रम था लेकिन भड़वे, तू तो जानता था कि मुझे कोई जादू वग़ैरह नहीं आता। तेरे को तो तब भी मैंने इंकार नहीं किया, पर पोती ने ही इंकार कर दिया तो मैं क्या कर सकती थी? जब उसने यह काम छोड़ दिया, भले घर की स्त्रियों की तरह जीना चाहा तो मैं उसकी दादी जबरदस्ती उसे राँड़ बनाती? मैं इतनी नीच भी नहीं हूँ। मुझे मरना मंज़ूर है, पर यह काम अब भी नहीं करूँगी।

मैंने लोगों में थोड़ा–बहुत डर पैदा किया था तो अपने और पोती के जीने के लिए, लेकिन तुमने रातों में वे लाल कपड़े, जवानी में तेरा साथ देने वाली राँड़ के सफ़ेद बाल, नारियल, कोयले, सुपारी, सिन्दूर, हल्दी लोगों के घरों के सामने फिंकवा कर उन्हें डराया, मुझे दोषी साबित करने के लिए, मुझे मारने के लिए। मैं तो मर रही हूँ, लेकिन अगर कोई भगवान है, अगर विधाता का कोई न्याय है, अगर कोई कर्मों के फल का हिसाब–किताब करने वाला है तो याद रखना, तू ही नहीं, तेरा पूरा ख़ानदान यूँ तड़प–तड़प कर मरेगा और तू उन सबकी, अपने बच्चों की मौत देख कर मरेगा।

माराज, मुझे भी तब पता लगा कि हम अब तक जिस सरपंच को सच्चा मान रहे थे, वह तो हरामज़ादा था। लड़की का साथ हमें भी मिला था। अब भी बहुत मन होता था। उसका साथ फिर से हम भी चाहते थे, लेकिन उसके लिए किसी के प्राण लेने का कभी सोच भी नहीं सकते थे। अनजाने में मुझसे बड़ा अपराध हो गया। उस बलात्कारी और हत्यारे सरपंच का साथ दिया।

मैले जादू की ग़लतफहमी में गाँव को बचाने के लिए मैंने भी सहयोग किया, लेकिन जब उस डोकरी माँ की बात सुनी और सरपंच को किसी राक्षस की तरह अट्टहास करते देखा तो सब समझ गया कि हमारी भावनाओं का दोहन करके हमें फँसाया गया है। कोई इंसान किसी की मृत्यु पर इतना खुश कैसे हो सकता है? हम उस डोकरी को पूरे गाँव की अपराधी मान रहे थे, तब भी हमारे हाथ–पाँव काँप रहे थे जबकि सरपंच और उसके चमचे जानते थे कि वो निरपराध है। फिर भी उन्हें कोई दुःख नहीं था, पश्चाताप नहीं था, ग्लानि नहीं थी। उन्हें सामने पड़ी हाथ जोड़कर प्राणों की भीख माँगती डोकरी नहीं दिख रही थी। उन्हें तो उसकी पोती की जवानी दिख रही थी।

वे डोकरी के एक–एक अंग को छूकर कह रहे थे कि तेरी पोती के उस अंग के साथ क्या करेंगे? फिर बेशर्म हँसी हँसते हुए कहते अब कौन बचाएगा तेरी उस जवान रँडी को? उसे तो सती–सावित्री बनने के बड़े नख़रे सूझ रहे थे। तू तो समझदार थी, तू तो जानती थी कि तेरी सात पीढ़ियों में कौन–सी सतियाँ हुई हैं जो उसका साथ देने चली थी। कोई बात नहीं, अब तू स्वर्ग के सुखों को भोग और हम तेरी पोती को भोगते हैं। राँड़, तू और वो दोनों मान जाती तो हंसी–खुशी उसकी शादी भी करवाते, लेकिन अब उम्र भर उसे हमारे नीचे टूटते रहना होगा। शादी तो एक सपना बन जायेगी।

अब तक डोकरी की साँसें उखड़ने लगी थीं। अपनी नीचता भरी बातें शेष नहीं रह जायें, इसलिए सरपंच जल्दी से बोला, "शादी हो या नहीं हो, उससे क्या फ़र्क पड़ता है? तेरे पति ने कौन–सा तुझे छुआ भी होगा? इसलिए फिक्र मत कर। शादी भले नहीं करने देंगे, पर उसे सुख की कमी नहीं आने देंगे।"

मेरी आँखों में ख़ून उतर आया था। एक बार तो सोचा, इस सरपंच का ही गला घोंट दूँ। फिर अपने को देखा, लड़खड़ा रहा था, पैर, हाथ, अँगुलियाँ, होंठ– सब काँप रहे थे। पाँव जैसे किसी ने ज़मीन से बाँध दिये हों। एक कदम भी आगे नहीं बढ़ा जा रहा था। आँखों के सामने अँधेरा–सा आया और फिर क्या हुआ मुझे नहीं पता।

आँख खुली तो घर पर माँचे पर पड़ा था। सरपंच और उसके लोग अपना खेल खेल चुके थे। हम लोगों के पास पश्चाताप की आग में जलने के सिवाय कुछ नहीं था। इस तरह से फँस चुके थे कि चार लोगों को हक़ीक़त बता कर, खुद को गाली देकर मन को हल्का भी नहीं कर सकते थे। लोगों को लगता है, हम सज़ा से बच गये हैं, लेकिन उम्र भर भीतर ही भीतर सुलगते रहने को बाध्य, एक ऐसी जलन जिसमें शरीर तो नहीं तपेगा, लेकिन मन कभी शीतल नहीं होगा। इससे बड़ी सज़ा क्या होगी? पुलिस और जेल से बचाना सरपंच की मजबूरी है। वह बचा रहा है, बचा भी लेगा, लेकिन मैं अपने आप को माफ नहीं कर सकता। उस निरपराध की हत्या से भगवान से कैसे बचूँगा? उसकी अनाथ पोती की हाय से कैसे बचूँगा जो मेरे पर विश्वास करती थी।

माराज, मुझे बचा लो। जो भी कढणा, टोना–टोटका, मन्त्र–तन्त्र करना हो, कीजिए, पर मुझे बचा लो। ऐसे ही चलता रहा तो मैं पागल हो जाऊँगा। रात पूरी तारे गिनकर काटता हूँ। दिन में भी नींद नहीं आती। सिर दर्द से फटा जा रहा है, भूख लगती नहीं। हर वक़्त दादी का चेहरा सामने आता है। हाथ जोड़कर रोते हुए कहती है, ''मैंने किसी का क्या बिगाड़ा है? मुझे किस अपराध की सज़ा दे रहे हो? हलाल तो तुम लोग बकरे को भी नहीं करते हो, फिर मुझे क्यों कर रहे हो? मेरी तो वैसे भी उमर हो गयी, पर मैं जानती हूँ तुम राक्षस मेरी बच्ची को बर्बाद कर दोगे। मैं जानती हूँ यह सारा षड्यन्त्र उसी के लिए किया गया। हम ग़रीबों को भगवान ने ही सज़ा दे दी थी। सब कुछ तो छीन लिया था। दादी–पोती जैसे–तैसे करके जी रहे थे, तुम राक्षसों से वह भी नहीं देखा गया। कोई तो इन्सान होगा तुम्हारे में से? कोई तो रोको इन सभी को। वो तड़पती रही, हम देखते रहे। हमारे में से कोई भी इंसान नहीं था। उस वक़्त सच में मैं नहीं चाहता था कि उसकी हत्या हो, लेकिन मेरी आँखों के सामने तड़पा–तड़पा कर उसे मार दिया गया।''

समय कब बीत गया, पता ही नहीं चला। बाहर से उसी लड़के ने जिससे डोकरी की बेटी की सगाई हो रखी थी, ने आवाज़ देकर पूछा, ''जीसा, खाना तैयार है। ले आऊँ क्या?''

तो मालिक ने लाने का इशारा किया।

माराज और घर के मालिक, दोनों ने एक–दूसरे को देखा। दोनों की आँखें पनीली थीं। अब न कुछ कहने को बचा था न कुछ सुनने को। खाना आ गया। दोनों ने खाया और माराज ने जब जाने की इजाज़त माँगी तो घर के मालिक बोले, ''जितना जल्दी हो, शादी का मुहूर्त निकाल कर बताओ। मैं कल ही किसी को भेजकर बच्ची को बुलवाता हूँ। मुहर्त जब होगा तब होगा, वह कल से ही मेरे घर पर रहेगी।'' यह ऐसी बात थी जिस पर दोनों के आँसू हवा में नमी बनकर उड़ गये और होठों पर खुशियों की मुस्कराहट फैल गयी।

नौ

इस घटना को वर्षों बीत गये थे। दुःख का घाव कितना भी बड़ा हो, वक़्त की मरहम उसे काफ़ी कुछ भर देती है। इसलिए इस वक़्त सुरा काकू बहुत ज़्यादा असहज तो नहीं थे, फिर भी थोड़ी–थोड़ी देर में उस अन्याय की पीड़ा उनके चेहरे पर शूल की भांति चुभते हुए कई लोगों ने महसूस की। अब चूँकि क़िस्सा पूर्ण हो गया था तो काकू की थकान मिटाने के लिए जगिया ने गोल्ड फ़्लेक सिगरेट का पैकेट निकाला और काकू की तरफ बढ़ाया।

काकू ने जगिया को खारी नज़रों से देखा, जिसका मतलब था कि नालायक तू भी हम सभी की जमात में शामिल हो गया?

हालाँकि ऐसा सोचते हुए और नज़रों से धमकाते हुए भी काकू पैकेट से सिगरेट निकाल चुके थे क्योंकि इतने लम्बे क़िस्से के बाद ऐसी तलब लगी थी कि काकू को लगा–क्षण भर की देरी से भी प्राण निकल जायेंगे।

काकू ने तीन लम्बे कश लिए, तब जाकर उनकी साँसों में साँस आयी। अब तक तर्जनी और मध्यमा के बीच पकड़ी सिगरेट का आधा

हिस्सा राख में तब्दील हो गया था। काकू ने स्टाइल से अँगूठे और मध्यमा द्वारा चुटकी बजाई तो राख जाकर रेत से मिली। जगिया को ऐसा लगा, जैसे सुरा काकू इशारा करना चाह रहे हों कि हमारी उम्र भर की मेहनत को रेत में मिलते हुए चुटकी जितना वक़्त लगता है। इसलिए हमें हर समय सावधान रहना चाहिए। ये करतब दिखाने के बाद काकू ने सिगरेट जगिया को ऑफर की।

जगिया ने मुस्कराते हुए हाथ जोड़े और बोला, ''काकू मैं नहीं पीता हूँ। दिस पैकेट इज़ गिफ़्ट फ़ॉर यू।'' कहते हुए पैकेट काकू को पकड़ा दिया।

दो–चार युवक जिन्होंने कभी काकू को सिगरेट पिलाई थी, उनकी नज़रें चाह रही थीं कि काकू उन्हें ऑफर करे ताकि वे भी गोल्ड फ़्लेक का आस्वादन करें, लेकिन काकू ने निर्ममता से उनकी इच्छाओं, का क़त्ल करते हुए उन्हें अनदेखा किया और पैकेट को अपनी जेब के हवाले किया।

कड़वी बातों और कड़वे धुएँ के बावजूद कड़वी सिगरेटों के पैकेट को जेब में रखने पर भी उसकी छुअन से काकू के दिल को मीठी–सी अनुभूति हुई जो जुबान तक फैल गयी थी। इसलिए काकू बड़े प्यार से बोले, ''थैंक यू माय सन, आई लव यू।''

सिगरेट पूरी करके सुरा काकू ने बताया कि इस घटना के बाद उन्हें इतनी विरक्ति हुई थी कि उन्होंने गाँव छोड़ जाने का निर्णय कर लिया था। वे गये भी थे, लेकिन इस मिट्टी की खुशबू ने उन्हें ऐसा नहीं करने दिया। वे मिट्टी की मोहब्बत से मजबूर होकर कुछ दिनों बाद ही शहर से लौट आये थे।

दस

सुरा काकू तो शहर से गाँव लौट गये थे, लेकिन इस मामले में जगिया बड़ा निर्मोही निकला। उसने नवरात्रि में सुनाए गये सुरा काकू के क़िस्से के बाद खोजबीन की तो ज्ञात हुआ कि कितने ही लोग जिन्हें बचपन में वो भले समझता था, वे धृतराष्ट्र और शकुनि से भी बुरे है।

अनेक लोगों को तो कंस या रावण भी कहा जा सकता है। उसके मन के दर्पण की रेत हटते ही जिसे वह लोगों का प्रेम समझता था उसमें स्वार्थ और कांईयापना साफ़ दिखने लगा। हालाँकि वह जानता था कि गाँव हो या शहर, पूरी दुनिया में अनेक लोग ऐसे ही हैं। इसलिए उसे गाँव से घृणा तो नहीं हुई, लेकिन अब वैसा मोह भी नहीं रहा। इस बार वह दीवाली के बाद शहर आया तो फिर गाँव जाने की उत्सुकता सदैव के लिए ख़त्म हो गयी। तीज–त्यौहार, विवाह–मरण में शामिल होने वह गाँव ज़रूर गया, पर उस निर्ममता की कहानी से निकले आँसुओं से न लौट आने का अर्ध्य वह उस भूमि को काकू की कहानी के बाद ही दे आया था और इसलिए मन से हमेशा के लिए गाँव लौट जाना उसे मंज़ूर नहीं हुआ।

शहर में अपने घर के स्टडी रूम में पढ़ते हुए जगिया कई बार सोचता कि भारत में साहित्य गाँवों की तारीफ़ में लिखी गयी कविताओं और कहानियों से भरा पड़ा है, लेकिन गाँवों की मासूमियत, भोलापन और प्रेम की तारीफ़ में लिखी गयी बातें जब भी वह पढ़ता है तो उदास हो जाता है। वह खो जाता है उस अँधियारे काले वक़्त में, जब मासूमियत के सामने षड्यंत्र विजयी हुए थे, जब विश्वास के साथ छल हुआ था, जब इंसानियत को मार दिया गया था। वह जानता है कि वह तो एक दुर्घटना थी, लेकिन उस वक़्त उस संस्कृति में बहुत कुछ था, जिसे मानवजाति को सहेज कर रखना चाहिए था, लेकिन हम उस थाती को सहेज कर रख नहीं पाए। अब गाँव वैसे नहीं रहे, फिर भी लोग अपनी स्मृतियाँ या कल्पनाएँ लिख कर उन्हें वैसा साबित कर रहे हैं। जगिया ने सोचा, मैं न सिर्फ गाँव में जिया हूँ बल्कि आज भी मेरे भीतर गाँव जी रहा है। मैं उन गाँवों की हक़ीक़त लिखूँगा। वह स्मृतियों में बसे अपने ही गाँव के वर्तमान को लिखने बैठा।

अब गाँव बदल गया है। धोरे भी छोटे हो गये और लोगों के मन भी छोटे हो गये। मीलों तक फैले धवल धोरों पर वनस्पति उग आयी है, जिसमें ज़्यादातर खारे 'आक' की झाड़ियाँ है जो बालने के सिवाय किसी काम कि नहीं या फिर काँटों वाले केर हैं।

ठीक ऐसे ही लोगों में भी खारापन और कड़वाहट भर आयी है। उनके मन में काँटे उग आये हैं। उजले (साफ़–सुथरे) मन वाले लोग भी उजले धोरों की तरह ग़ायब हो गये। प्रकृति ने यह सब कैसे किया, वो ही जाने। सुरा काकू को लगता है गाँव गर्त में जा रहा है। ऐसा नहीं है कि पहले कोई लड़ाई–झगड़े नहीं होते थे, प्रेम ही प्रेम होता था वह सब भी था फिर भी अपनापन था। लोग लड़कर भी बच्चों की तरह फिर से गले मिल लेते थे। दुःख–सुख में एक–दूसरे के साथ खड़े होते थे। अब वह सब ख़त्म होता जा रहा है। सुरा काकू और जगिया को छोड़ दें तो शेष लोग कहते हैं कि गाँव का विकास हुआ है। जिस गाँव के लोग इस बात पर यक़ीन नहीं करते थे कि बिना माचिस की तीली (दियासलाई) जलाए कोई खटका नीचे करने से उजाला हो जाता है, उस गाँव में बिजली आ गयी है। घर–घर बल्ब, ट्यूबलाइट, पंखे, कूलर, फ्रिज आ गये हैं। गाँव से दो किलोमीटर दूर सड़क थी। वही सड़क अब घरों के सामने तक आ गयी है। अधिकांश घरों में दोपहिया या चार पहिया वाहन आ गये हैं। पैदल चलने का काम नहीं रहा। दूसरे गाँव शहर तो छोड़िये, लोग खेत भी जाते हैं तो मोटरसाइकिल या स्कूटी लेकर। गाय–बकरियाँ, ऊँट, घोड़े–गधे सब ग़ायब होते जा रहे हैं। पहले किसी को बुलाना होता था तो घर के पास वाले धोरे पर खड़े होकर हेला (ज़ोर से आवाज़ देना) करते थे। अब व्हाट्सएप्प से मैसेज करते हैं। लगभग सभी के पास मोबाइल, इंटरनेट और वाई–फाई हो गया है। अब धोरे पर बैठने का, सच्चे क़िस्से सुनने या गप्पें लगाने का, हुंकारे देने का किसी के पास वक़्त नहीं है। अब बहुएँ दोपहर में एक जगह इकट्ठा होकर सास की बुराई नहीं करतीं। सास बहुओं की नहीं करतीं क्योंकि ज़्यादातर ने अलग–अलग रहना शुरू कर दिया है। जो साथ रहते हैं, वे भी साथ बैठते नहीं हैं। एक–दूसरे से सुनने या सुनाने में यक़ीन नहीं रखते। अब अधिकांश लोगों को लगता है कि रोज़ जिनके साथ रहते हैं, उनसे बात करना यानि वक़्त बर्बाद करना है। इससे बेहतर है कि हम हमारे राष्ट्रीय और अन्तर्राष्ट्रीय मित्रों से कनेक्ट रहें, उनके सुख–दुःख को

जानें, उनकी फ़िक्र करें। उन्हें लगता है कि जब तक इस तरह से ग्लोबलाइज़ेशन में शामिल नहीं होंगे, सच्चे अर्थों में ग्लोबलाइज़ेशन नहीं होगा और हम दुनिया से पिछड़ जायेंगे।

जगिया पिछली बार जब गाँव गया था तब उसने देखा कि ग्लोबलाइज़ेशन की अँधी दौड़ में व्यस्त ग्रामवासियों द्वारा भुला दी गयी कोटड़ी सार–सँभाल के अभाव में गिर गयी है और उस खण्डहर के पास धोरा जो कभी बुजुर्गों के आशीर्वाद, युवकों के ठहाकों और बच्चों की किलकारियों से गूँजा करता था, वह अब हर वक़्त उजाड़ रहता है। वहाँ मरघट का सूनापन–सा लगता है। अब वहाँ कोई नहीं आता, लेकिन चारों तरफ मनुष्यों का ख़तरा होने से चमगादड़ें भी आकर अपना बसेरा नहीं बनाती हैं।

जगिया को तो बस इतनी–सी बात समझ आती है कि हम कितना ही विकास कर लें, कितने ही आकाश पैरों से नाप लें, मंगल या चन्द्रमा पर चले जायें, पर यह तकनीक हमें सुख नहीं दे सकती, साहस नहीं दे सकती, पीड़ा नहीं हर सकती। सुख तभी मिलता है जब कोई अपना प्यार से माथे को चूमकर मन से आशीष देता है। साहस तभी मिलता है जब हमारा हाथ किसी अपने ने पकड़ रखा हो और कहे कि आँधियों या अँधेरों से मत डर, मैं साथ में खड़ा हूँ। दुनिया की कोई दवा–दारू हमारे दुःख को ख़त्म नहीं कर सकती, लेकिन घनीभूत हुई सारी पीड़ा क्षण भर में ख़त्म हो जाती है जब कोई प्यार से हमें अपनी बाँहों में भर लेता है। हम विश्वास से उसके काँधे पर अपनी आँखों को निचोड़ देते हैं।

जगिया को लगता है कि गाँव अच्छा है, शहर बुरा है या शहर अच्छा और गाँव बुरा है, ऐसा कुछ नहीं। जिनका बचपन गाँव में बीता, उन्हें गाँव से मोह होता है। जो शहर में बड़े हुए, उन्हें उस शहर, उस मोहल्ले, उस गली से प्यार होता है। दुनिया के किसी कोने में हम चलें जायें, स्मृतियों में बसी उस ज़मीन की ख़ुशबू हमारी आँखों को अक्सर निचोड़ती रहती है। ऐसा इसलिए नहीं होता कि वहाँ उस वक़्त सचमुच दुनिया के बेहतरीन इंसान बसते थे बल्कि

इसलिए होता है क्योंकि बचपन में इंसान मासूम होता है। वह लोगों की कुटिलता, उनकी निकृष्टता, उनका कांईयापन समझ नहीं पाता है। उसे हर इंसान निश्छल, उदारमना, प्रेम करने वाला लगता है। फिर भी जगिया के मन में अपने या किसी अन्य गाँव या शहर के लिए मन में कोई दुराग्रह नहीं है क्योंकि जगिया का मानना है कि किसी एक या कुछ घटनाओं से या कुछ बुरे लोगों के कारण गाँव या शहर को किसी एक धारणा में बाँधना, उसे अच्छा या बुरा कहना ठीक नहीं। संख्या में भले कम हों, पर हर काल में, हर जगह अच्छे लोग भी मौजूद हैं जो प्रेम, भाईचारे और अपनायत को इंसान का धर्म समझते है। उन्हीं की सकारात्मकता से यह मानव जाति जिन्दा रहेगी, इस धरा पर हरियाली बनी रहेगी, यह सूरज उजाला करता रहेगा।

❐❐